KB102910

국어 신설

억새바람의 전설

초판 1쇄 발행 2017년 7월 10일
초판 3쇄 발행 2019년 1월 5일

지은이 이용직

펴낸이 양은하
펴낸곳 들메나무 출판등록 2012년 5월 31일 제396-2012-0000101호
주소 (10446) 경기도 고양시 일산동구 백석로86번길 74-8 201호
전화 031) 904-8640 **팩스** 031) 624-3727
전자우편 deulmenamu@naver.com

값 14,000원 ⓒ 이용직, 2017
ISBN 979-11-86889-10-7 03810

이 도서의 국립중앙도서관 출판예정도서목록(CIP)은 서지정보유통지원시스템 홈페이지
(http://seoji.nl.go.kr)와 국가자료공동목록시스템(http://www.nl.go.kr/kolisnet)에서 이용하
실 수 있습니다. (CIP제어번호: CIP2017014440)

제3회 녹색문학상 수상작
『편백 숲에 부는 바람』 작가

억새바람의 전설

이용직 장편소설

들메나무

차례

작가의 말 • 6

1. 분이 • 8
2. 넝마 • 24
3. 감방 • 33
4. 월북 • 51
5. 폭풍 • 61
6. 비첩 • 75

7. 바람 • 86
8. 광란 • 108
9. 전투 • 120
10. 후퇴 • 134
11. 변신 • 150
12. 지령 • 164
13. 토굴 • 180

14. 파도 • 197

15. 수색 • 205

16. 테러 • 217

17. 귀환 • 230

18. 입산 • 240

19. 작전 • 255

20. 자폭 • 267

21. 옹기 • 277

22. 특전 • 288

23. 누명 • 302

24. 인연 • 313

25. 옥사 • 324

26. 초분 • 339

어느 TV 방송국에서 방영한 남도 지방의 초분에 대한 특집방송을 시청했다. 화면 가득 비쳐지는 초분은 낯설었지만 어딘지 모르게 애잔한 느낌이 들었다. 죽음이란 살아 있는 모든 생명체들이 겪게 되는 필연적인 과정이지만 슬프다. 남해 바다에 오롯이 떠 있는 외로운 섬 청산도에서 삶을 마감한 죽음이라 더욱 그렇게 느껴졌다. 텔레비전 화면의 잔상이 잊힐 무렵 우연하게 청산도를 탐방할 기회가 있었다.

남해 바다는 푸르고 정갈했다. 완도항에서 한 시간 거리의 청산도 뱃길. 앞서거니 뒤서거니 탐방객 틈에 끼어 들길을 걸었다. 눈앞에 펼쳐진 올망졸망한 밭뙈기와 선인들의 벼농사 지혜가 돋보이는 구들장 논배미가 거기 있었다. 눈에 보이고 귀에 들리는 모든 생명이 한껏 싱그러웠다. 일행을 벗어나 초분이 모셔진 자리를 찾아 나섰다.

남해 바다가 아련하게 펼쳐진 범바위에 올랐다. 거기서 바라본 남해 바다는 거대한 호수처럼 푸르고 잔잔했다. 묵은 억새가 어깨를 비비고 선 능선의 바닷바람이 상쾌했다. 상상의 나래를 맘껏 펼쳤다. 이야기의 주인공 분이와 유심이가 어디선가 뛰어나올 것 같은 착각에 빠져들고, 시대의 아픔을 온몸으로 살다 간 서민들의 아우성이 귓전을 맴돌았다.

이 땅에 이름 없이 살다 간 사람들의 애환을 그리고 싶었다. 가난을 짊어지고 일생을 살다 간 민초들의 삶을 되돌아보고, 못 배우고 가난해서 홀대받은 서민들의 모습을 그리고 싶었다. 숙명처럼 타고난 천민 신분으로 회오리치는 시대 흐름에 정면으로 맞서서 처절하게 살다 간 한 인간의 궤적을 그려보고 싶었다.

2017년 정유년 초하의 계절에

빈수레 이용직

1. 분이

천석지기 못자리를 망쳤다는 소식을 뒤늦게 전해들은 권 좌수는 노발대발했다. 흥분된 마음을 주체하지 못하는 권 좌수가 심부름하는 아이를 불러 엄명을 내렸다.

"마당쇠 네놈은 지체 없이 관아로 달려가 사또 영감께 고하고 오너라. 우리 집에 좀 왕림하시라고. 냉큼 나서지 않고 뭘 꾸물대느냐!"

말이 끝나기 무섭게 독촉부터 해댔다. 권 좌수의 불같은 성격을 너무나 잘 아는 아이가 득달같이 대문을 나서는 찰나, 이방을 앞세운 사또가 솟을대문을 막 들어서고 있었다. 아이가 반가운 마음에 입부터 놀렸다.

"아이고 사또 나리, 왜 이제야 오십니까. 영감마님께서 불호령을 내렸습니다. 지금 막 소인 놈이 관아로 사또 마님을 모시러 가는 길입니다요."

아이가 호들갑을 떨며 자리를 비켜섰다. 사또 역시 한 번은 싫은 소리를 들어야 끝이 날 일인지라 심기를 굳건히 하고 아이 뒤를 따랐다. 대청마루를 서성이던 좌수 영감이 마당에 들어서는 사또를 못 본 체했다. 사또가 종종걸음으로 마당을 가로질러 대청에 올라섰다. 권 좌수 영감이 표정을 바꿔 사또 영감을 맞았다.

"어서 오시오, 사또 영감. 고을 관장께서 누옥을 찾아주시다니요. 그저 황감할 따름이외다."

"과찬의 말씀이오이다. 좌수 영감, 그간 옥체 강녕하셨는지요?"

"피차일반이오. 사또께서는 막중국사에 얼마나 분주하셨소?"

수인사가 끝나고 자리를 잡고 앉았다. 사또가 그윽한 목소리로 말을 꺼냈다.

"좌수 영감!"

"……."

사또의 대꾸가 없다. 사또가 한껏 정중한 어조로 다시 불렀다.

"좌수 영감!"

"……."

응답이 없자 민망해진 사또는 권 좌수의 대답을 기다리기로 했다. 잠시 후 미소를 머금은 권 좌수가 사또를 돌아봤다.

"아이고 내 정신 좀 보시오, 고을 관장을 모셔놓고 결례를 했소이다. 주련(柱聯)글귀를 보다가 차운(次韻)을 생각하느라 결례를 했소이다. 널리 용서하시오."

어이없는 권 좌수의 응대에 이력이 난 사또 역시 능숙하게 받아넘겼다.

"귀한 말씀을 다 하십니다. 본디 좋은 글이란 기약이 없다 하지 않았소이까. 그러시면 좋은 대련(對聯)이라도 얻으셨는지요?"

"원 별말씀을요. 나이를 먹으니 글이 모두 도망이라도 간 모양입니다. 머릿속 생각만 어지러울 뿐 정녕 입 밖으로는 나오지 않습니다그려."

"좌수 영감께오서는 워낙에 글 기운이 좋으시니 좋은 대련이 나오겠지요."

"과찬의 말씀입니다. 그래, 오늘은 무슨 소관이 있어서 이렇게 왕림하셨소이까?"

속마음을 감춘 권 좌수가 딴청을 부렸다. 사또의 방문 용건을 훤하게 들여다보고 있는 권 좌수는 사또 입에서 어떤 처분이라도 달게 받겠다는 말이 나올 때까지 기다릴 참이다. 그래야 고을 치안을 그르친 실정을 문제 삼아 천석지기 벼농사를 변상시킬 게 아닌가.

"문후 인사차 들렀습니다. 그간 적조하였음을 용서하십시오. 근래 들어 크고 작은 송사가 폭주하는 바람에 도리를 다하지 못했습니다."

그런데 권 좌수가 듣고 싶은 말이 아니다. 서로간의 수작이 장군 멍군이다. 서로를 너무나 잘 알고 있는 가운데 한쪽이 손을 들어야 끝이 날판이다. 어색한 자리를 모면이라도 하려는 듯 권 좌수가 마당쇠를 소리쳐 불렀다.

"안방마님께 달려가서 사또 영감 왕림하셨다고 주안상 대령하라 일러라."

각오는 하고 있었지만 오늘도 약주를 먹여놓고 무거운 짐을 지울 모양이다. 사또는 이전에도 권 좌수의 술수에 넘어가 불평 한 마디 못하고 고스란히 책임을 떠안은 전력이 있다. 이내 술상이 나왔다. 쌍학 무늬가 새겨진 청자 항아리가 유난히 돋보였다. 술 단지를 개봉하는 권 좌수가 말을 이어갔다.

"술맛이 어떨지 모르겠소. 무병장수한다는 불로주요. 고을 관장을 모시고 개봉하게 돼서 영광이오. 날짜를 꼽아보니 오늘로 꼭 백일이 되었소. 사또가 술 복은 있는 모양이오. 자자, 한 잔 쭉 드십시다."

권 좌수가 사설을 늘어놓으며 술을 따른다.

"좋은 술을 시음하게 돼서 영광이오이다."

술맛은 좋았다. 감칠맛이 뛰어난 감로주다. 술잔을 비운 권 좌수가 입을 열었다.

"그래, 무슨 송사가 그리도 많소?"

"고을 백성들의 소소한 송사가 끊이지 않습니다. 서로가 조금씩 양보하면 될 일인데 그렇지 못합니다. 시절이 어수선하니 백성들 마음도 시속을 따라가는 모양입니다."

사또 말끝에 권 좌수의 미간이 살짝 찡그려졌다. 이를 눈치 챈 사또가 '아차' 했지만 이미 늦었다. 사또 말끝에 정색을 한 권 좌수의 말이 이어졌다.

"사또는 말씀을 삼가시오! 지금 시절이 어떻다고 그러시오. 태평성대를 구가하는 금상(今上) 치세에 어찌 그런 불경한 말씀을 하시는 게요. 발 없는 말이 천 리를 간다 하지 않았소이까. 혹여나 사또 영감 망언이 조정 귀에라도 들어가 보시오, 뒷감당을 어찌하려고 그러시오. 고을을 다스리는 관장이 뿌리 없는 유언을 퍼트리면 혹세무민의 죄를 짓는다는 사실을 모르고 하시는 말씀은 아닐 테지요?"

지나가는 말일 뿐인데 말 그물에 걸린 꼴이다. 서둘러 진화에 나섰다.

"좌수 영감, 어찌 그런 분부를 다 하십니까. 고을을 다스리는 관장이 설마 그런 뜻이 있겠습니까. 저는 그저 날이 갈수록 백성들이 영악해진다는 의미로 드린 말씀인데 듣기에 거북하셨다면 용서하십시오."

"그렇다면 몰라도 말은 조심해야 하는 것이오. 말 한 마디에 천 냥 빚을 갚는다 했지만 잘못 뱉은 말 때문에 목숨을 내놓아야 하는 일도 있소이다. 『명심보감』에 이르기를, 입은 화를 부르는 근본이요 몸을 망치는 도끼라 하지 않았소이까."

"좌수 영감의 진심 어린 충고에 감사할 뿐입니다."

급한 불은 껐으나 분위기가 매우 어색해졌다. 그런데 권 좌수의 천석지기 못자리 사건은 어떻게 운을 떼야 하나. 무심코 한 말 때문에 덤터기는 쓰지 말아야 하는데 걱정이다.

문득 사또의 뇌리를 스치는 아픈 기억이 생각났다. 2년 전 일이다. 권 좌수가 김천석이라는 소작인에게 송아지를 사준 일이 있었다. 소작인과 맺은 계약에는 새끼를 낳으면 주인 몫이고, 소작인은 암소를 키워주는 대가로 농사일에만 부리도록 약조가 되어 있었다. 그런데 공교롭게도 소작인이 키우던 암소가 새끼를 가진 채 폐사하고 말았다. 권 좌수로서는 어미와 송아지를 한꺼번에 잃었으니 큰 손해를 본 것이다. 손해를 보상받을 길을 찾던 권 좌수가 송사를 일으키도록 소작인을 꼬드겼다. 사또가 축산정책을 잘못 써서 암소가 죽었다고 생트집을 하기 시작했다. 죽은 소가 웃을 일이지만 관찰사의 권력을 등에 업은 권 좌수가 소작인 그늘에 숨어 자신의 이권을 추구한 것이다. 그 사건은 결국 소작인의 손해를 배상하라는 전라도 관찰사의 판결에 따라 소 값을 물어주고 끝이 났지만, 결국 그 돈은 권 좌수 주머니로 오롯이 들어갔음은 물론이다. 그 사건을 겪으면서 사또는 같은 실수를 두 번 다시 되풀이 하지 않겠다는 각오를 다졌었다.

그런데 이번 못자리 사건도 송아지 사건과 매우 닮았다. 이 사건 역시 권 좌수의 술책에 넘어가지 말라는 법이 없고 보면 사또의 고민이 거기에 있었다. 이유야 어찌 됐건 고을 치안을 책임진 사또 입장에서는 손해를 끼쳐 미안하다는 인사말 정도는 해야 할 것 같았다. 한껏 예의를 갖춘 사또가 정중하게 입을 열었다.

"좌수 영감, 오늘 소관의 방문 목적은 관내에서 발생한 사건에 관해서 고견을 듣고자 합니다. 그런데 피해자가 좌수 영감이라서 더욱 송구한 마음을 금할 길 없습니다."

사또가 말을 하는 동안 권 좌수는 눈을 감고 무언가를 골똘히 생각하는 표정이다. 얼른 봐서는 자기와 무관하다는 표정으로 보이기도 하고, 또 다른 묘책을 강구하느라 머릿속이 복잡한 것 같기도 했으나 정작 그 속내는 알 길이 없었다. 묵상에 잠겨 있던 권 좌수가 사또 술잔에 술을 따랐다. 사또가 두 손을 맞잡아 술잔을 받았다. 권 좌수가 엄숙한 표정을 지으며 입을 열었다.

"그 이야기라면 나도 들었소. 그래, 범인은 잡았소?"

"아직은 못 잡았습니다."

"너무 걱정 마시오. 어린아이가 저지른 일인 모양인데 고을 관장께서 그런 소소한 일까지 신경 써야 되겠소?"

"무슨 말씀이신지?"

"내 말을 들어보시오. 어차피 그 아이는 도망갔을 터이고, 또 잡지 못할 게 번한데 왜 사서 고생을 하시겠소. 백성이란 양떼와 같아서 한쪽으로 너무 몰면 돌아서는 법이오. 그러니 조급하게 생각하지 말고 차근차근 해결토록 해보시오. 혹시 내가 도울 일이라도 있으면 말씀해보시오."

당장 범인을 잡아 손해를 배상시키라는 호통이 터질 줄 알았는데 오히려 위로하다니! 그렇다면 사또의 걱정이 한갓 기우였단 말인가. 그도 저도 아니면 큰 깨달음을 얻어 지난날의 잘못을 뉘우치고 있단 말인가. 도무지 이해가 되지 않는 상황이 벌어졌다. 마음을 가다듬은 사또가 측은하다 싶을 정도로 목소리를 낮췄다.

"면목이 없습니다. 하루 빨리 범인을 잡아 치죄하겠습니다."

"그럴 필요 없다는데도 그러시오. 발 달린 짐승이 어디는 못 가겠소. 쓸데없는 일에 신경 쓰실 필요 없소. 사또는 고을 다스리는 데만 전력하시오."

"그러면 좌수 영감 댁 모판은 어찌합니까?"

그저 황감할 뿐이라는 표정을 지으며 사또가 말했다.

"그야 사또 영감이 책임져야지요."

이건 또 무슨 날벼락인가, 사또가 책임을 지다니! 할 말은 잃은 사또가 말미를 뒀다가 응대했다.

"무슨 말씀이신지 소관은 이해가 되지 않습니다만……."

"어허 참 답답하기는. 툭, 하면 호박 떨어지는 줄 알아야지 이거야 원. 벽창호와 수작하는 게 낫겠소."

"그래도 소관은……."

"정 그러시다면 내말을 들어보시오. 이 고을을 다스리는 책임자가 누구요? 사또가 아니오? 그러면 사또의 책무가 무엇이오? 고을 백성의 재산과 생명을 안전하게 지키는 일 아니오. 그런데 현실은 어떻소? 사또가 다스리는 고을에 난동 사건이 일어났잖소. 그러면 그것은 누구의 책임이오? 개인끼리 벌이는 사소한 다툼까지야 일일이 간섭할 수 없다 해도 고을을 평안하게 다스리는 책임이 사또에게 있질 않소? 그렇지요? 그러면 부랑자가 난동을 부려 선량한 백성이 피해를 봤는데 어찌해야 되겠소? 물론 범인을 잡았다면 몰라도 그러지도 못했잖소. 그러면 그것은 또 누구 책임이오? 사또 책임이 자명하지 않소? 그리고 또 내가 듣기로는 범인은 아홉 살 먹은 어린아이인 모양인데 그 아이에게 책임을 물을 수는 없잖소. 그렇다고 부모 역시 물어줄 형편이 못 된다 하던데 그러면 그 책임이 어디로 가겠소? 책무를 다하지 못하면서 말로만 목민한다는 사또 말이 거짓이 아니오? 사또가 고을 관장의 소임을 감당하지 못했으니 마땅히 책임을 져야 하지 않겠소!"

"그래도 그건 좀……."

"사또 입으로 치안이 부재하여 백성의 전장(田莊)이 피해 봤다고 하지 않았소?"

"그렇습니다만……."

"그렇다면 응당 그에 대한 대책이 있어야지 않겠소?"

"그 문제는 범인을 잡고 나서 따져도 될 듯합니다만……."

"이런 딱할 데가 있나. 고을 관장의 생각이 그토록 옹졸해서야 어찌 큰일을 하겠소?"

"지금으로서는 하루빨리 범인을 잡는 도리밖에 없을 듯합니다만……."

"여러 소리 할 것 없소. 사또 입장이 정 그러하다면 내가 힘을 좀 보태겠소. 관찰사에게 기별해서 대책을 강구해달라고 일러두겠소."

"관찰사께는 아직 보고하지 못했습니다. 소관이 보고한 연후에 알리시면 좋겠습니다만……."

"딴은 그렇기도 하겠소. 관장이 보고하지 않은 사건을 내가 먼저 고하게 되면 문책이 따르겠지요. 내 거기까지는 생각지 못했소이다. 그 문제는 사또께서 좋을 대로 하시오."

"감사할 따름입니다."

"그런데 이왕 말이 나온 김에 일을 매듭 지우시는 게 어떨까 하오만……."

"무슨 말씀이신지요?"

"손해에 대한 배상(賠償) 말씀이지요."

"지금으로서는 딱히 해결할 방도가 없어서 난감합니다."

"그렇다면 내가 의견을 낼 터이니 사또께서도 생각을 좀 해보시오."

"말씀하시지요."

"내가 입은 손실을 따져보니 알곡으로 천 석은 넘겠습디다. 천석지기 못자리를 망쳤으니 반값으로 따져도 오백 석은 되지 않겠소. 그렇다고 전부 배상하라는 말은 아니오. 내가 이백 석을 손해보고 나머지 삼백 석은 관아에서 배상해줬으면 하는데 내 생각이 어떻소?"

"개인의 재산 피해를 관아에서 배상한다는 것도 사리에 맞지 않고, 좌우간 쉽게 결정할 일이 아닌 듯싶습니다."

"그러면 어쩌시겠다는 거요?"

"지금으로서는 마땅한 방법이 없어서 걱정입니다."

권 좌수의 억지 주장을 듣고 있는 사또는 오금이 저리고 뒷골이 당겼다. 두툼하게 깔고 앉은 방석이 가시방석인 양 불편하다. 마주 앉은 권 좌수는 상체를 흔들며 경서라도 암송하는 모양새다. 혈색 좋은 얼굴에 약주가 올라 화색이 만면하다. 어색한 침묵이 이어지는 가운데 권 좌수는 백동을 깎아 만든 장죽에 불을 붙여 물었다. 권 좌수가 입을 열었다.

"사또, 너무 걱정하지 마시오. 사람이 하는 일인데 설마 해결할 방도가 없겠소. 그리고 또 그까짓 알곡 몇 백 섬 때문에 관장의 사기가 꺾여서야 쓰겠소. 내가 묘안을 낼 터이니 들어보시오."

"말씀하시지요."

권 좌수가 헛기침을 하며 자세를 고쳐 앉는다. 전사(前事)로 봐서 억지 주장을 늘어놓을 게 불을 보듯 뻔했지만 일단 이야기는 들어봐야 했다.

"그러니까 말이오. 내가 손해 본 양곡을 당장 물어내라는 말이 아니고, 세곡 거둘 때 여투어 들이면 어떨까 해서 하는 말씀이오."

"세곡에서 여투자고 하셨소이까?"

"그렇소만."

"세곡이라면 나라에 바치는 세금인데 과외로 세금을 더 걷자는 말이 아닙니까?"

"굳이 따지자면 그렇기도 하고."

"그것은 곤란합니다."

사또가 단호하게 거절 의사를 표했다.

"거두절미하고 그렇게 해결합시다. 관찰사에게는 내가 이야기를 잘 해놓을 터인즉."

"그래도 그건 나랏법에 어긋나는 일이라서 곤란합니다."

"그렇게 배포가 작아서 어쩐단 말씀이오. 사또는 평생토록 이 작은 섬 구석에서 수령 노릇만 할 작정이오? 이번 일만 잘 해결되면 내가 관찰사에게 천거하여 번듯한 고을로 영전되도록 힘을 쓰겠소."

갈수록 태산이다. 진득이 자리에 앉아 있다 보면 무슨 일을 당할지 모른다. 일이 잘못되는 날에는 저번 일처럼 당하지 말라는 법이 없다. 나중 일은 나중 일이고, 오늘은 우선 이 자리를 피하는 것이 상책이다. 사또가 자리를 털고 일어섰다.

"오늘은 이만 일어서야겠습니다, 영감."

"아직도 술이 남았는데 그러시오."

"과분한 대접을 받고 보니 면목이 없습니다. 소관 이만 물러나겠습니다."

"정 그러시다면 할 수 없지요. 되도록 빨리 결정해주셨으면 합니다, 사또 영감."

사또는 권 좌수의 다짐을 뒤로하고 발길을 돌렸다. 해결도 못하고 덤터기만 뒤집어쓴 꼴이 되었다.

사건의 발단은 이렇다. 전라도 완도 고을에 사는 아홉 살짜리 아이가 권 좌수네 천석지기 못자리에 발정 난 암소를 몰아넣는 바람에 벼농사를 망치는 사건이 있었다. 일을 저지른 아이는 도망가고 관아에서는 아이 대신으로 홀어미를 잡아다 문초했으나 대책이 없었다. 손해를 본 권 좌수가 자신이 입은 손해를 관아에서 물려받을 심산으로 술책을 벌이고 있다. 권 좌수는 완도 지방 토호이고 대대로 내려오는 부농이다. 한 해에 거둬들이는 소출만 해도 만석이 넘는다는 부자다. 거기에 더하여 고관대작을 숱하게 배출한 명문세도가로서 그 권세가 하늘을 찌른다. 신임 사또들이 제일 먼저 부임 인사를 차릴 정도로 세도를 누리는 명문대가 집이다. 사또가 사건 해결에 특별한 관심을 두는 까닭도 시임 전라도 관찰사가 권 좌수의 숙부이기 때문이다. 권 좌수는 전라감사의 권력을 방패삼아 못하는 일이 없었다. 사또는 권 좌수의 청이 부당하다고 거절하면 그뿐이지만 고을 관장 자리를 걸지 않는 한 감내하기 어려운 일이다. 임시방편으로 눈앞의 어려움은 벗어난다 해도 조정 공론을 틀어쥐고 있는 힘 있는 인사들이 권 좌수와 같은 문벌로 얽혀 있다 보니, 관록을 먹고 있는 한 어떤 방법으로든 문제를 해결하지 않고는 어렵게 되어 있다. 권력과 부를 함께 가진 자들의 횡포에 죄 없는 백성들만 허리 펴고 살날이 없다.

최상호는 옹기장이다. 삼십이 넘은 나이에 총각 신세. 이대로 죽는 날에는 몽달귀신을 면치 못할 처지다. 최상호는 한양에서 태어났다. 높은 벼슬자리에 있던 상호 할아버지가 청산도로 귀양 오는 바람에 청산도는 상호의 고향이 되었다. 그는 문전걸식으로 어린 시절을 보내고 호구지책으로 옹기 굽는 일을 배웠다.

그에게 분이는 하늘이 정해준 배필이다. 분이가 어린 유심이를 등에 업고 처음으로 섬에 들어오던 날, 완도 선착장에서 우연히 스친 것이 인연의 시작이다. 상호는 분이가 첫눈에 자기 사람이란 걸 느꼈으나 마음을 고백할 기회가 없었다. 청산도에서 완도까지는 뱃길로 한나절 거리다. 그때까지 상호의 하루 일과 중 가장 중요한 일은 분이가 살고 있는 완도 나들이였다.

그날도 먼발치에서라도 분이를 보고 싶은 마음으로 집을 나섰다가 분이가 관가에 끌려가 문초를 당하는 광경을 보게 된 것이다. 곤장을 못 이겨 기절한 분이를 업고 내달린 상호는 한적한 나무 그늘 아래 분이를 내려놓았다. 곤장 맞은 엉덩이가 찢어져 핏물이 흘렀다. 머리에 두른 수건을 풀어 상처를 닦았다. 늘어져 누운 분이를 들쳐 업었다. 마음이 급한 상호에게 청산도로 들어가는 뱃길은 더디기만 했다. 해 거름이 돼서야 상호의 오두막집에 도착했다. 굴신도 못하는 분이를 안방에 눕혀놓고 길섶에서 뜯어온 질경이 풀을 절구에 찧었다. 걸쭉하게 우려낸 질경이 즙을 엉덩이에 붙이고 동여맸다. 매 맞은 상처의 어혈을 뽑아내고 상처를 아물게 하는 데는 질경이 즙이 제일이다. 잠이 깬 분이를 지켜보던 상호가 부엌에 나가 약사발을 들고 왔다.

"정신이 좀 드십니까?"

"초면에 신세가 많습니다……."

"내 집이라 생각하고 편히 쉬십시오. 나 혼자 사는 곳이라 아무도 없습니다."

"미안하고 고마워서 할 말이 없네요."

"이 약 좀 드십시다."

"무슨 약이에요?"

"장독(杖毒) 어혈을 푸는 데 좋은 약입니다. 내가 특별히 조제한 명약입니다."

"이렇게 신세를 져도 되는지 모르겠네요."

"숨을 쉬지 말고 단숨에 쭉 드십시오. 매우 쓸 겁니다."

흘러내린 머릿결을 매만진 분이가 약사발을 건네받아 단숨에 마셨다. 약사발을 떼는 순간 오만상이 구겨졌다. 웬만한 비위로는 쉽지 않다 싶었는데 단숨에 들이켰다. 상호가 얼른 엿가락을 분질러 분이 입에 넣었다.

"무슨 약인데 이렇게 쓰고 냄새가 고약한가요?"

"좋은 약은 입에 쓴 법이지요."

상호의 설명을 들은 분이가 토악질을 참지 못하고 웩웩거린다. 상호가 달려들어 등줄기를 토닥였다. 분이는 뱃속에 들어간 약을 몽땅 토해낼 것처럼 고통스러워했다. 분이가 안정을 찾자 상호가 입을 열었다.

"미안합니다. 마땅한 약이 없으니 민간에서 쓰는 극약 처방을 썼지요. 믿을 만한 처방이니 약효가 있을 겁니다."

분이가 원망스러운 눈초리로 상호를 바라본다. 아무리 그래도 그렇지, 사람에게 똥물을 먹이다니. 그러나 상호의 특약 처방 덕분에 상처가 일찍 아물고 바깥출입을 하게 되었으니 분이에게 상호는 생명의 은인이다.

"이 신세를 어떻게 갚습니까?"

"신세는 무슨. 빨리 낫는 일이 신세를 갚는 일입니다. 앞으로 일하는 것은 모두 내가 감당할 터이니 이녁은 아무 걱정 마시고 몸이나 챙기십시오."

"고맙습니다."

"그리고 참, 아들은 어디?"

"알 길이 없지요. 몸이라도 성해야 하는데 걱정이네요."

"권 좌수 쪽에서 손해배상을 청구한다는 소리가 들리던데요."

"배상을요? 저는 돈이 없는데…… 손해배상을 부모가 해야 하나요?"

"아마도……"

"……."

"자, 그 일은 그때 가서 생각하기로 하고 지금은 몸을 먼저 추슬러야 합니다. 다른 걱정은 하지 마시고 치료에만 전념합시다."

"고맙습니다……."

2. 넝마

부둣가 산기슭에 몸을 숨긴 유심은 인적이 없는 포구에서 쪽배 하나를 훔쳐 탔다. 육지까지는 빤히 건너다보이는 물길이지만 아홉 살 어린아이가 건너기에는 너무 멀고 험했다. 목숨을 걸지 않고는 생각지도 못할 일이다. 섬 안에서 두더지처럼 숨어 산다면 며칠이야 견디겠지만 잡힐 것이 뻔하고, 잡히는 날에는 죽음을 면치 못할 것이다. 가물거리는 육지 불빛을 목표로 노를 저었다. 밤하늘에 걸린 은하수가 칠흑 같은 밤바다에서 유일한 길잡이다. 다행히 파도는 심하지 않았다. 희끄무레 날이 샐 즈음 건너편 뭍에 닿았다. 온몸이 파김치가 되도록 지치고 허기가 들었다.

어느 집에선가 컹컹 개 짖는 소리가 들렸다. 행여 새벽길 떠나는 사람을 만날까 두려워 배수관 속으로 몸을 숨겼다. 콘크리트 배수관 속은 물은 없었지만 추웠다. 논바닥에 흩어진 볏짚을 주워 몸을 덮었다. 추위와 배고픔으로 지쳤지만 정신은 말똥말똥했다. 지금쯤 집에서는 난리가 났을 것이다. 어머니는 뜬눈으로 밤을 새웠을 것이고 마을 사람들은 나를 찾아 온 동네를 뒤졌을 것이다. 소떼가

밟아놓은 권 좌수네 모판은 어떻게 되었을까? 그러나 이제는 모든 것을 잊어야 한다. 철없는 아이라 하지만 그럴 만한 각오를 하고 저지른 일이다. 누구는 부자로 살고 누구는 죽어라 일해도 목구멍에 풀칠도 못하는 세상이 싫었다. 욱 하는 마음으로 모판을 뒤엎었지만 그 일 하나로 세상 모든 불공평이 없어지지는 않는다. 그러나 무엇이든 해야 할 것 같았다. 삐뚤어진 세상일을 바로잡기 전에는 돌아오지 않을 것이다. 이 지긋지긋한 가난이 죽을 만큼 싫었다. 몇 년이 아니라 몇 십 년이 걸리더라도 반드시 돈을 벌겠다는 각오를 다졌다. 그리고 출세해서 보란 듯이 돌아올 것이다.

닭이 울었다. 마을에서 아침밥 짓는 연기가 올라왔다. 뱃속에서 꼬르륵 소리가 났다. 생각해보니 꼬박 이틀을 굶었다. 허리띠를 졸라매고 마음을 굳게 다잡았다. 조심스레 주위를 살펴보고 배수관에서 나왔다. 옷에 묻은 흙먼지를 털어내고 태연하게 신작로를 걸었다. 손님이 타지 않은 빈 버스가 지나가고 짐짝을 잔뜩 실은 화물차가 뒤를 따랐다.

얼마나 걸었을까 시내가 저만치 보였다. 밥을 얻어먹자면 시내로 들어가야 했다. 시내로 들어가는 큰 다리 밑에 아이들이 모여 있는 것이 보였다. 호기심이 발동하여 다리 아래로 내려가자 아이들이 모여들었다. 한 녀석이 거들먹거리며 다가와 시비를 걸었다.

"어이, 거기! 어디서 굴러온 개빡다구여?"

"배가 고프다, 밥 좀 얻어먹자."

"이 자식 봐라! 겁대가리 없이 말을 놓으시네. 잘났어 정말."

머리통에 쇠버짐 자국이 나 있는 아이가 침을 찍찍 뱉으며 다가섰다. 헐렁한 바지춤 아래로 볼록 튀어나온 똥배가 눈길을 끌었다. 아무래도 한 판 싸움을 벌여야 할 것 같다. 유심이 슬며시 주먹을 쥐고 틈새를 엿봤다. 쇠버짐이 콧김을 씩씩 불며 달려들었다. 아이들이 녀석을 둘러싸고 응원을 했다. 응원에 들뜬 아이가 방심하는 순간 쇠버짐의 가슴을 주먹으로 내질렀다. 예상치 못한 주먹을 얻어맞은 아이가 앞으로 푹 고꾸라졌다. 유심이 엎어진 아이의 잔등을 타고 앉았다. 싸움이 싱겁게 끝났다. 아이들이 우르르 움막으로 몰려가 응원군을 데리고 나왔다. 왼쪽 뺨에 긴 흉터가 나 있는, 첫눈에 봐도 매우 기분 나쁜 인상이다. 아이들에게 끌려나온 청년이 담배를 꺼내 물자 한 아이가 얼른 성냥불을 그어댔다. 담배 연기를 길게 내뿜은 청년이 물었다.

"저놈이냐?"

"예, 형님!"

아이들이 일제히 합창을 했다.

"야, 꼬맹이!"

손가락으로 까닥까닥 유심을 불렀다.

"너 이름이 뭐냐?"

"유심인데요."

"그게 이름이냐 성이냐?"

"그냥 이름인데요."

"어디서 왔냐?"

"완도요."

"완도? 완도는 섬이잖아. 그런데 여기는 왜?"

"그냥요."

"이놈 봐라! 그냥 왔다고?"

"……"

"너 뭐하는 놈이냐?"

"아무것도 안 하는데요."

"아무것도 안 하다니?"

"그냥요."

"너 나쁜 짓 하고 도망쳤지?"

"……"

"그럴 줄 알았다."

"네 아버지가 누구냐?"

"아버지 없는데요."

"형이나 동생은?"

"아무도 없는데요."

"이 자식 봐라. 야! 꽁초, 안 되겠다. 바른말 할 때까지 손 좀 봐줘
라."

꽁초란 아이가 폼을 잡고 나섰다. 어차피 한 판 붙을 작정이면 다

부지게 붙어보자. 단단히 주먹을 그러쥐었다. 꽁초란 아이가 먼저 주먹을 내질렀다. 멧돼지처럼 머리를 처박고 들어오는 아이를 슬쩍 피했다. 첫 번째 공격에 실패한 꽁초가 콧김을 불며 달려들었다. 유심이 슬쩍 피하면서 꽁초의 등을 팔꿈치로 찍어 눌렀다. 꽁초가 저만치 나가떨어졌다. 아이들이 와 하고 웃었다.

"꽁초, 너는 들어가고 망치 나와라."

대장이 선수를 교체했다. 꺽다리처럼 키가 훌쩍 큰 아이가 엉거주춤 나섰다. 망치라는 아이는 황새처럼 다리가 길었다. 키 큰 아이와 싸워본 경험이 있어 두렵지 않았다. 망치가 긴 팔을 쭉쭉 뻗으며 싸움꾼답게 나왔다. 팔을 내뻗는 폼이 싸움깨나 해본 모양이다. 이리저리 주먹을 피하던 유심이 눈 깜짝 사이에 녀석의 허리춤을 파고들며 다리를 걸었다. 일격을 당한 망치가 뒤로 나가떨어졌다. 망치란 아이는 수숫대처럼 키만 컸지 아랫도리가 부실했다. 뒤로 넘어져 버둥거리는 망치를 올라타고 주먹을 날렸다. 망치의 코피가 터졌다. 피를 본 망치가 앙, 하고 울음을 터트렸다. 망치와의 일전도 싱겁게 끝났다.

"이놈과 붙어볼 놈 없냐?"

"……."

아이들이 눈치만 힐끔거릴 뿐 아무도 나서지 않았다.

"너거들, 자신 없구나. 싸움이란 말이다……."

말이 끝나기도 전에 대장의 두 발이 유심의 가슴으로 날아왔다.

그런데 대장의 몸놀림이 유심의 눈에 환하게 들어왔다. 의외였다. 대장의 동작을 알아챈 유심이 몸을 비틀어 발길을 피했다. 대장이 깜짝 놀랐다.

"이놈 봐라. 나를 피하다니, 제법인데."

약이 오른 대장이 유심을 노려봤다. 대장의 공격을 막을 궁리를 하는 찰나 두 번째 발길이 날아왔다. 눈 깜짝 사이 대장의 발길이 유심의 가슴을 내려쳤다. 하늘이 빙그르 돌면서 눈앞에 뿌연 안개가 끼었다. 숨이 멎을 것 같은 가슴 통증이 왔다. 대장이 쓰러진 유심을 잡아 일으켰다.

"이놈 제법 쓸 만한데. 너 앞으로 나랑 같이 살자. 오늘부터 네가 부대장이다."

그때까지 유심은 가슴을 움켜쥐고 말을 하지 못했다.

"그걸 갖고 뭘 그래? 조금 있으면 괜찮아진다."

대장은 괜찮을지 몰라도 유심은 죽을 지경이다.

그날부터 유심은 아이들과 한 패거리가 되었다. 다리 밑 아이들은 집을 나왔거나 불우한 가정에서 자란 아이들이다. 보호자도 없고 학교도 못 간 아이들이다. 폭력을 청부 맡기도 하고 소소한 범죄에 연줄을 달고 사는 잠재적인 범죄 집단이다. 유심이 아이들과 한 패거리가 됨으로써 범죄의 길로 들어서고 있었지만 정작 자신은 아무런 위험성을 느끼지 못했다. 설령 알았다 해도 선택의 여지가 없었다.

아이들을 따라서 아침밥을 구걸하러 나섰다. 대장은 언제나처럼 움막에서 빈둥거리고 아이들은 찌그러진 깡통을 들고 밥을 얻으러 나섰다. 부잣집을 찾아 나섰다. 그러나 부잣집이 인심이 좋을 것이라고 생각했던 유심의 생각은 틀렸다. 부자들은 가난하고 배고픈 사람들의 사정을 모른다 했다. 동냥은커녕 아이들의 쪽박을 깨기도 한단다. 아이들이 인심이 고약하기로 소문난 부잣집으로 유심을 데리고 갔다.

"이 집이다."

소슬대문이 우람하게 버티고 선 부잣집으로 몰려간 아이들이 게거품을 물고 부잣집을 욕했다. 그러나 유심은 부잣집을 믿어보기로 했다.

"오늘 우리는 이 집에서 밥을 얻어먹는다. 모두 신나게 놀아보자."

아이들이 깡통을 두드리며 각설이 타령을 불렀다. 유심의 어깨가 저절로 들썩였다. 각설이 타령을 불러 제치는 모양새가 그럴듯했다. 한 구절이 끝나고 두 구절이 끝나도 아무 기척이 없다. 그럴수록 아이들은 악을 쓰며 각설이 타령을 불러댔다. 한 아이가 대문을 발로 차며 소리를 질렀다.

"야 이 배 터져 뒈질 부자놈아!!"

기다려도 소식이 없자 유심의 심술기가 발동했다.

"야 너거들, 지금부터 내가 하는 대로 따라 하기다."

유심이 바지춤을 내리고 대문짝에다 오줌을 쌌다. 아이들 우르르 달려들었다. 아이들이 싼 오줌이 대문짝을 흥건하게 적셨다. 아이들이 한꺼번에 달려들어 대문짝을 힘껏 걷어찼다. 대문짝 걷어차는 소리가 우당탕 우당탕 요란했다. 그리고는 걸음아 나 살려라 하고 냅다 뛰었다.

"잘 처먹고 잘살아라!"

합창으로 욕지거리를 퍼부었다. 아이들이 저만치 도망갔을 때 대문이 열렸다. 심부름하는 여자 아이가 문짝에 갈겨진 오줌을 보고 비명을 질렀다. 멀찌감치 지켜보던 아이들이 겅중겅중 뛰면서 좋아했다. 소문난 부잣집에서는 허탕을 쳤지만 다음 집에서는 따뜻한 밥을 얻었다. 동네를 한 바퀴 돌고 나니 깡통이며 바가지에 얻은 밥이 가득했다. 쌀밥은 따로 모아 큰형님께 바치고 남은 밥은 한데 모아 비볐다. 아무도 불평하지 않았고 모두가 배불리 먹었다. 그런 생활이 습관이 돼서 그런지 아이들은 아무 거리낌이 없었다.

아침밥을 먹은 아이들이 몸통보다 더 큰 넝마통을 둘러메고 거리로 나섰다. 사람들이 쓰고 버린 종이나 헌 옷가지를 주워 돈을 받고 넘겼다. 아이들이 하루 종일 벌어봐야 큰형님 용돈 대기에 바빴고, 그나마도 수입이 적은 날은 단체 기합을 받았다. 큰형님의 고약한 버릇은 아이들 싸움 붙이기다. 코피가 터지고 피멍이 들어도 그만두지 않았다. 술과 담배 심부름은 기본이고 어떤 때는 다방 아가씨를 불러오기도 했다. 다방 아가씨가 움막에 불려오는 날은 아이들은 하루 종일 밖으로 돌아야 했다. 장대비가 쏟아지는 여름날에는 더욱 그랬다. 그래서 다리 밑 아이들에게 비 오고 궂은 날은 재수 옴 붙은 날이라고 했다.

망치에게서 들은 이야기다. 짱구란 아이가 넝마로 번 돈을 큰형 모르게 빼돌렸다. 아이들이 벌어들이는 수입을 빤히 들여다보고 있는 큰형이 짱구를 모질게 닦달했다. 머리가 터지고 입술이 찢어지도록 두들겨 맞아도 삥땅을 불지 않던 짱구가 대장이 던진 재떨이에 맞아 눈알이 터졌다. 그러나 대장은 기절한 짱구를 버려두고 집을 나갔다가 일주일 만에 돌아왔다. 다행으로 짱구는 죽지 않았지만 영원히 애꾸가 되고 말았다. 그 사건 이후 아이들은 절대로 삥땅을 치지 않는다.

다리 밑 아이들은 이런 생활에 익숙해져 있었으나 유심의 생각은 달랐다. 끼니마다 구걸하기도 싫었지만, 무엇보다 아무 일도 안 하면서 아이들의 돈을 빼앗고 손찌검을 하는 대장이 못마땅했다. 그러나 당장 유심이 할 수 있는 일은 아무것도 없었다. 오갈 데도 없는 형편으로 대장에게 잘못 보이면 죽도록 얻어맞고 쫓겨날 것이 뻔했기 때문이다. 멀리 보자면 따로 살아갈 궁리를 해야 했다. 그때부터 유심은 대장이 모르는 푼돈을 모으기 시작했다. 두 해가 더 지나고 장맛비가 세차게 내리던 어느 여름 날 밤, 유심은 큰 결심을 하고 다리 밑을 떠났다. 그러나 막상 오라는 곳도 없었고 갈 곳도 없었다.

3. 감방

된서리가 내렸다. 먼 산에 단풍이 내려앉고 길 가는 사람들이 옷 깃을 세웠다. 시절은 오곡이 익는 계절이지만, 유심에게는 인생의 커 다란 전환점이자 일생일대의 시련이 닥쳤다. 동대문파와 벌인 싸움 에서 사람을 죽이고 구속됐다. 세 명이 사망한 대형 사건이라 손쓸 겨를이 없었다. 밤늦은 시각에 구속영장이 떨어졌다. 유심이 싸움 판으로 구속되기는 처음이다. 폭력 조직에 몸담은 세월이 십 수 년, 그동안 사람 목숨을 헤친 적은 한 번도 없었는데 일이 터지고 말았 다. 유심이 받은 형량은 7년이다. 서울에서 내로라하는 유명한 변호 사를 사서 결과가 좋았다. 세 사람이 목숨을 잃은 대형 사건치고는 관대한 형량이다. 하지만 야생마처럼 세상을 누비고 살던 유심에게 7년이란 세월은 죽음과 마찬가지다.

얼음보다 차가운 수갑이 손목에 채워졌다. 생명을 건 싸움도 두렵 지 않던 그였지만 살갗을 파고드는 섬뜩한 쇳조각에 몸서리가 쳐졌 다. 한 땀 한 땀 조여드는 쇠붙이가 따뜻한 피를 한순간에 얼어붙게 만들었다. 세상에 거칠 것이 없었고 돈이면 안 되는 것이 없었던 배짱도 엄중한 법 앞에서는 꼬리를 내렸다. 정신이 번쩍 들면서 현실로 돌아왔다. 감방은 보통 사람들이 모여 사는 곳이 아니다. 저마다 억울하고 무죄를 확신하는 사람들이 갇혀 있는 감방이다. 어깨가 처지고 눈꺼풀이 내리깔렸다. 감방 문을 들어서는 순간 유심이라는 이름 석 자는 문밖에 걸어두고 가슴에 붙여놓은 숫자가 그의 존재를 대신했다.

"죄명이 뭐요?"

까칠하게 보이는 선입자가 물었다. 가슴에는 빨간 명찰이 붙어 있다. 감방에서 빨간 명찰은 사형수 표식이다. 사형수는 사형이 집행되기 전까지는 언제까지나 미결수다. 그들은 늘 수갑을 차고 생활한다. 밥을 먹을 때도, 잠을 잘 때도 수갑을 차고 살아야 한다. 사형수에게 수갑은 신체의 일부분이다.

사형수에게 예정에 없던 접견은 불안하다. 형을 집행하는 날은 예고 없이 닥치기 때문이다. 그들은 항시 나뭇가지에 앉은 새처럼 불안과 두려움에 떨고 있다. 그래서 삶에 대한 애착이 매우 강하다. 운이 좋아 무기수로 감형받으면 새 생명을 얻었다고 좋아한다. 그리고 사회적 여론을 늘 주시한다. 대형 살인사건이라도 터지면 덩달아 불안해한다. 지난달에 빨간 명찰 여섯 명이 한꺼번에 사형이 집행됐기 때문에 감방 분위기가 매우 무거웠다. 살인죄는 사형 아니면 15년 이상의 징역을 살아야 한다.

"살인이라고? 몇 년 받았소?"

빨간 명찰이 물었다.

"7년이오."

"몇 개나 꼈소?"

"세 개요."

"헐케 받았구면. 그것뿐이오?"

"범죄단체 조직도 함께."

껄끄러운 물음에 건성으로 대답하던 유심이 빨간 명찰을 쩨려봤다. 유심의 퉁명스러운 대답에 거친 답이 돌아왔다.

"왜, 아니꼽냐?"

"……."

두 사람 눈길에 불꽃이 일었다. 금방 무슨 일이 일어날 것 같은 분위기다. 감방 사람들이 긴장해서 사태를 관망했다. 그때 갑자기 픽! 소리가 나는가 했더니 자리에 앉아 있던 유심이 뒤로 벌렁 나가떨어졌다. 건너편에 앉았던 빨간 명찰이 공중제비로 날아올라 유심의 가슴을 걷어찬 것이다. 처음부터 만만찮아 보였지만 좁은 방 안에서 어쩌겠냐 싶어 방심했던 유심이 불시에 당했다. 조직에서 수많은 부하들을 거느렸던 큰형님 체면이 여지없이 구겨졌다. 그러나 자신을 훨씬 뛰어넘는 고단수를 만난 현실은 인정해야 한다. 감방이라는 특수한 환경에 처해 있는 자신을 잘 알고 있는 유심이다. 방심하는 사이 속수무책으로 당했지만 현실을 받아들였다. 빨간 명찰도 더 이상 움직이지 않았다. 거물들의 인사 방법은 이런가 싶을 정도로 한순간에 벌어지고 한순간에 끝이 났다.

무거운 침묵이 이어졌다. 눈 깜짝할 사이에 거래가 끝나고 자연스럽게 방 안의 질서가 잡혔다. 강한 자의 일방적인 승리이자 반항하는 자에 대한 응징이다. 주먹 세계의 승부는 명쾌하고 확실했다. 빨간 명찰이 담배 불을 붙여 유심에게 건넸다. 감방에서 담배를 나눠 피우는 것은 친구가 되었다는 뜻이기도 하고 윗사람이 아랫사람에게 베푸는 신뢰의 표시이기도 했다. 그리고 감방에서 담배는 절대 금물이지만 빨간 명찰만이 누릴 수 있는 특권(?)이기도 했다. 담배 연기가 좁은 방 안을 휘돌았다. 옆 사람들의 생침 삼키는 소리가 났지만 누구 하나 손을 내밀지 못했다. 빨간 명찰이 담배를 붙여 물자 막내가 일어나 창문에 붙어 섰다. 복도에 앉아 있는 교도관의 행동을 감시하기 위함이다. 빨간 명찰의 행동은 모든 것에 우선이고 거리낌이 없었다. 방 안 분위기가 안정되자 빨간 명찰이 물었다.

"소속은?"

"찍쇠파입니다."

유심의 말씨가 어느 사이 공손해졌다.

"그래. 내가 대동회 김동식이다!"

"대동회 동식이 형님!"

유심의 입에서 마치 오래전부터 알았던 것처럼 형님 호칭이 자연스럽게 나왔다. 대동회는 김동식이 두목으로 있는 조폭계의 상전이다. 서울 지역 조폭을 주름잡고 있는 거대한 기업조직이다. 유심이 소속되어 있는 찍쇠파 오야붕도 김동식계에서 분파된 조직이다. 조폭 세계에서 김동식의 무용담은 전설처럼 전해지고 있으나 장본인을 만나기는 처음이다. 유심의 가슴속에 동식 형님에 대한 존경과 감동의 물결이 일었다.

"인사가 늦었습니다. 찍쇠 형님을 모시고 있는 유심이라 합니다."

"그래! 잘 지내보자."

짧은 인사지만 십년지기처럼 믿음이 오고갔다.

김동식의 별명은 사시미 칼. 십여 년 전에 세상을 떠들썩하게 했던 조폭 전쟁에서 다섯 명을 수박 깨듯이 해치운 조폭계의 전설적인 인물이다. 유심이 벌떡 일어나 큰절을 했다. 감방 동료들은 숨을 죽이고 유심의 행동을 지켜봤다. 유심은 뜻하지 않는 곳에서 원군을 만나 든든했다.

"형님으로 모시겠습니다."

"좋을 대로 하고."

빨간 명찰이 감방 서열을 정했다. 출입문에서 제일 안쪽 자리는 빨간 명찰이 차지하고 그 다음이 유심이 자리다. 감방에서는 출입구에서 제일 먼 자리가 상석이다.

"새 식구가 들어왔으니 환영 파티를 해야지. 각자 준비한 특식을 내놓도록."

방 안의 특식을 모아놓으니 다양했다. 사과에서 훈제구이 닭다리 그리고 종합비타민 영양제까지 없는 것이 없었다. 감방이라 해도 먹고 마시는 데는 바깥세상과 다를 게 없지만 술 같은 특별한 음식은 직접 만들었다.

"잔칫집에 술이 없으면 쓰겠나. 막내야, 너는 창문 좀 지켜라."

어저께 들어온 절도범 꼬맹이가 창문에 붙어 섰다. 감방은 복도를 중심으로 일직선으로 배치되어 옆방을 볼 수 없다. 오늘처럼 특별한 일을 벌일 때는 교도관의 행동을 실시간으로 감시해야 했다. 그래서 고안한 것이 감시용 거울이다. 막내가 쇠창살 사이로 작은 거울 조각을 내밀었다.

"어떠냐?"

"졸고 있는데요."

"우리 방에서 잔치하는 줄 아는 모양이다."

빨간 명찰이 사물함에 감춰둔 음료수 병을 꺼냈다. 병마개를 열자 시큼한 막걸리 냄새가 났다. 유심에게 지난 몇 주는 긴장의 연속이었기 때문에 술 생각이 간절했다. 빨간 명찰이 찌그러진 양은그릇을 술잔으로 내밀었다.

"동생, 한 잔 받아라."

"예, 형님."

양은그릇 바닥에 깔린 막걸리가 목구멍에 기별도 없이 넘어갔다. 주거니 받거니 하는 사이 막걸리 병이 바닥났다. 감방에서 막걸리 제조는 고참만이 할 수 있는 특별한 권리자 노하우다. 감방 막걸리 제조법은 간단하다. 배식으로 들어오는 밥을 잘 말려두었다가 잘게 부순 식빵 가루를 섞어 담요 속에 묻어두면 아쉬운 대로 막걸리가 된다.

술자리가 끝나고 비좁은 자리에 몸을 눕혔다. 고단했다. 그러나 쉬이 잠이 오지 않았다. 온갖 생각이 머리를 들쑤셨다. 이 시각 어머니는 어떻게 계실까. 어머니를 생각하면 마음이 아프다. 집 나온 이후 숱한 세월을 살면서도 따뜻한 안부 한 번 전하지 못했던 유심이다. 그러나 행동을 못했을 뿐 어머니에 대한 고마움과 미안한 마음은 늘 가지고 있었다. 일생일대 최대의 곤경에 처한 자신을 생각하니 새삼 어머니가 그리워 눈물이 났다. 그래서 자식은 일신이 편하면 제 덕인 줄 알고 심신이 괴로워야 부모가 생각나는 법이다. 전마선을 훔쳐 타고 뭍으로 나서기는 까마득한 옛날 일이다. 조폭의 싸움꾼으로 나선 이래 세상사 무섭고 험하게 살아온 세월이 아득하게 느껴졌다. 그것도 부족해서 사람을 죽이고 감옥에 갇힌 자신의 처지가 너무도 한심했다. 생각을 잊으려 눈을 감으니 사건이 나던 현장이 영화처럼 되살아났다.

그날은 유난히 기분이 우울했다. 모든 것이 짜증나고 귀찮았다. 일과를 대충마무리 하고 사무실을 나섰다가 숙소로 들어가는 길목에서 헐레벌떡 달려오는 짱구를 만났다.

"무슨 일이야?"

"형님, 큰일 났습니다. 당했습니다!"

"당하다니, 누가?"

"국제호텔이 당했습니다."

국제호텔 나이트클럽은 유심이 관할하는 지역이다. 거기에서 나오는 수입은 조직을 운영하는 자금줄이다. 폭력 조직의 세계는 관할구역이 정해져 있다. 서로가 인정하는 구역을 침범하면 싸움이다. 짱구의 말을 들으면 유심이가 관할하는 국제호텔이 침범당했다는 말이다. 조폭 세계에서 소위 말하는 전쟁이 터진 것이다.

"어떤 놈이야?"

"들창콥니다!"

"들창코가 기어이 일을 벌이는구나. 그래, 현장에 누가 있고?"

"웨이터와 여직원만 있습니다."

"알았다. 너는 빨리 아이들을 소집해라."

예감이 좋지 못했다. 확실한 기반도 없이 떠돌던 들창코가 유심이 관할하는 업소를 넘보기 여러 번, 그때마다 적당히 어르고 달래서 큰 싸움은 막았으나 한계가 온 모양이다. 조급한 마음을 달래며 사무실로 되돌아가 금고에 감춰둔 일본도를 꺼냈다. 일본의 도검 명인이 만들었다는 명품이다. 손잡이를 뽑자 새파란 칼날이 빛을 뿜었다. 스르렁 칼 우는 소리가 났다. 엄지를 세워 칼날을 짚으니 써늘한 살기가 온몸으로 전해졌다. 오늘 이 칼을 쓰는 일이 없어야 한다. 이 칼이 허공을 잘못 내리긋는 순간 애꿎은 생명이 얼마나 상할지 모른다. 지금까지 수많은 싸움판에 섰지만 사람의 목숨은 해치지 않았다. 어느 누구라도 사람의 목숨을 함부로 거둘 자격은 없다. 그러나 그 믿음이 어디까지 갈 것인가. 오늘 그 신념이 깨질 것인가? 두렵기도 하고 은근한 기대감도 감출 수 없다. 일본도를 허리춤에 찔러 넣고 사무실을 나섰다.

유심은 일찍이 조직에서 큰형님 감투를 썼다. 사실상 찍쇠파 조직의 2인자가 된 것이다. 물불 가리지 않고 세력 확장에 뛰어든 공로를 인정받은 결과다. 후배들이 들어오고 선배들이 군림하는 주먹세계의 규율은 칼날처럼 엄격하다. 큰형님이라는 책임감이 언제나 그를 압박했다. 오늘이 그날이 아니기를 바라지만 기회가 오면 큰형님의 본때를 보여줘야 한다. 택시를 잡아타고 호텔로 향했다. 거리는 사람으로 북적였지만 호텔 거리는 의외로 조용했다. 상황이 끝난 것인가? 멀찌감치 물러서서 호텔 쪽 움직임을 지켜봤다. 짱구가 번개, 날라리, 표창, 용팔이, 뭉치를 데리고 나타났다. 그러나 들창코와 전면전을 치르기에는 인원이 부족했다. 짱구를 손짓으로 불렀다.

"오야붕은 어디 계시냐?"

"중요한 손님과 계신다는데 시간이 좀 걸린답니다."

"그 전에 끝내야 한다. 그런데 숫자가 부족하다. 각자 한 놈 이상 달고 와라. 최소한 서른 명은 돼야 죽지 않는다."

호텔로 들어섰다. 무도장으로 연결되는 지하 통로의 조명이 환하게 켜져 있다. 그러나 전쟁은 이미 끝나 있었다. 조명등이 화려한 홀 한가운데 웨이터와 여직원들이 전쟁 포로처럼 잡혀 있고, 똘마니들을 잔뜩 거느린 들창코가 거만하게 앉아 있다. 싱겁게 끝난 전쟁 포로들을 닦달하는 광경이 벌어지고 있었다. 비무장 군대가 완전 무장한 정규군과 맞붙은 꼴이다. 안타깝지만 포로로 잡힌 아군은 서빙을 담당하는 비무장 대원들이다. 피가 머리까지 솟구쳤다. 유심의 뒷자리에는 각목이며 야구방망이를 움켜쥔 동생들이 명령을 기다리고 섰다. 손가락 하나 까딱 하면 피를 부르는 전쟁이 벌어지는 순간이다. 그러나 냉정을 잃지 않았다.

"홀쭉이, 뚱뚱이, 장소팔, 서영춘, 각설이. 이 자식들 뭐하고 있어. 모두 일어나!"

무릎을 꿇고 앉았던 비무장 종업원들이 큰형님 목소리에 반색을 하며 일어났다. 머리가 터진 놈, 얼굴이 찢어진 놈, 남자 아이들은 그렇다 치고 짧은 치마를 입은 여자 아이들은 짧은 허벅지를 가리며 종종걸음으로 홀을 나갔다. 갑자기 나타난 유심을 본 들창코가 거만을 떨며 인사를 건넸다.

"아이고 큰형님께서 뭘 하시다가 이제 오시는가. 보시다시피 댁의 새끼들은 날개 부러진 병아리 신세가 됐는데 말씀이오. 내친김에 한판 놀아볼까나? 생각 있으면 나서고 아니면 꿇으시든지!"

"그래, 한 가지만 묻자. 우리 아이들이 뭘 잘못했는지 말해라."

"잘못한 거 없다. 내가 좀 심심하거든! 소일거리가 없을까 해서,

그리고 또 나도 먹고 살아야 하잖아. 그런데 뭣이 잘못됐냐. 아니꼬 우면 한판 뜰까?"

피할 도리가 없다. 전쟁을 치러야 한다. 숫자로는 일단 불리하다. 그러나 싸움은 분위기다. 실패하면 지금까지 키워온 조직이 무너지고 목숨까지 위태롭다.

"쳐라!"

유심의 명령이 떨어지자 대기하고 있던 동생들이 함성을 지르며 달려나갔다. 각목이 날고 비명이 터졌다. 머리가 터지고 핏방울이 튀겼다. 들창코는 멀찌감치 비켜서서 여유롭게 싸움판을 즐기고 있다. 와장창 기물이 깨지고 부러진 각목이 펑펑 날았다. 처음부터 머릿수가 부족한 싸움이라 전세가 불리하게 전개됐다. 어쩔 수 없이 유심이 앞으로 나섰다. 먹이 사냥에 나선 하이에나처럼 하나하나 제압해나갔다. 그러나 마지막 목표는 들창코다. 영원한 라이벌 들창코를 이번 기회에 요절을 내야 한다. 다시는 일어서지 못하도록 철저히 꺾어야 한다. 가을바람에 낙엽 쓸듯 잔챙이들을 정리하고 들창코와 마주섰다. 유심의 특기는 공중잡이 돌려차기다. 허공을 차고 날아올라 공중제비로 돌려차면 누구라도 한 방에 나가떨어진다. 비무장 열 명 정도는 순식간에 제압할 수 있는 필살기다. 그러나 허리춤에 감춰둔 일본도는 최후 수단일 뿐이다. 칼을 뽑는 순간 칼은 반드시 피를 부르게 된다. 칼은 신중하게 부려야 한다는 것이 그의 생각이다.

마주 선 들창코 역시 주먹이 맵짜기로는 소문난 싸움꾼이다. 들창코의 주먹을 제대로 언어맞고 떨어지지 않은 적수가 없다. 유심이 역시 빗맞은 들창코의 주먹에 턱뼈가 으스러진 경험을 아프게 기억하고 있다. 그와의 싸움에서는 항상 일정한 거리를 유지해야 한다. 들창코가 휘두르는 주먹의 범위 안에서는 치명적인 공격을 당한다는 사실을 잊어서는 안 된다. 결판을 내야 할 때가 왔다. 서로를 잘 알고 있는 두 사람이기 때문에 실수하는 상대는 죽은 목숨이다. 누군가는 쓰러져야 끝장이 날 싸움판이다.

유심이 먼저 공격에 나섰다. 첫 공격을 가볍게 피한 들창코가 정면으로 찔러 들어왔다. 공격을 피한 유심이 들창코의 등허리를 내리찍었다. 일격을 당한 들창코가 무릎을 털썩 꿇었다. 기회를 잡은 유심이 들창코의 복부를 걷어찼다. 들창코 머리가 하늘로 들리면서 피를 쏟았다. 단 한 방의 공격에 치명타를 당한 들창코가 칼을 빼들었다. 새파랗게 날이 선, 스치기만 해도 섬뜩 잘릴 것 같은 회칼이다. 독이 오른 들창코가 칼끝을 정면으로 겨누고 들어왔다. 유심이 역시 허리춤에 일본도를 감추고 있으나 아직은 칼을 쓸 계제가 아니다. 칼을 빼는 순간 누군가는 죽어야 하기 때문이다. 숨 막히는 순간순간이 이어졌다. 상대는 칼을 들었고 유심은 비무장이다.

그때 등 뒤에서 섬뜩한 살기가 느껴졌다. 앞뒤 적에게 포위된 유심이 양면 방어 자세를 취했다. 앞에는 회칼을 휘두르는 들창코가,

등 뒤에는 또 다른 적이 붙었다. 들창코의 공격을 막으려 몸을 비트는 순간 화끈한 불기운이 옆구리를 쑤시고 들어왔다. 등 뒤의 적에게 일격을 당했다. 칼 맞은 자리가 불 먹은 인두처럼 화끈거렸다. 한 손으로 상처를 누르고 허리춤에 감춰 둔 칼을 뽑았다. 유심의 칼날이 번쩍 하는 순간 누군가가 철퍼덕 쓰러졌다. 단 한 번의 칼사위에 등 뒤 적이 쓰러졌다. 부하의 죽음을 지켜보던 들창코가 주춤주춤 물러섰다.

칼 맞은 옆구리에서 울컥 피가 쏟아졌다. 술 취한 사람처럼 눈앞이 어른거렸다. 눈동자가 초점을 잃었다. 그러나 벌여 놓은 굿판은 끝내야 한다. 가물가물 흐려지는 정신을 집중해서 칼끝에 모았다. 유심의 검기에 눌린 들창코가 계속해서 뒷걸음질쳤다. 빈틈을 포착한 유심이 전광석화처럼 달려들어 들창코 목줄기에 칼을 꽂았다. 칼 끝에 짚이는 짜릿한 느낌이 손목을 통해 전해졌다. 칼을 맞은 들창코가 피를 쏟으며 고꾸라졌다. 경동맥이 끊어진 목줄기에서 시뻘건 선혈이 쿨럭쿨럭 쏟아졌다. 끝장을 내야 한다. 들창코의 심장을 찌른 칼끝에 힘을 주었다. 우두둑 갈비뼈를 부수고 들어가는 섬뜩한 기운이 짜릿하게 전해졌다. 칼 쥔 손목에 힘을 주자 내장이 찌르륵 칼을 먹었다. 들창코의 목구멍에서 끄르륵 숨 거두는 소리가 들렸다. 푸들푸들 경련을 일으키던 들창코가 사지를 멈췄다. 먼 데서 울리는 경찰차의 사이렌 소리를 들으며 정신을 놓았다. 기억은 거기서 멈췄다. 깜짝 현실로 돌아온 유심이 들창코의 끈적한 피가 손바닥에 붙은 것 같아 빈손을 털었다.

면회소 문이 열렸다. 보스인 찍쇠 오야붕이다. 올백으로 빗어 넘긴 머리에 포마드 기름을 잔뜩 바르고 한껏 멋을 냈다. 유치장 면회 오는 차림새는 아니다. 그러나 유유자적이다. 자신을 대신해서 들어앉은 유심에 대한 연민이나 미안함은 보이지 않았다. 하찮은 공치사를 바라지는 않지만 적어도 미안한 마음이라도 가져주었으면 하는 것이 유심의 마음이다. 유리창을 사이에 두고 마주 앉았다.

"동상, 고생이 많다. 좋은 변호사 돈 많이 주고 사났으니 기다려 보자. 그래, 어디 불편한 데는 없고?"

"저는 괜찮습니다."

"그래야지. 몇 년 푹 쉰다 생각하고 맘 편케 먹더라고. 영치금 많이 넣었으니 사식 사먹고, 불편한 거 있으면 언제든지 말하고. 뭐 특별한 거 없지? 그럼 나는 바빠서 이만. 몸조리 잘하드라고."

오야붕은 자기가 하고 싶은 말만 던져놓고 훌쩍 일어섰다. 그러니 어쩌겠는가. 이 안에서는 스스로 할 수 있는 일이 아무것도 없는걸. 머릿속으로 생각하는 일만 빼고는 모든 것이 저당 잡힌 생활이다. 몸이 그러니 마음도 따라간다. 생각은 옹졸해지고 나무 끝에 앉은 새처럼 매사에 불안하다. 여기서 살아남으려면 이곳 생활에 적응해야 한다. 천지 사방을 내 집처럼 헤집고 나다니던 자유와 바깥 생활은 지워야 산다. 수 천 수만 가지 생각들이 어지럽게 맴돌았지만 정답은 없다. 좁은 공간에 드러누우면 옆 사람과 몸이 닿는다. 겨울철이면 그나마도 서로의 체온을 기댈 수 있어 참을 만하지만 푹푹 찌는 삼복더위에는 인내의 한계점에 도달한다. 거무칙칙한 바람벽에는 이 방을 다녀간 숱한 인간들이 끼적인 낙서들이 빼곡하다. 사람마다 느낌이 다른 회한의 그림자가 어른거리고, 때로는 불구대천의 원수를 저주하는 바람벽 낙서들이 보는 사람의 마음을 슬프게 했다. 새해를 며칠 앞둔 연말의 들뜬 분위기다. 점심 후 나른한 휴식 시간, 수감자들이 책을 읽거나 명상을 하는 자유시간이다. 모두가 달콤한 휴식을 즐기는 그 시각, 덜커덩 감방 문이 열렸다. 교도관들만이 여닫을 수 있는 감방문은 예고가 없다.

"1424번 접견이다."

1424번은 빨간 명찰이다. 처음 인사할 때 자신의 수인번호를 내세워 '한 번 죽지 두 번 죽나' 농담조로 인사를 건네던 사형수다. 빨간 명찰의 면회는 한 달에 딱 한 번 아내의 면회가 유일했다. 언제나 오전 면회 첫 시간에 오는 것이 습관처럼 되어 있었는데 오늘은 의외다. 감방 사람들이 일제히 빨간 명찰을 주시했다. 늘 끼고 살던 『반야심경』을 얼굴에 덮고 누웠던 빨간 명찰이 벌떡 일어났다. 언제나 신중하던 그의 행동에서 유난히 서두르는 것이 눈에 보였다. 교도관이 한 번 더 재촉했다.

"1424번 접견이다."

그런데 분위기가 이상했다. 평상시 접견은 교도관 한 명이 안내하는데 오늘은 세 명이다. 문을 나서던 빨간 명찰이 낯선 분위기를 감지하고 주춤했다. 지극히 짧은 순간이지만 모든 것을 알아차린 표정으로 동료들을 둘러봤다. 올 것이 왔다는 체념의 몸짓이 분명했다. 눈길 하나하나가 감방 동료들 얼굴에 머물렀다. 기약 없이 먼 길을 떠나는 사람처럼 절망과 애틋함이 한꺼번에 묻어났다. 그의 눈길이 유심에게 머물렀다. 가슴이 덜컹 내려앉았다. 좋은 곳에서 좋은 만남은 아닐지라도 짧은 시간에 깊은 정이 들었는데 마음이 짠했다. 눈빛만 마주한 채 아무 말도 하지 못했다. 구태여 말을 하지 않아도 서로의 속내를 알았다. '동식이 형님, 잘 가시오.' 빨간 명찰이 대답했다. '그래, 동생 잘 있어. 이렇게 가서 미안하구만. 동생은 부디 사람답게 살아. 주먹? 그거 아무것도 아니야. 젊어 한때는 세상 모든 것이 내 것 같았지만 모든 것이 허깨비 춤이야. 부디 착한 사람이 돼서 잘살아, 동생.'

좌우에 붙어 섰던 교도관이 문지방을 넘어서는 빨간 명찰을 바짝 끼고 나섰다. 그러나 빨간 명찰의 느린 걸음을 재촉하지 않았다. 천만근의 쇳덩어리를 매단 것처럼 발걸음이 무거웠다. 발 없는 소문이 순식간에 돌았다. 일자로 배치된 감방 수감자들이 우르르 창살에 매달렸다. 모두들 말은 안하지만 마지막 인사를 나누고 있었다.

사동을 벗어나는 갈림길에서 빨간 명찰을 끼고 가던 교도관이 방향을 틀었다. 빨간 명찰이 발걸음을 멈추고 부르르 몸을 떨었다. 그 길은 죽음을 예약해놓은 사형수들이 마지막으로 걷는 길이다.

그 길 끝자락에는 사형수의 목숨을 받아갈 형장이 웅크리고 있다. 붉은 담장 너머에 숨어 앉은 사형장. 살아생전 마지막으로 하늘을 쳐다볼 수 있는 무서운 공간이 거기 있다. 발걸음이 허공에 뜨고, 눈을 뜨고 있어도 눈에 들어오는 것은 없다. 한 걸음에 열흘씩, 한 발짝에 백 일씩 걸어도 이 세상에서 살고 싶다. 천 길 지옥불이라도 세상 사람들과 살았으면 좋겠다. 저만치 웅크리고 있는 붉은 벽돌집. 삶과 죽음을 갈라놓는 그 종착역까지 억겁의 세월이라 여기며 걸었다.

  살아 있는 사람이 마지막으로 바라볼 수 있는 사형장 늙은 미루나무 앞에 섰다. 이 길을 걸어간 수많은 사형수들의 아픈 사연을 보고 들은 미루나무다. 피눈물을 뿌리며 생을 마감한 사형수들이 어루만진 자리가 썩어 병이 된 미루나무. 그 늙은 미루나무 앞에 또 한 사람의 빨간 명찰이 다가섰다. 오늘도 삶에 대한 희망의 끈을 놓아버린 한 사형수의 애틋한 사연을 늙은 미루나무는 들어주어야 한다. 1424번이 늙은 미루나무를 덥석 안았다. '나 좀 살려주시오. 나는 더 살고 싶소!' 그러나 사형장 문턱을 지키고 선 늙은 미루나무는 1424번 사형수의 피 끓는 하소연을 차가운 겨울바람으로 대신했다. 해묵은 거미줄이 을씨년스럽게 쳐진 그곳에는 멀고도 험한 저승길을 안내할 스님과 신부님이 기다리고 있었다. 마음을 가다듬은 1424번이 마지막 입을 열었다.

  "좋은 세상 잘 살다 갑니다."

  덜커덩!

잠시 후 한 인간의 목숨을 거둬가는 둔탁한 소리가 천둥처럼 들렸다. 자신이 지은 죗값으로 자신의 목숨을 하늘에 내어놓는 소리다. '한 번 죽지 두 번 죽나' 인사를 건네던 큰형님 사형수는 그렇게 갔다.

4. 월북

지독한 뱃멀미로 쓰러졌던 유심이 땅 냄새를 맡고 나서 생기가 돌았다. 연이어 느껴지는 것은 배고픔이었다. 며칠을 굶었는지 생각조차 나지 않았다. 동서남북을 알 수 없는 낯선 곳에 유심을 내려놓은 안내원이 떠나고 홀로 남겨졌다. 추위와 배고픔에 허리가 꺾였다. 어둠 속에서 두런두런 말소리가 들리더니 덩치 큰 사내 두 명이 불쑥 나타났다.

"동무, 공화국 북반부를 찾아오시느라 수고했소. 이제부터는 맘 놓으시라요. 우리공화국 북반부는 동무를 환영하오. 위대한 수령 동지께서는 동무 같은 귀국자를 환대하라 하시었소. 자, 지금부터 마음 놓고 우리를 따라나서기요."

인민복 차림의 사내가 뭔가를 설명했다. 유심이 물었다.

"안내원 동무는 어디 계십니까? 그리고 여기는 어딥니까?"

"그 동무는 맡은 과업을 완수하고 돌아갔소. 여기가 어딘지는 알 필요 없소. 동무는 우리가 시키는 대로만 하면 되는 것이오. 알겠소?"

"배가 고픈데 먹을 것 좀 주시오."

"동무의 월북을 대대적으로 환영하오. 우리 북조선에서는 위대하신 김일성 원수님의 교시를 흠모한 나머지 의거 월북하는 재일동포를 열렬히 환영하고 있소. 지금부터 동무는 머릿속에 들어 있는 썩어빠진 자본주의 사상을 청산하고, 고통받는 인민들의 피눈물을 씻어주는 영광스러운 전사로 거듭 태어나는 교육을 받게 될 것이오. 다시 한 번 강조하지만 수령님의 사상을 배우고 익히는 교육은 멈출 수도 바뀔 수도 없소. 동무가 받게 될 교육은 오로지 수령님의 교시를 철저히 관철시키는 과업이 될 것이오."

"며칠 동안 굶었소. 밥 좀 주시오."

"조금만 참으시오. 이제 곧 동무를 초대소로 안내하게 될 것이오."

배가 고파 먹을 것을 달라는데 정치 선전에 열을 올리는 안내원이 원망스럽다. 인민의 낙원이라 했는데 거짓말인가? 햇빛이 전혀 들지 않는 캄캄한 어둠 속이다. 창자가 등허리에 붙고 입술이 말라붙었다. 다시 까마득한 어둠속으로 까무러쳤다.

얼마를 지났을까. 어스름한 잠결에 문이 열리면서 따라 들어온 햇빛이 유심의 눈동자를 파고들었다. 무의식적으로 벌떡 일어나 햇빛이 드는 문 쪽으로 기어갔다. 무엇이든 손에 잡을 요량으로 팔을 내저었다. 그때 갑자기 전등불이 켜지고 방 안 풍경이 눈에 들어왔다. 사무실 한가운데 덩그렇게 책상이 놓여 있고 어둠을 밝히는 알전구가 대롱대롱 매달려 있다. 구석 자리에는 푸줏간에서나 쏨직한

쇠갈고리와 밧줄 같은 것이 걸려 있고, 수도꼭지에서는 어린아이 오 줌 줄기 같은 물줄기가 졸졸 떨어지고 있었다. 군관 차림을 한 장교 가 의자를 끌어당겨 책상 앞에 앉았다.

"어이 동무, 정신 좀 차리기요."

"군관 동무, 나 좀 살려주시오."

"이 동무 지독하구만. 아직도 쌩쌩해."

무릎걸음으로 책상 앞으로 다가갔다.

"동무 배고파 죽겠소, 밥 좀 주시오."

"이 동무가 아직도 정신을 못 차렸구만. 여기가 어디라고 밥타령 을 하고 있어!"

유심은 밥을 달라는 말을 입에 문 채 철퍼덕 쓰러졌다. 군관이 소 리쳤다.

"이 동무가 되질라고 환장을 했나! 하전사 동무, 아직도 멀었나?"

다급해진 군관이 어딘가에 대고 소리를 질렀다.

"군관 동무, 밥이 왔는데요."

"왔으면 들여보내지 않고 뭘 하고 자빠졌어 쌩."

밥그릇을 든 병사가 들어왔다.

"거기 놓고 가기요."

군관이 밥그릇을 내려놓고 돌아서는 병사를 불러세웠다.

"하전사 동무, 이리와 보라우."

"와 그러십네까?"

"저 동무를 일으켜 세우라."

하전사가 달려들어 바닥에 쓰러진 유심을 일으켜 세웠지만, 세우면 쓰러지고 또 세우면 쓰러졌다. 그러나 초등학생처럼 체격이 왜소한 그로서는 힘이 부쳤다. 보다 못한 군관이 나서면서 한마디 뱉었다.

"동무는 나이를 코빼기로 처먹었네? 와 이리 맥을 못 추는 게야."

군관의 질책에 대거리가 좋을 리 없다.

"동무, 일어나기요. 밥이 왔시오. 날래 밥 처드시라요."

밥이라는 말에 눈이 번쩍 뜨였다. 콧구멍을 늘려 냄새를 맡았다.

"이 동무 살아났구만그래."

유심을 부축하던 군관이 빈정거렸다. 와락 밥그릇을 끌어안고 얼굴을 파묻었다.

"거 천천히 먹으라, 빨리 먹다 체하면 약도 없시오."

유심의 귀에는 말이 들리지 않았다. 허겁지겁 건더기를 퍼먹고 나니 멀건 국물만 남았다. 뱃속은 아직 반에 반도 차지 않았다. 남은 국물을 단숨에 들이켜고 밥그릇에 붙은 밥알까지 떼어 먹었다. 그래도 곡기가 들어가니 눈이 떠졌다. 냄새가 맡아지고 사람이 보였다. 군관이 서류를 펼쳐놓고 이곳저곳을 손가락으로 짚으며 읽었다. 군관이 물고 있는 담배 연기가 오장을 뒤집었다. 서류를 훑어보던 군관이 유심에게 눈을 돌렸다. 입맛을 다시는 유심에게 담배 한 개비를 뽑아 내밀었다. 군관이 붙여주는 라이터 불에서 기분 좋게 알싸한 휘발유 냄새가 났다. 오랫동안 담배를 굶은 터라 연거푸 빨았다. 공중으로 날아가는 연기조차 아까웠다.

"동무, 이제부터 동무에 대해서 좀 알아보기로 합세다. 바른 대로 말하면 빨리 끝내지만 거짓말을 하면 계속해서 남아 있어야 하오. 어떻소, 내 말대로 하기요?"

유심은 서슴없이 대답했다.

"동무가 하라는 대로 하겠습니다."

"동무, 고향이 어디요?"

"남조선 전라남도 완도입니다."

"번지까지 정확히 말하시오."

"어려서 집을 나왔기 때문에 번지는 모릅니다."

"왜 고향을 나왔소?"

"부잣집 못자리를 망쳐놓고 도망나왔습니다."

"왜 그랬소?"

"부자는 쌀밥 먹고 잘사는데 화가 나서 그랬습니다."

"이 동무 출신 성분이 아주 좋구만그래. 그래서 어찌 됐소?"

"뭍으로 나와 다리 밑 거지들과 살았습니다."

"거지들과 뭘 하고 살았소?"

"밥을 얻어먹고 넝마를 주웠습니다."

"넝마가 뭣이오?"

"사람들이 버린 종이나 헌 옷가지 같은 것을 줍는 일이오."

"그러다가 또 뭘 했소?"

"건달을 했습니다."

"그러다가?"

"사람을 죽이고 감옥소에 갔습니다."

"사람을 왜 죽였나?"

"폭력배끼리 싸움이 붙어서 그랬소."

"몇 사람을 죽였소?"

"다섯 명이오."

"몇 년이나 살았소?"

"7년을 살았습니다."

"다섯이나 죽였는데 7년밖에 안 살았다고?"

"7년 감옥살이는 세 명 죽인 목숨값이고, 두 번째는 일본으로 밀항하는 바람에 잡히지 않았습니다."

"왜 일본으로 밀항했소?"

"그간의 이야기를 다 하자면 길지요. 군관 동무, 담배 한 대 더 주시면 안 되겠습니까?"

"이 동무 골초구만그래."

담배 한 대를 더 얻어 물었다. 군관이 잠시 자리를 비웠다. 모처럼 혼자서 느긋하게 담배 맛을 즐겼다. 담배 연기를 허공으로 내뿜으며 회상에 잠겼다. 새삼스럽게 피비린내가 진동하던 현장이 머릿속에 그려졌다. 옆구리를 쑤시고 들어오던 칼날의 섬뜩함이 느껴졌다. 끄르륵 들창코의 명줄 끊어지던 소리가 잊히지 않았다. 얼마 후 군관이 들어와 신문이 계속됐다.

"우리 북조선 담배 맛이 어떻소?"

"오랜만에 담배 맛을 보니 천당이 따로 없습니다."

"남조선 담배는 어떻소?"

"국산 담배보다는 양담배가 더 많습니다. 돈만 있으면 지천입니다."

"양담배 맛은 어떻소?"

"담배마다 다르지요. 여자들이 피우는 박하담배도 있고, '시가'라는 고급 담배도 있습니다. 내가 좋아하는 담배는 '윈스턴'이라는 미제 담배인데 부드러워 좋습니다."

"양담배와 우리 북조선 담배와는 어떻소?"

"솔직하게 말해도 되겠습니까?"

"좋도록 하시오."

"북조선 담배는 풀냄새가 납니다."

"동무도 풀냄새 나는 북조선 담배에 곧 익숙하게 될 것이오. 그건 그렇고, 하던 이야기를 마저 합시다. 밀항한 이유가 무엇이오?"

"전과가 있는데 다시 두 명을 까고 나니 잘못하면 평생을 감옥에서 썩을 수도 있겠다 싶어 일본으로 밀항했습니다."

"깐다니, 그게 무슨 말이오?"

"폭력배들이 쓰는 말인데, 사람을 죽였다는 말입니다."

"일본으로 밀항했다면서 어째서 입북하게 되었소?"

"처음에는 일본 야쿠자 조직에서 숨겨주기로 했는데 그놈들이 배신을 때린 거지요."

"그래서?"

"야쿠자 조직원이 조총련으로 넘긴 겁니다."

"조총련은 우리 북조선의 충성스러운 조직이오."

"……."

"자, 이제 정리를 합시다. 결론적으로 말하면 동무는 위대한 김일성 원수님이 계시는 북조선으로 의거 월북했소. 장차 우리 북조선에서 동무의 뜻을 널리 펴기 바라오."

"한 가지 물어도 되겠습니까?"

"좋도록 하시오."

"앞으로 저는 어떤 일을 하게 됩니까?"

"그것은 걱정 마시오. 우리 북조선은 전 인민이 국가에서 정해주는 직업에 종사하고 있소. 동무의 직장도 조만간에 결정될 것이오."

"주먹패로 살다 보니 따로 배운 기술은 없습니다. 잘 부탁드립니다."

"우리 북조선에 주먹패는 없소. 전 인민이 자애로우신 수령님 덕분에 잘 먹고 잘살고 있소. 그러니 동무도 나라에서 주어진 직장 일에 매진하면 될 것이오."

조사가 끝났다.

"이것으로 동무에 대한 조사는 끝났소. 이제부터 동무는 본격적인 교육을 받게 될 것이오. 열심히 공부해서 훌륭한 전사가 되기 바라오."

군관이 나가자 한복을 곱게 차려입은 여성이 들어왔다.

"오늘부터 동무의 교화를 책임 맡은 김유선이라 합니다. 앞으로 내가 하는 일에 적극적으로 따라주시기 바랍니다. 동무의 협조에 따라 교육 시간이 늘어날 수도 있고 짧아질 수도 있습니다."

"질문 하나 해도 되겠습니까?"

"좋소."

"초대소가 뭐하는 곳입니까?"

"그 문제는 차차 알게 될 것입니다. 모든 것을 한꺼번에 알려고 하지 말고 동무는 교육 과정을 따라오기만 하면 됩니다. 여성이라서 고깝게 본다든지 지시를 따르지 않으면 가차없이 징벌이 떨어질 것이니 이 점 착오 없기 바랍니다."

그로부터 유심은 북조선의 역사에서부터 김일성 수령의 사상까지 배웠다. 남조선에 파견되어 주민들을 교양시키려면 자신이 먼저 알아야 한다며 열심히 가르치고 배웠다. 초대소 교육은 폭력조직의 생리에 익숙해 있는 유심의 정신 상태를 근본적으로 개조시키는 교육이다. 하나에서 열까지 위대한 김일성 수령의 업적을 선전 선동하는 기법과 적응훈련이다.

교육 기간이 끝나갈 무렵 그는 전혀 새로운 사람이 되어 있었다. 모래주머니를 발목에 차고 하룻밤에 수백 리 산길을 주파하는 능력도 길렀다. 사상이니 교육이니 하는 자체를 낯설어했던 그가 어느 새 입만 열면 장군님의 위대한 업적을 찬양하는 전사가 되었다. 김 일성 수령님의 교시를 어기면 부모형제도 적이라는 사상이 머릿속 에 깊이 각인되었다. 결정적인 시기에 남조선에 파견되어 위대한 통 일 과업을 성실하게 수행한다는 각오를 알차게 다지고 있었다.

5. 폭풍

1950년 6월 25일 새벽 4시. 모든 인민군대에 '폭풍'이라는 극비 암호가 하달됐다. 그 시각, 38선과 접하고 있는 11개 인민군 지휘부에서 한 발의 총성이 울렸다. 전쟁을 알리는 총성을 신호로 인민군 1, 2, 3, 4, 5, 12사단 대병력이 일제히 38선을 넘었다. 그 선봉에는 인민군 105전차여단 탱크가 지축을 흔들며 앞장을 섰다.

그들 앞에 거칠 것은 없었다. 민족적 비극의 서막을 예고라도 하려는 듯 칠흑 같은 어둠 속으로 억수 같은 장대비가 쏟아지고 있었다. 선발대로 출발한 소련제 T34 신형 탱크 앞에서 군사분계선 철조망 따위는 존재의 의미조차 없었고, 국방군의 경계태세는 일요일의 단꿈에 젖어 있었다. 미미한 저항을 뚫고 38선을 돌파한 인민군 탱크 부대는 하늘이 희끄무레하게 밝아오는 새벽녘 동두천 인근까지 밀고 내려왔다. 간헐적으로 벌어진 국군의 대응 사격은 계란으로 바위 치기였다. 스탈린이 원조한 소련제 신형 탱크는 무적이었다. 소주병에 휘발유를 넣어 만든 수류탄 정도로는 달걀로 바위를 치는 격이다.

동두천은 유심이 조폭 생활을 하면서 낯이 익은 곳이다. 동두천을 지나고 미아리 고개를 넘어서자 서울이 눈앞에 펼쳐졌다. 인민군 선발대가 드디어 서울에 입성했다. 동대문이 저만치 보였다. 일요일 새벽의 서울 거리는 한산했고 사람들은 우왕좌왕했다. 서울에 입성한 인민군 선발대가 중앙청에 인공기를 내걸었다. 인민군대는 크게 고무되었고 금방 적화통일이 된 것처럼 흥분했다. 인공기를 흔드는 사람도 있고 만세를 부르는 시민도 눈에 띄었다.

아홉 살 때 떠난 고향을 중년의 나이에 찾아드는 감회는 남달랐다. 유심의 마음속에 자리 잡은 고향은 아릿한 그리움이 가득한 고향이 아니었다. 어떤 면에서는 가슴 아픈 기억만 남았을 뿐 증오의 대상이기도 했다. 권 좌수네 못자리를 망쳐놓고 도망가던 일, 다리밑 거지들과 어울려 넝마를 줍던 일 하며, 사람을 죽이고 일본으로 밀항했다 납북되어 사회주의 사상교육을 받아온 지난날이 어지럽게 그려졌다. 그러나 지금은 조국 통일을 위한 성스러운 전쟁을 치러야 한다. 위대한 김일성 원수님의 교시를 받들어 핍박받는 남조선을 해방시키는 과업에 매진해야 한다.

유심은 잠시 동안 아련하게 떠올랐던 고향 생각을 떨쳐버리고 마음을 다잡았다. 인민군 선발대가 지나간 뒷자리는 유심이 맡아 선무공작을 펼쳐야 한다. 인민군이 접수한 전라남도 도청에서 전시 상황을 확인하고 책임 지역인 완도군으로 이동했다. 남조선 지리에 어두운 운전병이 낯선 시골길을 찾느라 진땀을 뺐다. 유심 역시 어릴 때 떠난 고향이라 기억이 가물거렸다. 특히 야간에 이동하는 길이라 더욱 그랬다. 폭격 맞은 길바닥이 군데군데 패여나갔고, 웬만한 교량은 거의 끊어져 길을 막았다.

해남에서 배편을 징발해서 어렵사리 완도에 도착했다. 내무서와 인민위원회가 군청에 조직되었다. 관내 상황을 파악한 뒤 곧바로 어머니를 찾아 나섰다. 가까운 부둣가로 무작정 차를 몰았으나 그에게는 바다가 훤히 내다보이는 부둣가에서 살았던 기억이 전부다. 그나마 동네 이름이 갯마을이란 기억은 남아 있어 다행이다. 워낙 어릴 때 일이라 살던 집을 기억할 수 없었고, 인근 마을 사람들도 피난 가고 없으니 확인할 방법도 없었다. 여러 가지 정황으로 봐서 어머니를 찾는 일은 가망이 없어 보였다. 하릴없이 군청으로 돌아와 호적부를 찾았으나 소재를 확인할 수 없었다. 호적부라도 남아 있어야 희망이라도 걸어볼 텐데…… 막막했다. 부관에게 도움을 청했다.

"동무가 전남도청에 좀 다녀오시오. 완도군 주민의 호적부가 없어서 아무것도 할 수가 없소. 도청에 가면 호적 원부가 있지 않겠소?"

"군청에 없는 호적부가 도청에 있겠습니까? 남조선 반동들이 폐기하지 않았다면 사무 담당 공무원을 찾는 일이 더 쉬울 것 같습니다만. 그런데 완도는 동무의 고향인데 살던 곳을 모른단 말입니까?"

"그때는 내가 너무 어렸지. 그리고 주소 같은 것은 알아서 뭘 했겠소. 동네 앞에 큰 느티나무가 있었고 마을 이름이 갯마을이라는 기억밖에 없소."

조급한 마음을 가라앉히며 부관의 말을 따르기로 했다. 어머니를 찾는 일은 잠시 접어두고 주민 공작에 나섰다. 그에게 주어진 임무는 주민에 대한 선무공작 겸 공화국 정책에 반대하는 반동분자를 색출하는 일이다. 남조선 기관에서 근무했던 공무원과 경찰 그리고 악덕 지주를 찾아내서 그들에 대한 대책을 세워야 한다. 공무원과 경찰은 처형하고, 악덕 지주와 기업가의 재산은 몰수하고 처벌하되, 적극적인 동조자는 선무공작에 앞장세워 선전 효과를 노리는 것이 주된 활동이다. 매일같이 잡아들이는 반동들로 유치장이 넘쳐났다. 그들의 성분을 분류하는 작업에만 매달려도 손이 달렸다.

부관이 완도면사무소 공무원으로 근무했던 사람을 찾아왔다. 이마가 벗어지고 도수 높은 안경을 낀 사십대 후반이다. 왜소한 체구에 잔뜩 긴장하고 있어 더욱 초라하게 보였다. 몸을 떨며 긴장하고 있는 그를 안심시켰다.

"겁낼 것 없소. 공화국에 적극적으로 협조하는 사람은 지켜주는 것이 우리 공화국의 정책이오. 다만 조사하는 말에 사실대로 답해야 하는 조건이 있소."

담배 한 개를 뽑아 불을 붙여 내밀었다. 잔뜩 주눅이 든 남자가 손을 떨며 받았다.

"괜찮소. 얼른 피우시오."

남자가 돌아앉아 담배를 피웠다. 느긋하게 시간을 주어 남자의 행동거지를 살폈다. 음흉하거나 사악해 보이지는 않았지만 공무원으로 근무했다면 만만치 않을 것이란 생각이 들었다. 유심이 말을 건넸다.

"동무 이름이 무엇이오?"

"저기……."

대답을 않고 머뭇거린다.

"동무가 완도면사무소 호적 서기라는 사실을 알고 있으니 거짓말해야 소용없소. 남조선 해방사업에 협조하면 지난 과오를 용서할 수도 있소. 동무의 생사가 걸린 문제요. 잘 생각해보고 신중하게 답하시오. 동무 이름이 뭣이오?"

"……."

"버틴다고 해결될 문제가 아니오. 다시 한 번 묻겠소. 이번에도 대답하지 않으면 성스러운 조국해방전쟁에 거역하는 것으로 간주하여 즉결처분에 넘기겠소."

"……말씀드리겠습니다. 이름은 김덕윤이고 주거지는 완도면 칠산 1리 425번지입니다. 부모님이 계시고 처와 아들딸이 있습니다. 직업은 완도면사무소 공무원입니다."

"무슨 사무를 보았소?"

"호적 사무를 보았습니다."

"몇 년이나 근무했소?"

"이십 년 넘게 근무했습니다."

'완도면 갯마을이란 곳을 아시오?'

"갯마을이라는 자연부락이 몇 군데 있기는 합니다만."

"동무가 그곳을 좀 안내하시오."

김덕윤이라는 면사무소 직원을 앞세우고 갯마을을 찾아 나섰다. 내력을 알 만한 사람은 숨어버리고 골목에는 굶주린 개떼들만 돌아다녔다. 하루 종일 수소문하고 다녔으나 아무 성과도 없었다. 조급한 마음으로 김덕윤을 채근했다.

"김 동무, 무슨 좋은 방법이 없겠소?"

"마을에 있는 동적부를 찾으면 혹시 방법이 있을지 모릅니다."

"그런 게 있었소? 얼른 가서 동적부를 찾아봅시다."

"찾는 사람 이름은 알아야 합니다."

"사람들이 분이네라고 부르는 소리밖에 들은 게 없는데……."

"분이는 이름이고 성씨는 어떻게 됩니까?"

"그걸 알면 내가 찾지. 내가 아는 것은 그게 전부요."

분이가 어머니 이름이라면 동적부에 올라 있을까? 마음이 급했지만 김덕윤을 믿어보기로 했다. 갯마을을 찾아간 김덕윤이 해질녘에야 돌아왔다. 동장을 윽박지른 끝에 항아리에 담아 땅속에 묻어놓은 동적부를 찾아냈다는 것이다.

"동적부를 찾았습니다. 그런데 동적부에 분이라는 이름은 없고 김팔봉 씨 문간방에 서울서 온 과수댁이라고만 기록되어 있었습니다."

"동무는 만사를 제쳐두고 이 일을 전담하시오."

"김팔봉 씨를 찾아야 하는데 어디로 갔는지 알 수가 없습니다."

"거 참 답답하기는, 내가 그것까지 말해야 되겠소? 어떤 수단 방법을 쓰더라도 찾아내시오. 지금은 남조선 해방전쟁을 치르고 있는 전시가 아니오!"

악덕 지주와 자본가, 공무원과 경찰을 지낸 자의 신원은 거지반 확인했으나 검거하기는 쉽지 않았다. 특히 완도군은 고만고만한 무인도가 많아서 수많은 섬 어느 구석에 누가 숨었는지 알 수가 없다. 외지 사람이라도 쪽배를 타고 야간에 숨어들면 찾기란 사실상 불가능하다. 그렇다고 수많은 섬을 일일이 수색할 수도 없거니와 찾는 사람이 뭍으로 피신했을지도 모를 일이다.

무엇보다 어려운 문제는 마을에 남아 있는 주민들이 협조를 꺼려한다는 것이다. 세상이 또 뒤집히면 보복이 두렵기도 했고, 한 집 건너면 사돈에 팔촌으로 이어지는 혈연 때문에도 더욱 그랬다. 본보기로 몇 사람을 검거하여 즉결처분했지만, 인민군대가 죄 없는 사람을 잡아간다는 소문만 나빠질 뿐 검거 대상자는 더 깊이 숨어들었다. 그러는 사이 주민들 사이에서는 갯마을 과수댁 아들이 빨갱이가 되어 사람들을 죽인다는 소문이 돌았다. 소문이란 본시 부풀려지기 마련이지만 사실인 부분도 있다. 하루가 멀게 수십 명씩 인민재판에 회부했으니 소문은 당연했다. 유심은 어린 시절 천대를 받으며 살았던 기억이 되살아나 이들을 더욱 가혹하게 다뤘다.

권 좌수네 머슴 차돌이는 유심의 불알친구다. 유심이 자신은 권력도 재물도 없는 찌질이 신세였지만 차돌이는 그 반대였다. 돈과 권력을 모두 가진 권 좌수네 애기머슴으로 또래들 사이에서는 부러움의 대상이었고 아이들을 거느리는 대장이었다. 동네 아이들은 차돌이를 따랐고, 그가 들고 있는 삶은 감자나 쌀밥 누룽지에 군침을 흘렸다. 잠시 옛날을 회상한 유심이 한껏 은근한 음성으로 차돌이를 불렀다.

"차돌 동무, 나를 모르겠는가?"

영문도 모른 채 잡혀온 차돌은 자기 이름이 불려지자 깜짝 놀랐다. 고개를 돌려 유심을 보는 순간 이름은 생각나지 않았지만 예전부터 알았던 사람처럼 낯설지 않았다. 가까이에서 보니 어릴 적 얼굴이 어렴풋이 남아 있었다. 생각이 복잡해졌다. 이러지도 저러지도 못하고 망설이는 차돌이 곁으로 유심이 다가갔다.

"차돌아, 나다. 나 유심이다."

"……."

"그러지 말고 나를 똑똑히 쳐다봐."

그제야 잊고 살았던 유심이 생각났다. 유심이가 틀림없다. 어릴 때 모습이 서서히 살아났다. 눈코가 오목조목 붙어 있는 유심이 틀림없다. 한 번 고집을 부리면 말릴 사람이 없었던 어릴 적 친구 얼굴이 겹쳐졌다. 그런데 지금 차돌이 앞에 선 사람은 어릴 적 유심이 아니고 무서운 사람이 되어 있다. 이 사람 손에 들어가면 인민재판을 받고 처형된다 했다. 생각이 거기에 미치자 어릴 때 얼굴은 간 곳이 없고 무섭고 낯선 얼굴이 그 자리에 있었다. 그렇지만 목소리만은 그때 그 목소리다.

"자네를 이해한다. 그런데 나는 지금 영광스러운 조국해방전쟁에 나서고 있다. 그래서 내 고향 완도에 들어와 제일 먼저 인공기를 올렸다. 지금 나는 너의 도움이 필요하다."

'내가 필요하다고? 이렇게 사람을 꼬드겨 죽이려고? 그게 아니면 왜 이렇게 친절하지?' 어리둥절하게 서 있는 차돌에게 유심이 다짐했다.

"앞으로 너는 내가 하는 일을 도와줘야 한다. 이유는 캐묻지 말고 너는 내가 시키는 대로 하면 된다. 그렇게만 해준다면 너와 가족은 안전을 보장한다."

"유심이가 맞구먼. 그래, 그동안 어디서……."

차돌이 말을 잇지 못했다. 무슨 말을 해야 좋을지 망설여지기도 했지만 혹시나 말실수라도 할까봐 걱정이 되었다.

"그래, 우리 이야기는 차차 하기로 하고 부탁한다. 알겠지?"

엉거주춤 그러마고 대답은 했으나 속마음은 불안했다. 유심은 차돌이를 대민공작 사업 앞장에 내세울 작정이다. 악덕지주와 공무원 그리고 경찰과 친일 세력들, 소위 머리통에 먹물 든 인간들은 자본주의의 썩은 정신에 물들어 과업 수행에 걸림돌이다. 그들의 생각과 행동은 봉건주의 사상에 찌들어 사회주의 사상이 들어갈 틈이 없

다. 설사 강요와 협박에 못 이겨 협조한다 해도 임기응변으로 얼렁
거릴 뿐 기회가 오면 언제든지 돌아설 부류들이다. 그에 비해 출신
성분이 비천해서 온갖 천대를 받고 살아온 인간들은 다르다. 상전에
대한 존경심이 몸에 배어서 복종심이 강하고 새로움을 추구하는 혁
명 의지를 과감히 받아들인다. 이들을 훈련시키면 지배계급에 대한
원초적인 증오심이 강하기 때문에 엄청난 혁명적 역량을 발휘할 수
있다.

본격적인 반동 검거 작전에 들어갔다. 아랫사람이 윗사람을 공
격하는, 머슴이 주인의 잘못을 따지고 처단하는 작전을 쓰기로 했
다. 자정 무렵 권 좌수가 살았던 옛집을 급습했으나 대궐 같은 저택
은 쥐새끼 한 마리 얼씬거리지 않았다. 유심이 직접 나선 첫 번째 작
전에서 허탕을 쳤다. 이대로 가다가는 닭 쫓던 개 울 쳐다보는 꼴을
당하기 십상이다. 계획을 달리해서 머슴을 살았거나 소작농을 부쳐
먹었던 사람을 우대한다는 소문을 냈다. 그들은 힘없고 배고픈 사
람들이고 식솔들의 먹거리만 보장되면 어떤 일이라도 따라나설 사
람들이다. 다구나 상전에 대한 반감과 증오심이 뼛속 깊이 박혀 있
는 계층이라 효과도 좋았다.

김덕윤이 밝은 표정으로 나타났다.

"동무 어머님을 찾았습니다."

"어디서?"

"청산도 사기막골에 사십니다."

"청산도라고? 청산도가 어디요?"

"뱃길로 한 시간 정도 걸립니다. 완도 갯마을에서 오래전에 이사하셨답니다."

"직접 어머님을 만나보셨소?"

"동무 어머님을 직접 만나보고 돌아오는 길입니다."

현기증이 났다. 그토록 보고 싶은 어머니를 찾아내다니. 김덕윤이 재촉한다.

"얼른 가보셔야지요."

어머니를 만날 수 있다니 꿈만 같다. 온갖 생각이 어지럽게 떠도는데 몸은 이미 청산도행 배를 타고 있었다. 검푸른 파도가 뱃머리를 때렸다. 조급한 마음에 정기 여객선을 기다릴 여유가 없었다. 파도가 깊게 일면 띄우지 못하는 똑딱선이다. 전마선을 훔쳐 타고 뭍으로 도망가던 일이 생각났다. 감계무량하다.

어머니가 사는 마을은 청산도에서도 가장 작았다. 동네라 부르기도 어색한 초가집 세 채가 추녀를 맞대고 있는 아주 작은 곳이었다. 비봉산 자락이 바다로 내려앉고 잔잔한 파도가 호수처럼 맑고 조용한 섬마을이다. 저만치 배를 세우고 잡풀이 발목을 덮은 고샅길에 들어섰다. 김덕윤이 앞장서고 유심이 속도를 내며 따라붙었다. 김덕윤이 초가집 마당으로 들어섰다.

"이 집입니다. 모친 계십니까?"

김덕윤이 소리쳤다. 그러나 인기척이 없다.

"모친 안 계십니까?"

김덕윤이 목소리를 높였다. 그 사이 유심은 흥분된 마음으로 마당을 서성였다. 잠시 후 방 문이 열렸다. 갸릉갸릉 목젖을 세운 노파가 앉아 있었다. 어머니다. 눈물이 왈칵 쏟아졌다. 콧소리가 여운으로 남아 있는 어머니 목소리, 죽어 저승에 간들 잊지 못할 내 어머니다. 뼈끝 마디마디에 새겨져 있는 어머니의 정감 어린 목소리다. 그 어머니가 지금 유심이 앞에 앉아 있다.

"유심이가 왔습니다, 어머니!"

"유심이라고? 내 새끼 유심이라고?"

"예, 어머니 아들 유심이에요."

"간밤 꿈에 조상님이 보이시더니 우리 유심이를 보내셨구나."

유심이 펄쩍 달려들어 어머니를 끌어안았다. 주름살이 자글자글한 어머니 얼굴에 볼을 문질렀다. 죽을 고비를 수도 없이 넘긴 세월이 필름처럼 스쳐가며 서러움이 북받쳤다. 어머니 얼굴 위로 아들의 눈물이 비 오듯 떨어졌다. 아들을 감싸안은 어머니의 팔에 힘이 들어갔다. 다시는 놓지 않으려는 듯 어머니와 아들은 그렇게 껴안고 있었다. 시간이 물속처럼 흘렀다. 유심의 얼굴에 눈물자국이 번쩍였다. 유심이 일어나 절을 했다. 어머니는 엎드려 울고 있는 아들을 일으켜 안았다.

"아이고 내 아들, 어디 갔다 인제 왔더냐. 무심한 이 어미는 너 하나를 기다리며 이제까지 살아왔다. 도대체 어디서 뭘 하고 살다가 이제야 왔더란 말이냐?"

"어머니, 이제 우리 세상이 왔습니다. 해방된 남조선에서 어머니 모시고 오래오래 살 겁니다."

"그러면 네가 북에서 왔단 말이냐?"

"그렇습니다, 어머니."

"아이고 이 일을 어찌할꼬!"

"걱정 마십시오. 이제부터는 모두가 우리 세상입니다."

"우리 세상이라니?"

"인민군대가 남조선을 해방시켰습니다, 어머니."

"그런 것은 어미는 모른다. 그 모진 세월을 어떻게 살았더냐. 귀한 목숨 살아왔으니 부처님께 감사하고 조상님께 감사해야겠다. 그래, 북에서는 뭘 하고 살았더냐? 장가는 들었고?"

"아들 하나, 딸 둘을 낳았습니다."

"세상에, 이런 기막힌 일도 다 있구나."

분이는 아들이 하는 모든 말들이 낯설었다. 말끝마다 남조선 해방이니 어쩌니 하는 아들이 낯설었다. 그러나 오매불망 잊지 못한 아들이 살아왔으면 그만이지 북조선이면 어떻고 남조선이면 어떠냐 싶었다. 오순도순 아들과 살 수만 있다면 그곳이 어딘들 문제냐 싶었다.

"험한 난리통에 용케도 살아왔구나."

"어머니! 조금만 참으면 남조선이 완전 해방이 될 것이오. 해방된

73

조국에서 어머님 모시고 오래오래 살고 싶습니다, 어머니."

"네가 정녕 그쪽 사람이 다 된 모양이구나."

"무서운 사람들이 아닙니다. 조국해방전쟁을 치르고 있는 전사들입니다, 어머니."

"이 일을 어찌할꼬. 내 속으로 낳은 자식이 빨갱이가 되었다니. 어찌 이런 일이……"

"어머니, 진정하세요. 해방된 조국에서 떵떵거리고 살 테니 두고보십시오."

"나무아미타불 관세음보살."

6. 비첩

천 길 낭떠러지에 떨어진 기분이다. 남들처럼 먹이지도 입히지도 못한 아들이다. 남들처럼 공부도 시키지 못했고 알뜰한 사랑을 주어 키우지도 못했다. 분이에게 유심이는 천형(天刑)이다. 하늘이 내린 형벌, 천형. 아비가 누군지도 모르는 자식. 결혼도 못해본 처녀 어미가 어느 날 갑자기 세상에 쏟아놓은 애물단지다. 그 아들을 가슴에 품고 살아온 세월이 반백 년. 강산이 네 번에서 다섯 번이나 변하는 세월이었다. 일생을 가슴 태우며 살았던 한 맺힌 세월이었다.

그 인고의 세월을 모질게 살아온 어미 앞에 나타난 아들은 발끝에서 머리끝까지 빨갱이가 되어 있었다. 입을 열면 김일성을 찬양하는 선전이 줄을 잇고, 행동거지 하나하나가 모두 남조선 혁명을 위한 투쟁이다. 부자, 공무원, 경찰, 기업가 등등 모든 사람을 반동분자라며 처단해야 한단다. 장차 이 일을 어쩐단 말인가. 그러나 어쩌랴. 모든 것이 운명이라면 받아들이자. 이 한 몸이 살아생전에 갚아야 할 업보라면 용서 비는 마음으로 받아들이자. 그리고 이 모든 환란 고초를 어미가 안고 가리라.

사상이 무엇이고 주의가 무엇인지 분이는 알지 못하지만, 당장 눈앞에서 벌어지고 있는 죽고 죽이는 전쟁은 무섭고 참혹했다. 흥분됐던 마음이 진정되자 아들은 지나온 이야기를 꺼내놓았다. 권좌수 묫자리를 망쳐놓고 뭍으로 도망가던 일에서부터 넝마주이와 다리 밑 거지 생활, 살인을 저지르고 감옥소에 갔던 일, 그리고 밀항선을 탔다가 조총련에 포섭되어 월북했던 일 등등, 수많은 곡절을 겪은 고난의 세월을 구구절절이 토해놓았다.

숱한 고비를 넘기고 살아남은 아들 이야기를 듣는 분이도 가슴이 아팠다. 유심이 새삼 어머니 얼굴을 손으로 쓸어본다. 배꽃처럼 곱던 얼굴에 자글자글 주름이 잡혔고 삼단처럼 풍성하던 머릿결에 성근 백발이 내려앉았다. 분이가 일어나 깊이 갈무리해둔 입쌀을 퍼내 밥을 짓고 마른 미역을 풀어내서 국을 끓였다. 어른이 된 후 처음으로 어머니가 지어주는 밥을 먹어보는 유심이다. 이런 것이 사람 사는 세상인가 싶었다. 이토록 평화로운 어머니 품을 두고 그토록 험한 세상을 떠돌아다닌 자신이 부끄럽고 한스러웠다.

꿀맛 같은 저녁을 먹은 모자가 자리에 앉았다.

"유심아, 지금부터 어미가 하는 말을 잘 들어라. 너의 집안 이야기다."

분이가 호롱불 심지를 한껏 낮췄다. 갑자기 방 안이 어두워졌다. 알 수 없는 긴장감이 사방에 가득했다. 분이가 입고 있던 치마를 벗어 말기를 뜯었다.

"이 물건이 너희 가문으로 전해 내려오는 물건이다."

치마 말기에서 찾아낸 찌든 종이쪽지를 아들에게 내밀었다.

"이게 뭡니까!"

"지금부터 내가 하는 이야기를 잘 들어라."

분이 얼굴이 엄숙하게 굳어졌다.

"어미가 열다섯인가 열여섯인가 나던 해 네 아비를 처음 만났다. 정식으로 혼례를 치른 신랑도 아니고 그렇다고 사사로이 정분이 난 사람도 아니다. 어미 팔자가 기구하여 어릴 때부터 절집에서 공양주로 없혀살았다. 그해 초파일 날 절집을 찾아온 어느 양반집 서출에게 겁간을 당해 너를 낳았다. 워낙 졸지에 당한 일이라 그 인간의 이름도 성도 모른다. 시집도 안 간 처녀가 아이를 가졌으니 오죽했겠느냐. 뱃속에 든 아이를 지우려고 벼랑에 올라가 뛰어내리기도 하고 헛간 들보에 목을 매기도 해봤지만 모진 목숨 접지 못하고 지금까지 살았다. 천지사방이 자부룩하게 눈이 내리던 동짓달, 팥죽 쑤는 나무 하러 산에 갔다가 길바닥에서 너를 낳았다. 천만다행으로 도량 넓으신 주지 스님 덕분에 절집 한 구석에 너를 감춰두고 키웠다. 처음 얼마간이야 세상눈을 속이며 살았지만 절집을 드나드는 사람들의 숙덕공론에 절집에서도 쫓겨났다. 자세한 이야기를 할 때가 있을지 모르겠다만, 여기까지가 너의 출생에 대한 대략적인 이야기다."

"……."

난생 처음 출생의 비밀을 듣게 된 아들은 어머니의 입만 쳐다보고 앉았다. 어머니가 물 한 모금을 마시고 이야기를 이어갔다.

"너도 알다시피 본시 어미는 성이 없다. 분이라는 이름은 대감댁
에서 노비로 살 때 주인마님이 지어준 이름이다. 어미가 대감댁 노
비가 된 사연은 그 뿌리가 매우 깊다. 어미의 집안 내력은 어미의
어미에게서 들었다. 그 어미의 어미는 다시 어미의 어미로부터 전해
들었을 것이고. 그렇게 까마득하게 거슬러 올라간 뒤에야 뿌리의
근원을 찾을 수 있다. 선조 임금 시절에 세상을 뒤집어놓은 역모 사
건이 있었다. 사람들은 기축옥사라 부르기도 하고 정여립의 역모사
건이라고도 한다더라. 그때 네 어미 집안이 역모에 몰려 참변을 당
했다. 남자들은 잡혀가 처형되고 여자들은 관비로 내쳐졌다. 그 사
건으로 세도가 집안이 한순간에 풍비박산 나고 대를 이을 자식이
끊어졌지만 외손으로 내려오는 가계는 근근이 명맥을 이어오고 있
었다. 이것이 수백 년을 애먼 목숨 끊지 못해 살아오고 있는 게 네
어미의 집안 내력이다. 천만다행으로 세상이 뒤집히고 조선이 망한
다음에야 어미 역시 노비 신세는 면했지만 비천한 신분의 뿌리는
아직까지 떨치지 못하고 있다. 이런 집안 내력 때문에 너의 어미는
한평생을 서러움과 고난으로 살아왔다. 이 비첩은 너의 먼 외할아
버지로부터 은밀히 전해지고 있는 소중한 물건이다."

"어찌 그런 일이……."

"어미 이야기는 여기까지다. 그 종이쪽지에 무슨 말이 쓰였는지
는 어미도 모른다. 세상이 뒤집히고 천지가 혼동되는 난리판에서도

놓지 않았던 물건이다. 이 비첩은 어미가 세상에 존재하는 의미였고 생명줄과 같은 것이다. 내가 이날 입때껏 목숨을 부지한 것도 모두가 이 비첩의 힘이다. 먼 조상이 죽음을 앞에 두고 피를 토하며 쓰셨다는 그 뜻을 자손에게 전해야 한다는 일념 하나로 살았다는 뜻이다. 이것만 품고 있으면 만사가 이뤄질 것 같은 희망이 있었다. 아무리 어렵고 힘든 일이 있어도 가슴에 품은 비첩을 어루만지면 힘이 솟았다. 어미는 이 비첩을 안전하게 후손에게 전하라는 숙명을 안고 태어난 것처럼 말이다. 이제 네가 어른이 되었으니 너에게 이 비첩을 전해준다. 앞뒤 사연이 그 속에 적혀 있을 터이니 네가 직접 열어보아라."

비첩을 받아든 유심의 손끝이 부들부들 떨렸다. 불그스름하게 빛이 바랜 헝겊을 뜯어내자 보풀이 푸석푸석 일어나는 종이쪽지가 나왔다. 겹겹이 눌러 싼 한지가 덕지덕지 달라붙어 벗겨지지 않았다. 한 꺼풀을 벗겨내자 누렇게 찌든 또 한 꺼풀의 한지가 드러났다. 다시 그 종이를 벗겨냈다. 마지막인가 싶어 한 꺼풀을 더 벗겨내자 글씨가 쓰인 종이가 펼쳐졌다. 국문이다. 한문을 깨우치지 못할 후손들을 위한 배려일 것이다. 자잘하게 쓰인 비첩을 읽었다.

나는 광동이씨 장원공파 14세손이고 이름은 달이다. 관직은 성균관 대사성이고 기축옥사에 멸문지화를 입었다. 나의 자손은 벼슬길에 나서지 말고 복수를 꾀하지 마라. 비극은 또 다른 비극을 부를 뿐이다. 경인년 간에 나라에 큰 위기가 온다. 대의를 지키고 부화뇌동하지 마라.

기축옥사는 당파 싸움에서 비롯된 조선 역사 최대의 비극적 사건이다. 정사는 역모 사건으로 기록하고 야사는 허황되다고 하지만 어느 쪽이 사실인지 입증할 길이 없다.

역사는 승리한 자의 몫이다. 이긴 자는 패배한 자의 흔적을 지워 버린다. 지금 유심에게 전해지는 이 작은 비첩 역시 싸움에서 패한 약한 자의 하소연일 수도 있다. 그러나 어찌 보면 옥사에 연루되어 풍비박산되었던 광동이씨 가문이 천추에 맺힌 한을 자식에게는 물려주지 않겠다는 의지가 담긴 것이기도 하다. 유심의 가슴에는 언제나 불평불만이 들끓고 있었다. 권 좌수네 못자리를 망친 일도 유심의 반항심 때문이다. 타고난 반항 기질 때문에 사람을 괴롭히고 심지어는 죽이기까지 했다. 조직폭력배에 들어가 살인을 했고 감옥살이도 겪었다. 끊임없는 악의 유혹이 유심의 발목을 잡았다. 야쿠자의 변심에 속았다고 하지만 세상을 향한 불평불만이 그의 월북을 자초했을지도 모른다.

지금 유심의 핏줄 속에는 수백 년 전 조상들이 당했던 억울한 피가 흐르고 있다. 원한에 사무친 핏줄기가 끝내 식지 않았고 그 결과 오늘의 유심이를 만들었다. 어머니가 보여준 비첩에서 가족 내력을 알게 된 유심은 각오를 새롭게 다졌다. 그는 남쪽에서 태어났지만 북조선을 위해 일한다. 지금 그에게는 남조선 해방전쟁을 완수해야 한다는 사명감으로 벅차 있다. 자손들은 벼슬길에 나서지 말고 복수를 도모치 말라는 조상님의 경계가 무색하게 사람의 생사를 좌우할 수 있는 힘과 권력이 그에게 있다. 어쩌면 그는 조상들이 받은 억울함을 되갚으라는 숙명적인 업보를 타고났을지도 모른다.

분이가 망연자실하고 있는 아들을 쓰다듬었다. 부모에게 자식의 나이는 의미가 없다. 환갑을 앞둔 자식일지라도 부모 앞에 선 자식은 걸음마를 떼어놓는 어린아이일 뿐이다. 지금 분이에게 소원이 있다면 한평생 그리던 자식과 함께 살고 싶은 바람뿐이다. 거친 보리밥일지라도 아들과 함께 먹고 살았으면 좋겠다. 올망졸망한 손자의 재롱을 보며 인생의 재미를 느끼며 살고 싶은 것이다.

"그러니까 이 비첩이 삼백 년도 넘었단 말이지요?"

"그렇다. 임종을 앞둔 나의 어머니가 당신의 치맛단 속에서 꺼내 주시더구나. 어미가 이 비첩을 너에게 전해주는 것은, 억울하게 역적으로 몰려 죽은 조상의 업보를 끊자는 조상님의 뜻이 담겨 있다. 원수를 갚는 일은 또 다른 원수를 낳는 일이기에 그렇다. 그리고 그보다 더 중요한 것은 미구에 닥칠 나라의 환란을 틈타서 부화뇌동하지 말라는 것이다. 미련한 어미 생각으로는 지금이 그때가 아닌가 싶다."

"할아버지가 삼백년 후를 어찌 예견했단 말이오?"

"주역에 통달한 할아버지는 미래를 내다보는 예지가 있었다 하더

라. 그 할아버지가 훗날에 일어날 대 환란을 예견하고 자손에게 경각심을 준 것이다."

"조상님들 시대에 일어난 일을 자손들이 책임질 수는 없지요."

"그게 무슨 말이냐?"

"제 생각은 이렇습니다. 세상에 뿌리 없는 자손은 없습니다. 그리고 또 자식을 걱정하지 않는 부모도 없을 겁니다. 그러나 할아버지의 유언이 사실이라 해도 태어나면서부터 천대를 받고 살았던 저와 어머니의 인생은 어디서 보상받습니까?"

"어미는 그런 삶을 숙명적으로 받아들였고 종내는 족보도 없는 너를 낳아 길렀다. 그것이 어미의 인생이고 우리 집안 여인들의 숙명이다. 사람이 태어날 때 받은 숙명은 어쩔 수 없는 것이다."

"저는 세상을 바꾸고 말 겁니다. 인민의 피를 빨고 노략질하는 무리들을 모두 잡아다 처형할 겁니다. 평생을 험하게 살아오신 어머니의 피맺힌 한을 풀어드리고 싶습니다. 아니지요, 그것으로는 만족할 수 없습니다. 어머니 아들 유심이의 망가진 인생도 보상받을 겁니다. 이 땅에 남겨진 봉건 찌꺼기들을 모조리 쓸어내는 혁명을 하고 싶습니다. 해방된 조국에서는 썩어빠진 양반, 상놈 사상을 쓸어내고 모든 인민이 함께 잘사는 그런 나라를 만들고 싶단 말입니다. 어머니는 보고만 계세요. 어머니 아들 유심이가 꼭 그 일을 해내고 말 테니까요."

유심의 결심은 굳었다. 그러자면 계획을 세워야 한다. 그 첫 번째 과업이 백성 위에 군림하며 권력과 부를 누렸던 자들을 찾아내서 응징하는 일이다. 그 첫 걸음이 인민의 적인 공무원과 경찰을 잡아내서 처형하는 일이다. 악덕 지주와 고리대금업자 그리고 관료 출신 반동들을 찾아내야 한다. 돈 없고 힘없는 노동자, 농민을 착취하고 간악한 일제에 빌붙어 돈과 명예를 도둑질한 친일파 관료들을 모두 잡아들여 응징할 것이다.

"어머니, 저는 할 일이 너무 많아요. 친일파도 잡고, 농민을 착취한 지주도 잡고, 인민을 착취한 공무원과 경찰도 잡고, 특히 어머니를 고문한 그 사또는 반드시 잡아서 천배 만배 앙갚음을 할 것이고요."

"아서라, 모두가 부질없는 일이다."

"우리 세상이 왔는데 뭣이 무섭다고요."

"너의 사주는 나무 끝에 앉은 새를 닮았다 하더라. 그러니 한 곳에 지긋이 정착하지 못하고 조선 팔도를 떠도는 팔자라고 하더라. 어미가 너를 낳을 때 천 길 불구덩이 속으로 떨어지는 악몽을 꾸고 낳았다. 그러니 못된 액땜을 하느라고 이렇게 험한 인생을 살지 않느냐. 지금까지 지은 죗값만 해도 하늘에 사무칠 텐데 거기에 무슨 죄를 더하려 하느냐. 여기서 그만두자. 네가 타고난 업장을 소멸하자면 절에 들어 스님이 되어야 할 팔자인데도 너는 악업에 악업을 더하고 있다. 어미나 너나 지금까지 마음 편하게 살아본 적이 하루라도 있었더냐. 너는 지금 네가 바라는 세상이 왔다고 날뛰지만 세상 이치는 양지와 음지가 늘 같이 법이다. 아직도 늦지 않았다. 만사를 그만두고 이 어미하고 조용히 살자꾸나."

"무슨 말씀을요. 머지않아 인민들이 주인이 돼서 모두가 잘사는 세상이 올 텐데요."

어머니와 아들의 생각이 달라도 너무 달랐다. 아들은 낡아빠진 구습을 일소하고 새롭게 살자 하고, 어미는 주어진 숙명대로 살자고 한다. 그러나 성난 파도처럼 몰려오는 민족의 운명을 거스를 힘이 그들에게는 없었다. 한동안 침묵이 흐르고 분이가 화제를 돌렸다.

"그보다는 네 이름의 유래를 알아야 한다. 성씨가 없는 것이야 노비의 자식으로 태어났으니 어쩔 수 없다 해도 왜 유심이라 지었는지 궁금하지 않느냐?"

"별로 궁금하지 않은데요."

"궁금하지 않더라도 들어두어라. 이름을 지어주신 스님이 그러시더라. 너의 전생은 살인을 저지르고 죽은 혼령이 천 년을 기도한 끝에 사람으로 환생했다더라. 너는 스님이 되어야 하는 팔자인데 그 길을 못 갈 경우를 생각해서 방패막음으로 유심이라 지었다더라. 너의 이름 속에는 해골 물을 마시고 도를 깨우친 원효대사의 깊은 뜻과, 타고난 업장을 소멸하고 바르게 살라는 주지 스님의 기원이 들어 있다고 하시더라. 이제라도 마음을 고쳐먹고 부처님께 귀의해서 지극정성으로 기도하며 살자꾸나."

"그것은 어머니 생각이시고 저는 생각이 다릅니다."

"걱정이 돼서 그런다."

"걱정하지 마세요. 제 일은 제가 알아서 할게요."

7. 바람

아들은 그 밤을 어머니 집에서 달게 잤다. 이튿날은 어느 때보다 개운한 아침을 맞았다. 아무 근심도 걱정도 없이 깊은 잠을 잤다.

어머니가 지어주는 아침밥을 먹고 나오니 어제 왔던 김덕윤이 첫배를 타고 마중 나왔다. 서둘러 군청에 돌아오니 분위기가 어수선했다. 국군의 반격은 눈에 띄게 늘어나고 인민군의 공격력은 급속도로 떨어지는 상황이 벌어졌다. 인민군대를 더욱 힘들게 하는 일은 무제한으로 투입되는 미군의 군수 지원이다. 보급 작전이 불안한 인민군과 비교하면 하늘과 땅 차이로 기울었다. 남조선 해방 전쟁의 막바지인 낙동강 전투에서 인민군이 고전하고 있다는 소문이 퍼졌다.

인민군 수뇌부는 남조선 완전 해방을 눈앞에 둔 시점이라 적잖이 당황했다. 영광스러운 조국 해방과 전승의 기쁨을 눈앞에 둔 시점에서 결정적으로 불리했다. 제공권을 장악한 미군 비행기가 시도 때도 없이 폭탄을 쏟아붓는 바람에 작전 수행에 적잖은 차질이 생겼고, 그 와중에 중공군이 참전한다는 정보가 풍문으로 돌았지만 알 길이 없어 더욱 불안했다.

유심이 바빠졌다. 검거하지 못한 반동분자 검거에 속도를 냈다. 면서기 김덕윤을 앞세운 체포조를 채근했다.

"동무에게 거는 기대가 크오. 이게 반동들의 명단이오. 반드시 잡아들이시오. 도망가면 사살해도 좋소."

유심이 건넨 수배자 명단에는 남도 일대에 주소를 둔 공무원, 경찰, 고리대금업자, 부농이나 부자 등 행세깨나 하고 사는 사람들의 이름이 적혀 있었다. 작정하고 도피한 사람을 검거하는 문제는 쉬운 일이 아니다. 유심의 지시를 받은 김덕윤은 완도와 주변 섬을 일제 수색하는 계획을 세웠다. 완도를 비롯한 남해안 섬들은 해안선이 복잡해서 으슥한 바위나 암굴 속에 숨으면 찾기 어렵다. 가깝기로는 고금도를 시작으로 그 옆이 신지도, 약산도, 금당도, 금일도, 생일도, 보길도, 소안도, 노화도, 그리고 청산도 등 사방 백 리를 사이에 둔 고만고만한 섬들이 모두 그렇다.

우선 검거 대상자는 경찰관이다. 그때까지 일제의 잔재가 남아 있는 경찰은 고문과 폭력을 일삼는, 국가가 묵인하는 폭력 집단이다. 따라서 어느 반동들보다 우선적으로 검거해야 할 대상이다. 다음은 면사무소나 군청에서 일했던 공무원이다. 공무원은 노동자, 농민을 착취하는 계급이고 공화국에 반대하는 세력으로 마땅히 검거해서 처벌해야 한다. 지주와 돈놀이 하는 고리대금업자는 인민들의 피를 빠는 반동이고, 특히 소작농을 거느린 지주는 인민의 적이다. 유심이 반동분자 검거를 위한 지역 책임자 회의를 소집했다.

"동무들, 수고가 많소. 진행에 앞서 김덕윤 동무를 소개하겠소. 김 동무는 남조선 해방전쟁 전에는 완도군청 공무원이었소. 그러나 지난날의 잘못을 뉘우치고 공화국에 협조를 다짐한 동무요. 앞으로 동무들이 활동하는 데 많은 도움을 줄 것이오. 김 동무, 앞으로 나와 인사하시오."

"김덕윤입니다. 저는 진도군청에서 호적 사무를 담당했던 사람입니다. 그러나 지금은 조국해방전선에서 일하고 있습니다. 많은 협조를 부탁합니다."

김덕윤이 인사하고 물러났다. 유심이 다시 마이크를 잡았다.

"그러면 각자 의견을 말해보시오."

"저요."

"동무는 누구요?"

"저는 완도면 백운봉 아래 사는 김업동이라 합니다."

"좋소. 동무는 왜 피난을 가지 않았소?"

"일부러 가지 않았소. 남조선 정치가 너무 싫어서 전쟁이라도 났으면 좋겠다는 생각을 하고 있었던 사람이오."

"동무 같은 사람이 많아야 우리의 과업이 성공할 수 있소. 그래, 무슨 방도가 있소?"

"완도군은 열 개가 넘는 섬이 있소. 지역을 잘 아는 사람을 골라서 먼저 수색대를 보내야 하오."

"좋은 생각이오. 또 다른 의견 없소?"

"선착장을 경비하고 염탐꾼을 보내야 한다고 생각합니다만."

"좋은 의견이오. 그 문제는 김 동무가 챙기고 있으니 염려하지 마시오. 오늘 여러분들에게 특별히 부탁할 말씀은, 동무들이 앞장서서 악덕 지주나 고리대금업자를 찾아내라는 뜻이오. 그자들이 도망간 내력을 알게 되거든 김 동무에게 일러주시오. 다른 의견이 없으면 오늘 회의는 이것으로 끝내겠소. 그런데 한 가지 주의할 게 있소. 이 소문이 밖으로 나가지 않도록 주의하시오. 그리고 김덕윤 동무는 사람을 뽑아서 육지로 나가는 부두를 특별 감시토록 하시오."

"그렇게 하겠습니다."

"그리고 내가 특별히 부탁할 말이 있소. 군청 앞에 살던 권 좌수라고 있소. 권 좌수는 고령이라 죽었겠지만 그 자손들은 살아 있을 것이오. 반드시 잡아야 하오. 남조선의 대표적인 반동이오. 봉건 낡은 사상으로 인민을 억압하고 죄 없는 사람을 잡아들여 고문하는 악질 관리요. 이 일은 차돌이 동무가 맡아주기 바라오."

회의는 간단히 끝났다. 남은 문제는 열 개가 넘는 섬 지역을 수색하는 일이다. 여러 방도를 숙의한 끝에 수색 책임자는 김덕윤으로 하고 지역을 잘 아는 차돌이가 연락책을 맡아 수색조를 꾸렸다. 유심이 직접 수색조를 이끌고 읍내에서 가까운 신흥사로 출동했다. 신흥사는 지역 주민들이 많이 찾는 절집이다. 적잖은 반동들이 은거하고 있을 것이라는 유심의 직감적인 판단에 따른 작전이다. 집총한 전사를 대동한 수색조가 사찰 경내에 들어서자 인기척에 놀란 개들이 그악스럽게 짖어댔다. 늙은 스님이 잠결에 문을 열고 나왔다. 유심이 수신호를 보내자 전사들을 앞세운 수색조가 우르르 법당 안으로 들어갔다. 깜짝 놀란 스님이 몸으로 막고 나섰다.

"이 무슨 일입니까?"

"반동이 숨었다는 제보가 있어 수색하는 중이오."

"이곳은 부처님이 계시는 법당입니다. 예의를 차려주시오."

"동무가 주지요?"

"그렇소. 부처님이 계시는 신성한 법당에서 이 무슨 해괴한 짓입니까?"

"불순분자를 수색하고 있소."

"우리 절에는 그런 사람 없습니다."

"있고 없고는 찾아보면 알 일이고. 그런데 동무는 어째서 피난을 가지 않았소? 그러고 보니 무슨 꿍꿍이수작이 있는 거 아니오?"

"부처님 모시는 불자가 어찌 피난을 가겠소."

"우리 인민군대는 영광스러운 조국해방전쟁을 치르고 있소. 머지 않아 남조선이 해방될 것이오. 숨겨놓은 반동이 있으면 자수시키시오. 만약 수색해서 나오면 그때는 용서치 않을 것이오."

수색조가 절집을 뒤졌다. 법당을 시작으로 스님들의 처소인 요사채, 공양간, 심지어는 해우소까지 샅샅이 뒤졌다. 그러나 아무것도 찾지 못했다.

수색 결과를 보고받은 유심이 의미심장한 눈빛으로 김덕윤을 바라봤다.

"수고했소. 전사들은 휴식을 취하도록 하고 차돌이와 김 동무는 나를 따라오시오."

유심이 두 사람을 대리고 주지 스님 앞으로 다가섰다. 스님을 쏘아보는 눈길이 예사롭지 않았다. 유심의 표정을 살피던 주지 스님이 나쁜 짓 하다 들킨 아이처럼 움찔한다. 유심이 김덕윤의 보고를 받고 곧바로 철수하지 않은 까닭도 주지 스님의 미심쩍은 언행을 간파했기 때문이다. 스님의 언동으로 봐서는 뭔가를 숨기고 있는 듯한 눈치인데 그곳이 어디인지 알 수가 없었다.

'김덕윤이 주지 스님과 내통해서 피난시켰나? 그럴 리가 없다. 김덕윤은 공화국에 협조하는 조건으로 목숨을 부지하고 있는데, 그리고 특별히 눈 밖에 나는 행동을 하면 즉결처분을 당한다는 사실을 알고 있을 터인데 무모한 짓을 할 리가 없어.'

그렇다면? 유심이 다시 본존불을 모신 법당으로 들어갔다. 법당 마룻장을 쿵쿵 굴러보고 지휘봉으로 여기저기를 쑤시고 다녔다. 뒤를 따르는 주지 스님이 기겁을 했다.

"부처님이 계신 법당입니다. 신발이나 좀 벗고 다니시오."

"바쁜데 무슨 소리요. 그 따위 한가한 짓은 할 일 없는 중놈들이나 하시오. 한 번 더 그따위 소리했다간 혼날 줄 아시오."

불만을 쏟아내던 주지 스님이 목을 움츠렸다. 법보다는 주먹이 먼저다. 불평 한 마디 했다가 혼쭐이 난 주지 스님은 수색조가 하는 일을 지켜볼 도리밖에 없었다. 유심의 송곳 같은 촉각이 법당 안을 샅샅이 훑었다. 부처님이 깔고 앉은 법대를 들춰보고 대웅전 바람벽도 주먹으로 쿵쿵 두드렸다. 그런데도 이상한 낌새는 어디서도 발견되지 않았다. 반동이 숨었다는 제보를 받았다고 엄포를 놓았으나 사실 그런 제보는 없었다. 잡다한 기물을 벌여놓은 법당이 사람 숨기에 좋을 것이라는 짐작이 빗나간 모양이다. 법당 수색을 포기하고 대웅전 문지방을 넘어서는 순간 유심의 눈초리가 부처님이 앉은 법대에 머물렀다. 어른 키 높이로 만들어진 법대 속에 뭔가 숨겨져 있을 것 같은 느낌이 들었다.

"잠깐! 김 동무, 저기 부처님 법대 밑을 보았소?"

"부처 밑은 들춰봤는데 법대는 보지 못했습니다."

"법대 밑을 중점적으로 수색해보시오."

김덕윤이 부처님이 앉은 좌대를 두드리자 돌아오는 반향이 이상했다. 되돌아오는 소리로 짐작할 때 사람이 숨을 수 있는 공간이 있다는 느낌이 들었다. 저기다! 감을 잡은 유심이 말했다.

"김 동무, 거기요. 소리 나는 곳을 뒤져보시오. 봉이 아니면 닭이라도 나올 것이오."

순간 사색이 된 주지 스님이 유심을 가로막으며 말했다.

"부처님을 모신 신성한 법당이외다. 부처님이 계시는 대웅전이란 말입니다. 수색을 중지하시오. 더 이상 했다가는 부처님이 노하실 것이오."

"이 동무가 아직도 정신을 못 차렸구먼. 즉결처분 않은 것만 해도 다행인 줄 알아야지 수색을 하지 말라니 당신 죽고 싶어?"

유심의 강경한 태도에 주지 스님이 주춤주춤 물러났다.

"차돌 동무, 도끼를 찾아오시오. 아무래도 법대를 부숴야겠소."

차돌이 나가더니 장작 패는 도끼를 찾아왔다.

"차돌 동무! 그 도끼로 법대를 찍으시오."

차돌이 도끼로 법대를 내리쳤다. 법대에 차려진 기물이 우르르 쏟아졌다. 주지 스님이 발악적으로 소리쳤다.

"당장 도끼를 거두시오! 천벌이 내려질 것이오!"

"차돌 동무, 내친김에 부처님인지 삼신님인지도 부숴버리시오."

마룻바닥에 퍼질러 앉았던 주지 스님이 털썩 무릎을 꿇었다.

"부처님은 안 됩니다. 차라리 나를 죽여주시오. 차라리 나를……"

주지 스님의 완강한 저지에 난감해진 차돌이 도끼를 내려놓았다. 유심의 입장도 난처했다. 법대를 부수고 사람을 찾는다면 모르겠지만 아무 성과도 없이 끝낸다면 필요 없는 원망만 살 판이다. 과한 것은 모자라는 것만 못하다는 옛말도 있다. 하찮은 문제가 사람을 주춤거리게 만들었다.

"김덕윤 동무, 법대 속을 들여다보시오."

차돌이 물러나고 김덕윤이 앞장섰다. 얼핏 봐서는 틈새가 보이지 않았지만 판자 쪽 하나하나를 자세히 살펴본 끝에 손때가 묻은 판자 쪽을 찾았다. 그 판자 쪽을 손으로 밀자 문이 열렸다.

"찾았습니다!"

김덕윤이 법대 앞에 놓인 촛불을 컴컴한 법대 안으로 들이대며 소리쳤다. 축축한 냉기가 몰려 나왔다.

"거기 누구 있소?"

김덕윤이 소리를 질렀다.

"안에 사람 있으면 나오시오!"

정황으로 봐서는 사람이 있는 것 같은데 대답이 없다. 그러나 분명 사람이 있다. 눈앞에 보이지 않을 뿐 피부로 느껴지는 감각이 그렇다.

"김 동무가 들어가시오. 아니오, 그럴 것 없소. 잠깐만 기다리시오."

김덕윤을 재촉하던 유심이 전사의 소총을 빼앗아 들고 법대를 향해 난사했다. 부처님을 관통한 총알이 건너편 바람벽에 퍽퍽 박혔다. 법당은 한순간에 아수라장이 되었다. 부처님 앞에 엎드려 기도하던 스님이 비명을 지르며 달려들었다.

"아이고 선생님, 내가 잘못했소이다. 조금만 참으시오. 죄 없는 중생들이 무슨 잘못이 있겠소. 모두가 소승의 죗값이오이다. 나를 잡아가시오."

주지 스님이 유심의 바지를 잡고 늘어졌다.

"진즉에 그럴 것이지, 꼭 죽어봐야 저승 맛을 알겠소?"

주지 스님이 벽장 속으로 들어갔다. 곧이어 사람들이 주지 스님의 뒤를 따라 나왔다. 어른, 아이 합해서 다섯 명이다. 남자는 아버지와 아들이고 여자는 어머니와 딸들이다. 아이들이 놀라 울음을 터트리며 어머니 품을 파고들었다. 유심의 감각적인 판단에 의한 절집 수색은 이렇듯 예상치 못한 성과를 거뒀다.

군청으로 돌아온 유심이 신문을 맡았다.

"동무는 어디 사는 누구요?"

"이종수라고 합니다."

"직업이 뭣이오?"

"시장에서 생선장수를 하고 있습니다."

그러나 생선장수로 보이지 않았다.

"당신은 지금 거짓말을 하고 있소. 손을 좀 내보시오."

손바닥에 굳은살이 없으니 막노동을 하는 생선장수는 아니다. 화가 난 유심이 남자의 뺨을 갈겼다. 남자가 깜짝 놀랐다.

"한 번 더 묻겠소. 또 거짓말하면 즉결처분이오. 당신 이름과 직업을 말하시오!"

"······이름은 이종수이고 소학교 선생님입니다."

"소학교 선생님이 왜 거기 숨었소?"

"인민군이 겁나서 숨었습니다."

"잘못한 게 많은 모양이오?"

"아이들을 가르친 것 말고는 잘못한 게 없습니다."

"그런데 왜 거기 숨었소?"

"……."

말 못할 사연이 있어 보였다. 우물쭈물 대답을 못하는 남자를 다그쳤다.

"동무의 아버지가 누구요?"

"아버지는 작년에 돌아가셨습니다."

남자는 뺨을 얻어맞은 뒤끝이라 칼날 같은 유심의 눈길에 움찔했다. 남자의 석연찮은 태도로 봐서는 무엇을 숨기고 있음이 분명했다. 유심은 이 남자가 이영탁 군수와 관계가 있을 것으로 의심하고 있다. 소학교 선생님이 법당 속에 숨었다는 사실도 그렇지만 조사하는 과정에서 유심의 행동을 계속해서 곁눈질하는 것이 수상쩍었다. 더욱 의심스러운 행동은 말을 더듬는다는 것이었다. 본래 말더듬이는 아닌 듯한데 불안하고 당황한 나머지 표출되는 행동으로 보였다. 의심에 의심을 더한 유심이 김덕윤을 불러 귓속말로 지시했다.

"이 사람의 가족관계를 알아보시오."

김덕윤이 자리를 뜨고 남자와 마주 앉았다.

"이영탁 군수를 아시오?"

단도직입적으로 물었다.

"모르겠습니다."

"모르다니! 당신 아버지를 모른다고?"

"그럴 리가 없습니다."

"이영탁 군수는 어디 있소?"

"……"

"왜 대답을 못 하오?"

"……"

"하기 싫으면 안 해도 좋소. 당신 가족관계를 확인하러 보냈으니 조금 있으면 알게 될 게요. 그때 가서 후회하지 말고 지금 말하는 게 좋을 거요."

담배를 권했다. 담배를 건네받는 남자의 손가락이 가늘게 떨렸다. 그래, 생각할 시간을 주자. 중요한 문제를 마른 나무 꺾듯이 단번에 해치울 수는 없지 않은가. 남자가 담배를 피우는 동안 자리를 피했다. 한참 후 자리에 돌아온 유심이 은근히 물었다.

"생각 좀 해봤소?"

"……"

그때 심부름 보낸 김덕윤이 돌아왔다. 얼굴이 상기되어 있는 걸로 봐서는 수확이 있는 모양이다.

"내 말이 맞지요?"

"이영탁 군수 아들이 맞습니다."

"거봐! 그렇다니까."

짐작만 가지고 넘겨짚었는데 황소 뒷걸음에 쥐 잡은 격이다.

"동무는 참으로 대단하십니다."

김덕윤이 아부를 떨며 뒷머리를 긁었다.

유심이 계속해서 남자를 다잡았다.

"이 동무 거짓말만 하고 안 되겠구먼."

"잘못했습니다. 말씀드리려는 참인데……."

"그래, 자세히 말해보시오."

"그러니까……."

이종수가 사실을 시인했다. 이영탁이 자신의 아버지이고 완도군수를 지냈다는 사실을 털어놓았다. 남자는 목숨을 살려주면 어떤 일이라도 하겠다며 울먹였다. 어린 아이들이 불쌍하다며 눈물을 흘렸다. 아버지가 저지른 죗값을 대신 받겠다며 용서를 빌었다. 보기에 딱할 정도로 애걸복걸하는 남자의 모습이 애처로웠다. 따지고 보면 이 남자에게 무슨 죄가 있겠는가. 아비가 저지른 일인데 자식이 벌을 받다니, 악연이란 그런가보다. 그러나 지금은 전쟁 중이다. 기존의 사회 질서를 갈아치우고 새로운 질서를 세워야 하는 중요한 시점에 있다. 자유민주주의 사회에서 전체주의 사회로 나라의 체제가 바뀌는 역사의 길목에 서 있다. 작은 일 하나하나에 일일이 신경 쓸 시간과 여유가 없다. 큰일을 위해서 개인적인 유불리(有不利)는 무시할 수밖에 없다. 인간은 자신이 처한 환경에 카멜레온처럼 변신해야 살아남는다. 더구나 전쟁이라는 극한 상황에서 자신의 보호본능 촉각은 전광석화처럼 빠르고 예민한 법이다.

신흥사에서 잡아온 남자는 완도군수를 지낸 이영탁의 아들 이종수로 확인됐다. 진술에 의하면 이영탁 군수는 죽고 이종수가 대를 이었다. 이종수 문제는 시간을 두고 처리키로 하고 일단 유치장에 수감했다.

수색조로 내세운 머슴들은 자신들이 받아온 서러움을 되갚아 줄 기회라 생각하고 정신없이 뛰었다. 유심의 명령이라면 불구덩이에라도 뛰어들 태세다. 그러나 아직 수색의 손길이 미치지 못한 섬이 대부분이다. 수색조를 이끌고 완도에서 가장 먼 보길도 수색에 나섰다. 보길도는 자연경관이 특별히 아름다운 섬이다. 조선시대 문인이요 정치가인 고산 윤선도가 낙향하여 자연을 벗하고 서책을 저술한 곳으로도 유명하다. 유심이 보길도를 직접 수색키로 한 것은 죄 없는 어머니를 잡아다 치죄토록 사또를 꼬드긴 권 좌수 가족이 숨었다는 정보를 입수했기 때문이다. 유심에게 권 좌수는 하늘 아래 둘도 없는 원수다. 복수를 다짐한 세월이 수도 없이 흘렀지만 유심의 뇌리에 맺힌 원한은 잊히지 않았다.

섬은 평화로웠다. 낡은 통통선이 물살을 헤치고 작은 포구에 닿았다. 전쟁의 그림자는 어디에서도 찾아볼 수 없을 정도로 너무나 일상적이고 한가했다. 무장한 전사들이 우르르 내리고 뒤를 따라 유심이 내렸다. 일행을 바라보는 섬사람들이 겁에 질린 눈치다. 아이들이 구경꾼처럼 몰려들었다. 논밭에서 일하는 사람들이 힐끗힐끗 곁눈질했다. 보길도는 들쭉날쭉한 해안선이 염소 곱창처럼 구겨져 있고 초가집 한두 채가 드문드문 흩어져 있다. 일행들을 잠시 쉬게 하고 김덕윤을 따로 불렀다.

"김 동무, 이렇게 해서는 안 되겠소. 반동들이 섬 구석에 숨어 있으면 무슨 수로 찾아내겠소. 사람을 시켜서 인민반 회의가 있다고 통기를 놓으시오. 한 사람도 빠짐없이 모이라고 말이오."

"그렇게 하겠습니다."

"그리고 차돌이 동무는 나하고 낚시나 좀 합시다."

"갑자기 웬 낚시를?"

"따라와보면 알 것이오."

권 좌수 가족이 보길도에 들었다는 정보를 가지고 섬에 왔으나 막막했다. 큰 섬은 아니라도 섬 둘레를 한 바퀴 돌자면 하루 이틀은 좋게 걸릴 것이고, 또 무작정 둘러본들 성과가 있을 리도 없다. 때문에 주민을 한자리에 모아놓고 정보를 얻은 후에 움직이는 것이 효율적이라 생각했다. 김덕윤에게 반상회를 소집토록 지시하고 무장한 전사와 차돌이를 앞세워 갯바위 낚시터를 돌았다. 권 좌수 가족이 섬에 들어왔다면 낚시로 소일할 것이라는 생각 때문이다. 부두에서 떨어진 후미진 구석으로 걸음을 옮겼다. 파도가 잔잔하고 바다 안개가 자부룩하게 내려앉은 날씨가 바다 낚시에는 제격이다. 수백 미터 떨어진 갯바위에 밀짚모자를 눌러쓴 낚시꾼이 앉아 있다. 이 전쟁통에 낚시를 하는 배짱은 도대체 뭘까? 어떤 강심장이기에 한가하게 낚시를 하고 있을까. 낚시꾼 쪽으로 걸음을 옮기자 조용히 앉아 있던 낚시꾼이 주섬주섬 낚싯대를 챙겨 자리를 뜬다. 왜? 강한 의심이 생겼다. 일행이 낚시꾼보다 빠른 걸음으로 따라갔다. 낚시꾼 역시 도망친다는 눈치가 부담스러웠는지 갯바위 하나를 건넌 자리로 옮겨 앉아 낚싯대를 풀었다. 차돌이 다가가서 물었다. 낚시꾼은 오십줄에 든 장년이었다.

"동무는 누구요?"

"……."

"이 동무 귀를 먹었나! 왜 말이 없어? 동무는 누구요?"

다시 큰 소리를 질렀다. 낚시꾼이 머뭇거리다 대답한다.

"저 말입니까?"

"여기 동무 말고 또 누가 있소?"

"잘못 들어서……."

"동무, 도민증 좀 봅시다."

"도민증요? 안가지고 왔는데……."

"이 동무 정신이 나갔구만. 온 나라가 전쟁 중인데 한가하게 낚시나 하고 말이야. 안 되겠소. 하전사 동무, 이 동무를 연행하시오."

"왜 이러십니까? 내가 뭘 잘못했다고."

"그런 것은 나중에 따지고 일단 갑시다."

"그만두시오. 낚시도 할 수 있지 뭘 그러오. 이 동무 얌전하게 생겨서 반동은 아닌 것 같은데. 이리 오시오, 나하고 이야기나 좀 합시다."

차돌이의 강압적인 행동을 유심이 막아 나섰다. 낚싯대를 거둔 남자를 유심이 불러세우고 큰 인심이라도 쓰는 듯 담배를 권했다. 담배를 건네받는 손가락이 희고 가늘다. 어민이나 농사꾼은 아니다. 그렇다고 이 섬에 사는 사람은 물론 아니다. 웅크리고 앉아 담배를 피우는 남자를 향해서 질문을 던졌다.

"동무는 보길도 사람 아니지?"

당황하는 표정이 역력하다. 재차 물었다.

"다 알고 있으니 바른대로 말하는 게 좋을 거요."

"사실은 저……."

"괜찮소. 다 이해합니다. 어디서 온 누군지만 말하시오."

"황달수라고 합니다. 읍내에서 건재상을 합니다."

"그래요? 혼자 오셨소?"

"아닙니다. 집사람과 아이들을 데리고 왔습니다."

"건재상을 하는 동무가 왜 섬으로 피난을 왔소?"

"인민군이 무서워서……."

낚시꾼이 뒷말을 흐린다. 유심이 온화한 표정으로 물었다.

"가족은 어디 있소?"

"아랫마을에 있습니다."

"여기서 얼마나 되오?"

"고개만 넘으면 동네가 보입니다."

"좋소, 그리로 갑시다. 앞장을 서시오."

일단은 남자의 말을 믿는 것처럼 행동했다. 사업을 하는 사람이 무슨 죄를 지었다고 온 가족이 피신하겠는가. 읍내에서 건재상을 한다고 하지만 여러 정황으로 봐서 험한 일을 한 사람이 아니다. 분명히 감추는 게 있다. 그러나 일단 군청으로 돌아가는 시각까지 속아주는 체할 수밖에 없다. 뒷날 확인된 이 사람은 읍내에서 건재상회를 하면서 급전을 놓아먹던 고리대금업자였다. 인민재판에 회부해서 처리해야 할 대상이다.

늦은 저녁 시각에 인민반회의가 열렸다. 섬 구석 여기저기 흩어져 사는 사람들이 어촌계장 장덕수 노인네 마당으로 모였다. 보길도 섬에 사는 전 주민이 모인 것 같다. 김덕윤이 나섰다.

"나는 김덕윤이라는 사람이오. 오늘은 특별히 완도군 선전선동 사업을 맡고 있는 유심 동무께서 직접 나오셨소. 박수로 환영합시다."

사람들이 벌쭉하게 손뼉을 쳤다. 유심이 나서며 사람들을 둘러보았다. 나이 든 어른들은 멍석 위에 앉고 젊은 축들은 구석으로 돌아앉아 곰방대를 붙여 물었다. 벼논에서 피사리하던 사람, 고기잡이 나갔다가 뒤늦게 쫓아온 사람, 모두 하나같이 돈 없고 힘없이 사는 사람들이다.

유리창이 시커멓게 그을린 초롱불을 처마 끝에 내걸었으나 희끄무레한 달빛이 더 편했다. 초저녁을 넘어섰는데도 감나무에 붙은 매미가 악을 쓰며 울어댔다. 두엄더미에 피워놓은 모깃불이 매캐한 연기를 내뿜고 있을 뿐 너무나 조용하다. 온 동네 사람들이 모인 자리라고는 할 수 없을 정도로 정적이 감돌았다. 저마다의 속마음은 편치 않았지만, 장총을 둘러멘 군인들 서슬에 기가 죽어 모두들 입을 다물고 앉았다.

"동무들, 완도군 선전선동 책임자 유심이오. 여러분도 알다시피 우리는 성스러운 조국해방전쟁을 치르고 있소. 그런데 이 중요한 시기에 공화국에 협조하지 않는 반동들이 있소. 이 보길도에 그런 반동이 숨어들었다는 정보가 있어 출동하게 됐소. 지금부터 한 사람씩 조사를 받게 될 것이니 적극 협조하기 바라오."

주민들 조사는 김덕윤이 맡았다. 한 사람 한 사람의 신분을 확인하고 최근의 행적을 조사했다. 조사는 밤이 늦도록 진행됐다. 신분이 확실한 원주민들은 어촌계장과 이장을 연대 보증인으로 세우고 돌려보냈다. 보길도에서 살아온 주민들이야 반동이고 뭐고 할 것도 없지만, 타지에서 들어온 낯선 사람들이 있으면 철저히 신고하도록 엄포를 놓았다.

조사를 끝내고 늦은 잠자리에 드는 순간 낯선 사람이 숙소를 찾아왔다. 하전사가 안내한 사람은 삼십 전후의 젊은 사람이다. 유심이 물었다.

"어쩐 일로 오셨소?"

"드릴 말씀이 있당께요."

"무슨 말인지 들어봅시다."

"나는 엄중식이란 사람이지라."

"그래서요?"

"그랑께 뭣이냐, 한 열흘쯤 됐을랑가. 내가 어장에 쳐놓은 그물을 걷으러 나가지 않았겠소."

"계속하시오."

"그날따라 마누라하고 아들놈을 데불고 갔더란 말이씨."

"……."

"그런데 웬 낯선 사람이 나가 쳐놓은 그물에서 고기를 건지고 있지 않겠소. 해서 나가 그랬소. 당신 누군데 남의 고기를 걷어가야, 하고 물었단 말이씨."

"그래서요?"

"배가 고파 그러니 고기 몇 마리만 주십시오 하질 않겠소. 그래서 진즉 그렇게 할 일이지 남의 고기를 함부로 걷어가면 쓰겠소 하며 고기를 주었당께요."

"그게 뭣이 문제요?"

"그랑께 뭣이냐. 나의 말은 그 사람의 행동이 의심스럽다 그 말이제. 수상한 사람이 아니면 왜 일본놈들이 파놓은 방공포 굴속에 숨었겠소. 고것이 의심스럽다 그 말씀이제 시방."

시답잖게 대꾸했지만 유념할 필요가 있는 정보다.

"그래서요?"

"그래서 나가 그 사람을 따라 굴속에 들어가봤당께요."

"뭣이 있었소?"

"근데 말이오, 굴 안에 여러 사람이 모여 있지 않겠소."

"그래, 몇 명이나?"

"어른 아이 합쳐서 대여섯 명 되었지라."

"그래서 어쨌소?"

"손님들은 어디서 오셨소, 하고 물었더니 완도에서 피난을 왔다 그러대요. 그러면서 우리를 봤단 말은 하지 말아주시오 하더랑께 요."

"나이는 얼마나?"

"오십이 조금 넘었을랑가 잘은 모르겠소."

"지금도 거기 있소?"

"벌써 열흘도 넘었응께 아직꺼정 거기 있을랑가는 모르겠소."

"알았소, 조금 있다 같이 가봅시다."

옆방에서 잠자는 김덕윤과 차돌이를 깨웠다. 잠결에 불려나온 김덕윤이 전사들을 깨우고 횃불을 준비했다. 신고자 엄중식을 앞세우고 밤길을 걸었다. 작은 섬이지만 그래도 사방 몇 십 리는 족히 되는 섬이라 길이 멀었다. 한동안 산비탈을 걸은 끝에 엄중식이 말하는 방공포 굴 근처에 이르렀다. 마귀할멈 고무신 같은 반달이 희끄무레하게 밤바다를 비추고 있었다. 길섶 마당 바위에 엉덩이를 붙이고 앉았다.

"좀 쉬어갑시다. 대신 담배는 안 됩니다. 밤에 보는 담뱃불이 십

리까지 간다지 않소. 각자 앉은 자리에서 쉬도록 하시오."

피곤했다. 앉은 자리에서 벌러덩 드러누웠다. 밤하늘에 별빛이 초롱초롱했다. 저 먼 별나라에는 전쟁 따위는 없을 것이다. 이런저런 생각을 하는 동안 스르르 잠이 들었다. 어느샌가 김덕윤이 흔들어 깨우는 바람에 눈을 뜨니 한 시각이나 지체했다.

"동무가 전사를 인솔해서 굴을 수색하시오. 차돌이 동무는 굴 밖에서 지키다가 혹시 모를 일에 대비토록 하고."

김덕윤이 엄중식과 총을 든 전사를 앞세우고 굴속으로 들어갔다. 어수선한 소리가 들리더니 이내 잠잠해졌다. 굴 밖에 서 있는 마음도 급해졌다. 곁에 섰던 차돌이를 굴 안으로 들여보냈다. 어지러운 발자국 소리가 나더니 아이 우는 소리가 들렸다. 잠시 후 사람들이 굴 밖으로 나왔다. 어른이 네 명이고 아이들이 다섯이었다. 군청으로 돌아와 조사해보니 그 사람들은 권 좌수의 손자인 권태일, 권상일 형제였다. 유심의 작전이 크나큰 성과를 거둔 것이다.

8. 광란

'영광스러운 조국해방전쟁을 승리로 이끌자!' '반동분자를 처단하라!' 등의 현수막이 운동장에 나붙었다. 연설대를 중심으로 사람들이 모여들었다. '영용한 인민군대 만세!' '모두가 혁명전선으로 떨쳐나서자!' 등의 구호가 적힌 팻말을 든 사람들이 앞줄에 섰다. 사람들 사이에서 건장한 청년들이 장내를 정리했다. 팔뚝에 붉은 완장을 찬 김덕윤이 단상에 올라섰다.

"동무들, 오늘 우리는 남조선 해방사업에 비협조적인 반동들을 처단하기 위해서 이 자리에 모였소. 동무들은 조국을 배반한 반동들이 어떤 죄과를 받게 되는지 똑똑히 보게 될 것이오. 우리 모두 조선민주주의인공화국 만세를 외칩시다."

"인민공화국만세, 만세, 만세!"

분위기가 달아오르자 사람들이 흥분하기 시작했다. 반동분자를 처단하자는 소리가 여기저기서 터져나왔다. 인민재판에 붙여진 사람들은 김덕윤을 앞세운 수색조들이 섬을 돌며 잡아들인 사람들이다. 군중들의 함성을 들으며 유심이 연설대에 올라섰다. 김덕윤이 유심이를 소개했다.

"여러분, 조용하시오. 완도군 대민공작사업을 책임지고 있는 유심이 동무요. 모두 박수로 환영합시다."

박수 소리가 요란했다. 유심이 목소리를 가다듬고 마이크 앞에 섰다.

"동무들! 우리는 지금 위대한 조국해방전쟁을 벌이고 있소. 오늘 동무들의 심판을 받게 되는 반동들은 남조선 해방전쟁을 막아선 반동들이오. 그자들 가운데는 전직 군수의 아들도 있고, 조선시대 인민을 착취했던 악질 반동의 자식도 있소. 그리고 특별히 완도경찰서장을 지낸 자도 지금 이 자리에서 재판을 기다리고 있소. 여러 동무들의 현명한 판결을 기대하는 바이오."

"처단하라! 처단하라! 악질 반동을 처단하라!"

군중 속에 섞인 청년들이 구호를 선창하자 사람들이 일제히 따라했다. 흥분이 최고조에 달했다. 반동을 처단하라는 구호가 운동장을 뒤덮었다. 김덕윤이 마이크를 잡았다.

"처단하라! 처단하라! 악질 반동을 처단하라!"

"지금부터 인민재판을 시작하겠소. 차돌이 동무는 반동들을 앞으로 끌어내시오."

다리를 저는 사람도 있고 머리를 싸맨 사람도 있다. 끌려나오는 사람들을 향해 삿대질을 하는 사람도 있고 욕바가지를 퍼붓는 사람도 있다. 포승줄에 묶여 끌려나온 사람들을 앞자리에 꿇어앉혔다.

"동무들, 이자들이 오늘 인민재판을 받게 될 죄인들이오. 지금부터 하나하나 그 죄상을 낭독하겠소. 먼저 이종수요. 이 사람은 이영탁 군수의 아들이오. 아비 덕에 잘 먹고 잘살면서 인민의 피를 빨아먹은 반동이오. 동무들! 이 악질 반동을 중형으로 다스려야 하지 않겠소? 차돌이 동무는 이종수를 일으켜 세우시오."

"옳소! 악질 반동 이종수를 처단하자! 처단하자!"

차돌이가 꿇어앉은 이종수를 일으켜 세웠다. 그는 이미 반주검이 되어 있었다. 머리가 터지고 다리가 땅에 끌렸다. 매 맞은 눈두덩이 꺼지고 입술이 터졌다. 그냥 두어도 제 힘으로 살아남기란 어려워 보였다. 상한 다리를 끌며 차돌에게 매달렸다. 김덕윤이 이종수의 죄상을 낭독하자 여기저기서 죽여라, 죽여라 하는 함성이 운동장을 메웠다. 읽기를 끝낸 김덕윤이 군중에게 물었다.

"이종수를 처단하라는 동의가 있소. 동무들 의견은 어떻소?"

"처단하라! 처단하라!"

사람들 속에 섞여 있던 청년들이 "죽여라! 죽여라!" 선창하자 여기저기서 "죽여라! 죽여라!" 화답을 했다. 유심이 헛기침을 하며 마이크를 잡았다.

"에, 동무들의 불타는 애국심에 감동했소. 여러 동무들의 애국심에 기초해서 이종수를 처단하기로 하겠소. 그런데 이종수는 조금 다른 방법으로 처단할 생각이오. 동무들! 이 물건이 무엇인지 알겠소?"

유심이 단상 옆에 놓인 형틀을 가리켰다.

"형틀이오."

"그렇소. 이게 바로 형틀이란 물건이오. 조선시대 양반놈들이 힘없는 백성들을 묶어놓고 곤장을 쳤던 그 형틀이오. 이종수의 아비 이영탁 군수가 이 형틀에 사람을 묶어놓고 매질을 했소. 이 군수가 그랬듯이 우리는 오늘 성스러운 인민재판을 통해서 이 군수의 아들 이종수를 이 형틀에 묶어놓고 쳐야 하지 않겠소?"

"옳소, 옳소! 형틀에 묶어놓고 치시오!"

차돌이 이종수를 끌어다 형틀에 묶어놓고 바지를 까 내렸다. 푸르죽죽한 엉덩이가 햇빛에 드러났다.

"곤장은 차돌이 동무가 치도록 하시오."

차돌이는 권 좌수네 애기머슴이었다. 차돌이가 권 좌수네 머슴살이를 할 때 이영탁 군수 역시 차돌에게는 상전이었다. 인민재판을 주관하는 유심이 차돌이로 하여금 이영탁 군수의 아들을 곤장 치게 한 것이다. 상전을 모시던 종놈으로 하여금 상전의 아들을 치죄케 함으로써 사사롭게는 상전에게 엉겨 있는 원한을 갚게 하고, 공적으로는 양반과 상놈의 신분 차이가 없어졌다는 것을 알게 함으로써 공화국 정책이 우월하다는 것을 증명해 보일 심산이다.

사용한 지 오래된 곤장이라 부러지거나 찌그러진 것, 길거나 짧은 것 등 여러 개의 곤장이 놓여 있었다. 차돌이 손바닥에 침을 뱉으며 물푸레나무로 깎아 만든 곤장을 골라잡았다. 물푸레나무 곤장은 역모를 다루는 친국이나 살인을 저지른 중죄인에게만 사용하던 무서운 형구이다. 나무 성질이 차갑고 질긴 물푸레나무 곤장이 이종수의 엉덩이를 파고들었다. 곤장을 맞은 이종수가 비명을 질렀다. 다섯 대의 곤장을 내리맞은 이종수가 고개를 꺾으며 기절했다. 운동장 가득 모인 군중들은 숨을 죽였다. 개미 한 마리 기어가는 소리조차 들릴 듯 고요했다. 곤장이 계속되자 살갗이 찢어지고 피가 튀었다. 김덕윤이 물 한 동이를 들고 와 뒤집어씌웠다. 기절했던 이종수가 부스스 눈을 떴다. 지켜보던 유심이 마음속으로 외쳤다. '네 아비가 저지른 죗값으로는 아직도 모자란다. 우리 어머니가 이 곤장을 맞고 폐인이 되었다. 아무 잘못도 없는 내 어머니가 네 아비에게 끌려가 치도곤을 당했다. 네 아비가 우리 어머니에게 안긴 그 곤장 빚을 아들인 네가 갚아야 한다.'

김덕윤이 유심에게 그만하면 어떻겠냐는 눈짓으로 물었으나 대답하지 않았다. 곤장은 계속됐고 끝끝내 오십대를 채웠다. 살 깊은 엉덩이가 너덜너덜 헤어지고 유혈이 낭자하게 뼈가 드러났다. 이종수는 결국 형틀 위에서 숨이 끊어진 주검으로 풀려났다. 절명한 이종수를 앞잡이 청년들이 거적에 둘둘 말아 운동장 구석에 던졌다. 지켜본 사람들은 숨조차 크게 쉬지 못했다. 다음 순서다. 이번에는 누구일까?

"동무들, 이번에 소개할 죄인은 권 좌수의 손자 권태일과 권상일 형제요. 동무들 알다시피 권 좌수는 완도에서는 손꼽는 양반이고 만석꾼 부자였소. 전라도 관찰사의 권력을 등에 업고 수많은 양곡을 도둑질했소. 권 좌수야말로 인민의 피를 빨아먹은 원흉이고 인민의 적이오. 이런 권 좌수의 자식들을 어떻게 하면 좋겠소?"

"곤장을 치시오. 곤장으로 때려죽이시오!"

군중을 선동하는 청년이 외치면 사람들이 따라했다. 분위기에 휩쓸려 자신도 모르게 따라갔다. 북조선식 사회주의는 서로가 서로를 감시하게 만들었다. 사람들의 잘잘못을 서로가 비판하게 함으로써 사회주의 사상으로 뭉치게 만들었다. 권 좌수 손자 권태일 권상일 형제 역시 곤장 오십대를 맞고 목숨줄을 놓았다. 죽은 사람들이 흘린 피가 형틀에 낭자했다. 아버지나 할아버지가 저지른 죗값으로 아들이, 아무것도 모르는 손자가 형벌을 받았다. 세상 어떤 경우에도 아버지와 할아버지의 죗값으로 아들과 손자의 목숨을 빼앗을 수는 없다. 그러나 이들은 지금 억압받은 사람들의 적개심을 일깨우고, 쉽게 흥분하는 군중심리를 이용해서 사람의 목숨을 빼앗았다.

인민재판이 진행되는 운동장은 섬뜩한 살기로 가득 찼다. 인간의 육신은 부모에게 받지만 그 명줄은 하늘에서 점지한다. 인간은 수많은 우주만물 가운데 하나의 존재일 뿐, 조물주의 전유물인 인간 생명을 빼앗을 수는 없다. 운동장을 가득 메운 사람들 가운데 누구 하나 아니라고 말하는 사람이 없다. 눈앞에서 벌어지는 피바람에 오한을 느끼며 자신의 목줄기를 쓰다듬을 뿐 인간의 도리를 말하는 사람은 없었다.

다음으로 재판에 세운 사람은 읍내에서 고리대금업을 하던 황달수라는 사람이다. 유심이 단상에 올라가 황달수의 죄상을 나열했다.

"동무들, 이번에는 황달수라는 고리대금업자를 심판할 차례요. 이 동무는 급전을 빌려주고 높은 이자를 받아 챙기는 소문난 돈 도둑이오. 여러분, 고리대금업이 어떤 사업인지 아는 동무가 있으면 말해보시오."

사람들이 웅성웅성하는 가운데 아무도 나서지 않았다.

"고리대금업이란 돈을 빌려주고 높은 이자를 받아 챙기는 나쁜 사업이오. 이자도 돈을 빌려주고 높은 이자를 받아내는 바람에 이 사람에게 돈을 빌린 사람은 거지가 되었소. 특히나 고리대금업은 우리 북조선 정책으로 철저히 금지하고 있소. 이자는 조국해방전쟁이 터지자 보길도에 숨었다가 용감한 주민들의 신고로 잡혀온 반동이오. 이자를 어떻게 하면 좋겠소?"

"처단하라! 처단하라! 고리대금업자를 처단하라!"

그때 단상 앞으로 다가서는 사람이 있었다. 남루한 옷차림으로 봐서 소작농을 부쳐먹는 사람 같았다.

"동무, 나에게도 발언권을 좀 주시오."

"동무는 어디 사는 누구요?"

"나는 읍내에 사는 김 아무개라는 사람이오. 황달수라는 자에게 할 말이 있어 나왔소. 그 마이크 좀 빌려주시오."

유심에게서 마이크를 건네받은 김 아무개라는 사람이 단상에 올랐다. 많은 사람들이 그를 주시했다. 그는 단상에 올라서자마자 당차게 말을 이어갔다.

"동무들, 나는 완도 읍내에 사는 김 아무개란 사람이오. 오늘 인민재판에 나왔다가 할 말이 있어서 올라왔소. 지금으로부터 삼 년 전 일이었소. 우리 집 마누라가 맹장염이 걸려서 죽을 지경에 처했던 일이 있었소. 그때 이 사람에게 급전을 융통해서 병원에 갔었는데 수술이 잘못돼서 마누라는 죽고 덜렁 빚만 지게 되었소. 빌린 돈을 그해 가을에 갚기로 했는데 원금보다 열 배나 더 많은 이자를 요구했소. 보다시피 나는 가난한 사람이오. 남의 집 전지를 부쳐먹고 사는 소작이란 말이오. 목구멍에 풀칠하기도 바쁜데 열 배가 넘는 이자를 무슨 재주로 갚겠소. 그러다가 종당에는 열여섯 살 먹은 딸아이를 저놈 집에 첩으로 들여놓고 빚을 탕감했소. 울며불며 끌려가던 딸아이의 뒷모습이 지금도 눈에 선하오. 딸년은 결국 한 해를 견디지 못하고 뒷산에 올라가 목을 매고 죽었소. 이것이 돈 없고 힘없는 우리들의 현실이오. 이 못난 아비의 원수를 오늘에야 갚게 되었소. 이자를 내가 처단하도록 허락해주시오."

김 아무개란 사람은 눈물과 콧물이 범벅이 돼서 울부짖었다. 원수를 갚게 해달라고 소리치며 울었다. 유심은 당황스러웠으나 곧 평정심을 되찾고 마이크를 잡았다.

"김 아무개 동무의 딱한 사정을 잘 알았소. 그러나 개인적인 원한으로 이자를 처단할 수는 없소. 우리 공화국의 법이 그렇지 않소. 어디까지나 인민의 뜻을 모아서 당당하게 처단하는 것이 우리의 법이오. 동무는 내려가 결과를 기다리시오."

김 아무개란 사람이 눈물을 훔치며 단상을 내려왔다. 잠시 인민재판이 중단되고 황달수를 처단할 방도를 논의했다. 집행부 논의에서는 재판장을 정리하는 청년들로 하여금 황달수의 형을 집행토록 결정했다. 건장한 체격을 가진 청년들이 모여들었다. 저마다 날카로운 죽창을 들었고 붉은 완장을 찬 모습이 당차게 보였다. 유심이 마이크를 잡고 단상에 올라섰다.

"동무들에게 반동을 처단할 영광스러운 임무를 부여하겠소. 동무들이 잡고 있는 죽창으로 황달수를 처단하시오. 단, 한 사람이 한 번씩만 죽창을 써야 하오."

지시를 받은 청년들의 눈살에 살기가 돋았다. 새끼줄에 온몸이 묶인 황달수를 단상에 세웠다. 죽창을 꼬나쥔 청년들이 황달수 주위로 모여 섰다. 서로가 머뭇거리며 눈치를 보고 있을 때 한 청년이 괴성을 지르며 달려들었다. 죽창으로 찔린 황달수의 가슴에서 분수처럼 피가 뿜어져 나왔다. 그 바람에 황달수를 잡고 섰던 차돌이 피바가지를 뒤집어썼다. 황달수의 비명이 운동장을 흔들었다. 이어서 한 사람 한 사람이 순서대로 황달수를 처단했다. 황달수가 흘린 피가 단상을 흥건하게 적셨다. 처형이 끝나자 피를 쏟은 황달수가 제풀에 풀썩 쓰러졌다. 청년들이 달려들어 황달수의 주검을 가마니에 둘둘 말아 한구석에 던져놨다.

처형을 지켜본 사람들은 벌린 입을 다물지 못하고 오들오들 떨고 섰다. 다음은 경찰서장 차례다. 오랏줄에 묶인 곽정훈 서장을 일으켜 세웠다.

"동무는 앞에 나와 자아비판을 해보시오."

유심이 곽정훈 서장에게 뜻밖의 제안을 했다. 비쩍 마른 늙은이가 단상에 올라섰다.

"저는 완도경찰서장을 지낸 곽정훈입니다. 이 자리에 서고 보니 많은 생각이 납니다. 저는 경찰서장을 지내면서도 북조선을 동경했습니다. 그런데 막상 이 자리에 서고 보니 진즉에 나서지 못한 것이 후회됩니다. 오늘 인민재판에서 기회를 주신다면 공화국에 절대적인 충성을 바치겠습니다. 제가 할 말은 이것뿐입니다. 선처를 부탁합니다."

사람들이 웅성거렸다. 전직 경찰서장이 인민공화국에 충성을 바치겠다고 맹세했다. 여기저기서 "옳소"를 외치는가 하면 "반동을 죽여라!", "거짓말이다!", "경찰서장을 처단하라!"는 고함소리가 들렸다. 지켜보던 유심이 말을 이었다.

"동무들, 곽정훈 서장의 자아비판을 들었을 것이오. 우리 공화국은 과오를 인정하고 충성을 맹세하면 죄를 용서하였소. 지금 곽서장이 그런 경우에 해당하오. 나는 이 동무를 용서해주는 것이 옳다고 생각하오. 동무들 의견은 어떻소?"

김덕윤이 앞에 나섰다.

"동무들, 곽동무가 진심으로 뉘우치고 충성을 맹세하고 있으니 용서하는 것이 어떻겠소? 여러분, 찬동하면 박수로 화답해주시오."

"옳소, 옳소!"

곽정훈 서장은 일찌감치 사회주의 이념에 젖어 있었다. 자아비판에서도 속마음을 털어놓았지만 평소 경찰 업무 처리에서도 웬만한 친북 행위는 관대하게 처리하는 경향이 있었다. 곽정훈 서장의 변신 이력은 화려하다. 일제 강점기에 순사 보조로 들어간 경찰에서 특별한 공적을 쌓았다. 특히 남도 지방에서 활약하는 애국인사 체포에 발군의 실력을 발휘했다. 그와 같은 공로를 인정받아 경찰로 특채되었다가 해방의 어수선한 틈을 타서 경찰 간부로 올라앉았다. 일제의 앞잡이가 일약 완도경찰서장 자리에 오른 것이다. 이와 같은 전력에도 불구하고 유심이 그를 자아비판에 세운 것은, 호의적인 일처리와 앞으로의 이용가치 등을 감안하여 인민재판에 회부하지 않고 선처한 것이다.

곽서장은 죽음 직전에서 북조선에 충성을 맹세하고 일단 목숨을 구했다. 곽서장의 변신이 위기 탈출의 임시방편인지 북조선을 향한 충정인지는 앞으로의 행동 여하에 달렸다. 이날 인민재판에서 열두 명이 목숨을 잃었고 백여 명이 곤장을 맞고 풀려났다. 모두가 자유민주주의를 신봉하는 지식인이거나 자본주의를 선호하는 보통 사람들이다. 세상이 바뀌면 사상과 이념에 따라 뒤집으면 손바닥이

고 엎으면 손등이 됐다. 전쟁이란 악을 선으로, 선을 악으로 몰아가
는 마술을 부린다.

9. 전투

국군이 밀린다는 소문이 파다하게 돌았다. 남한이 곧 넘어간다는 소문이 도는가하면 미군이 들어와서 싸움이 곧 끝날 것이라는 소문이 돌기도 했다. 그러나 전쟁의 참혹함을 직접 느끼지 못하는 남쪽 지방 섬사람들의 일상은 예전과 다름없었다.

전쟁 소식은 귀동냥으로 얻어듣지만 강 건너 불처럼 절박하게 다가오지 않았다. 그러는 사이 상호에게 예상치 못한 노무자 징집 영장이 나왔다. 전쟁터 노무자라면 총만 안 들었을 뿐 군인과 다를 바 없다. 징집을 피해 도망갈 수도 없고, 그렇다고 무작정 입대하자니 자기만 쳐다보는 아내가 맘에 걸렸다. 어물쩍하는 사이 정해진 날짜가 다가왔고, 출정을 앞둔 전날 저녁 아내와 마주 앉았다. 상호가 무겁게 입을 열었다.

"나랏일을 누가 막겠소. 그리고 또 아들이 전쟁터에 나가 있는데 아비가 안 가면 쓰겠소. 노무자로 나간다고 다 죽는 건 아니니 걱정 마시오."

"총 들고 싸움도 하고?"

"군인들과는 다르지."

"전쟁터에 나가는데 군인과 다를 게 뭐 있겠소."

"총 들고 싸우는 게 군인이고, 노무자는 말 그대로 노무자 아니겠소. 탄약을 나르거나 막사를 고치거나 군인들이 할 수 없는 허드렛일을 하겠지."

"정승이는 어디 있는지 소식 한 자 없으니 원."

"그 아이야말로 자랑스러운 대한민국 장교가 아니오. 그 아이를 봐서라도 안 나가겠다는 말을 못하겠소."

"얼마나 걸릴까요?"

"말로는 일 년이지만 가봐야 알 일이고. 그보다는 당신 혼자 두고 가는 게 맘에 걸려서……."

"내 걱정은 마시고 몸조심하시오. 전쟁이 끝나면 우리 식구 한데 모여 재미있게 삽시다."

"전지(田地)는 여우골 김 서방 앞으로 소작을 줬으니 농사 걱정은 안 해도 될게요. 혼자 심심하거든 권 씨 아줌마를 동무해서 구경도 다니고 그러시오. 말이 일 년이지 금방 갈 거요."

"지금 와서 내가 왜 이런 생각을 하는지 모르지만, 당신이 그때 날 구해주지 않았으면 어찌 됐을까 싶소."

"그게 무슨 소리요?"

"사또한테 곤장 맞아 기절했을 때 말이오."

"골백 년 지난 이야기는 왜?"

"당신과 나는 전생의 업보가 무거운 모양이오. 하나뿐인 목숨을 구해줬으니 이게 보통 인연이오? 먼 길 떠나는 당신에게 어떨지 모르지만 그때 못한 이야기나 마저 합시다."

"새삼스럽게 뭔 얘기를? 사람 마음 심란하게."

"그때 당신이 나한테 한 이야기 말이오. 당신 같은 사람이 왜 청산도 옹기 가마에 명줄을 걸었겠소. 분명 내가 알지 못하는 절박한 사연이 있을 터인데, 이제 모두 털어놔보시오."

"모두 당신에게 잘 보이려고 지어낸 말이오. 안 그랬으면 당신같이 젊고 예쁜 여자가 옹기나 구워먹는 나한테 시집오겠소."

"양반집 자제가 아니라 애초부터 청산도 토박이다 그 말이오?"

"말하자면 그런 셈이지."

"부질없는 짓이지만 한 이불 덮고 사는 아내 입장에서 남편의 뿌리는 알고 싶어서 물어본 것뿐이오."

"괜히 조용히 사는 사람 건드리지 마시오."

상호는 속으로 뜨끔한 부분이 없지 않았지만 아직은 집안 내력을 밝힐 계제가 아니었다. 언젠가는 속 시원하게 털어놓을 때가 있겠지만 지금은 때가 아니다.

"내가 지금 길 떠날 사람을 붙들고 뭐하는 짓인지 모르겠소. 얼른 눈 좀 붙이시오."

"잠이 다 도망갔소. 이런저런 게 모두 걱정이오."

"내 걱정 하지 말고 이녁 일어나 잘 챙기소."

자정을 넘긴 시각에 불을 끄고 누웠으나 잠이 오지 않았다. 길을 떠날 상호로서는 눈에 보이는 모든 것이 걱정거리였다. 그러나 억지로 눈을 감고 잠을 청했다. 옆자리에 누운 분이 역시 수잠을 자기는 마찬가지다.

상호가 전쟁 노무자로 징집된 곳은 다부동 전선이다. 인민군과 국군이 사활을 걸고 있는 전쟁터다. 다부동이 뚫리면 대구를 잃고, 부산까지 밀리면 적화될 운명에 놓이는 것이 남한의 입장이고, 마지막 승리를 눈앞에 둔 격전지로서 결단코 물러설 수 없는 전장이 인민군의 입장이다. 그러나 절박하기로는 국군이 더했다. 만약 이 전투에 패해 대구와 부산을 잃으면 대한민국은 지도에서 사라진다. 미군과 연합군이 있다 해도 발을 디딜 땅덩어리가 없는 승리는 의미가 없다.

계절은 불볕더위를 정수리에 쏟아붓는 한여름이다. 전장은 생지옥을 방불케 하는 아비규환이다. 전사한 시체에 쇠파리가 들끓었다. 하룻밤 사이에 주인 바꾸기를 거듭하고, 포격으로 부서진 돌가루가 발목까지 빠지는 다부동 무명고지. 생때같은 이 나라 젊은 목숨이 한 번 쓰고 버리는 소모품처럼 죽어갔다. 고지 탈환에 앞장선 병사가 전우의 시체를 타고 넘어 백병전을 벌였다. 상호는 우박처럼 쏟아지는 포화를 피해 탄약을 져 날랐다. 다리 잃은 인민군 병사가 애타게 어머니를 찾는다. 내장이 쏟아져 죽은 병사의 모습은 차라리 아귀지옥이다.

이 땅의 젊은이들이 낯선 전장에서 꽃보다 더 귀한 생명줄을 놓고 있다. 저 어린 영혼이 무슨 죄를 지었는가. 그들은 왜 낯설고 물선 전쟁터에서 죽어야 하는가. 지옥이 있다면 여기서 더하랴. 불탄 나뭇가지에 직격탄을 맞아 찢어진 시체 조각이 걸려 있다. 살타는 냄새가 코를 찔렀다. 상호 뒤를 따르던 노무자가 먹은 것을 토하며 가슴을 친다. 인근 비행장에서 날아온 쌕쌕이가 폭탄을 퍼부었다. 양코배기 조종사 얼굴이 보이도록 낮게 뜬 비행기가 연이어 날아왔다. 상호는 살육전이 벌어지는 전쟁터 한가운데 서다 보니 죽음에 대한 두려움이 무뎌졌다. 폭격이 뜸한 순간 불탄 나무둥치에 걸터앉아 담배를 피워 물었다. 지금은 비록 아무도 알아주지 않는 옹기장이로 살고 있지만 핏속에는 양반의 자질이 숨어 있다. 가난과 천민의 대명사인 옹기장이를 대물림 않겠다며 하나뿐인 아들을 군에 보냈다. 사랑하는 여인 분이가 낳은 아들이 이 전쟁에 나서고 있다. 이 전쟁터 어디선가 내 귀한 아들이 목숨을 걸고 있다. 전쟁이 끝날 때까지 아들의 무운을 빌었다.

퍼뜩 현실로 돌아온 상호가 피우던 담배꽁초를 던지고 일어섰다. 참호 속에 죽어 넘어진 병사의 시체가 발목을 잡았다. 역겨운 피비린내가 사방에 퍼졌다. 피아간에 구별이 안 되는 시체들이 벌목장 통나무처럼 널려 있다. 어디선가 작은 인기척이 났다. 겹겹으로 쌓인 시체 더미 속에 살아 있는 병사가 있었다. 허리 아래 두 다리를 잃은 병사가 물을 찾는다. 피를 많이 흘린 사람이 물을 마시면 죽는다. 이 병사에게 물을 먹이면 병사는 죽는다. 그러나 지금 이 병사를 살릴 길은 전혀 없다. 그렇다면 차라리 편한 마음으로 물을 먹여 보내자. 허리에 찬 수통을 열자 병사의 눈이 반짝 떠졌다. 꿀꺽꿀꺽 물 넘어가는 소리가 크게 들렸다. 반짝이는 병사의 눈망울 사이로 아들 얼굴이 겹쳐졌다. 마지막 남은 한 방울까지 마신 병사가 희미한 미소를 지었다. 편안한 얼굴이다.

"집이 어디냐?"

까칠한 입술을 힘겹게 달싹였다.

"……광주요."

"광주 어디? 내가 소식 전해줄게."

병사의 눈이 스르르 감겼다. 감긴 눈섶 사이로 눈물 한 방울이 반짝 빛났다. 그렇게 병사는 죽어갔다. 이름도 성도 모르는 병사는 상호가 먹여준 물 한 모금을 받아 넘기며 죽어갔다. 아무 죄도, 아무 잘못도 없는 이 땅의 젊은이들이 그렇게 죽어갔다. 고맙다는 인사말이 목구멍에 걸린 채 병사는 죽었을 것이다. 병사의 목에 걸린 군번표를 떼어 이빨에 끼우고 손으로 눈을 쓸어 감겼다. 굵은 눈물이 볼을 타고 흘렀다. 병사의 명줄이 끊어진 순간에도 이 땅의 부모 형제들은 병사의 무사귀환을 두 손 모아 기도할 것이다. 애끓는 피붙이의 소망을 뒤로하고 낯설고 물 선 다부동 전투에서 병사는 그렇게 숨을 거뒀다. 누구를 위하여 하나뿐인 인생을 접어야 하는가. 누구를 위한 죽음이며 무엇을 위한 전쟁인가. 그러나 전쟁은 현실이다. 죽고 죽이는 전장에서는 적을 죽여야 내가 산다. 그것이 곧 싸움판의 정의요 현실이다.

저녁 시각에 학도병들이 들어왔다. 학도병이 있다는 소문은 들었지만 직접 보기는 처음이다. 대부분이 고등학생이지만 중학생 모자를 쓴 아이도 있었다. 일과가 끝난 시각에 학도병 막사를 기웃거렸다. 어린 학생이 엎드려 편지를 쓰고 있다. 목소리를 낮춰 학생을 불러냈다.

"걱정할 것 없다. 아버지 같은 사람이다."

챙겨두었던 누룽지를 쥐어주었다.

"천천히 먹어라, 체한다. 어디서 왔냐?"

"대구요."

"몇 학년?"

"고등학교 2학년요."

"몇이나 왔어?"

"사오십 명 되겠지요."

"징집당했냐?"

"지원했는데요."

"무섭지 않니?"

"무섭지요."

"총은 **쏴봤고**?"

"운동장에서 열 발씩요."

"부모님 허락은 받았고?"

"말씀드리면 못 가게 했지요."

"잘못되면 어쩌려고?"

"공부보다 나라가 먼저지요."

"장하다. 나도 너 같은 아들이 있다. 너를 보니 눈물이 난다. 부디 몸조심하고 살아서 돌아가거라."

"지원할 때 각오한 일인데요 뭘."

"그래도 부모 마음은 안 그렇다."

"아저씨는 민간인인데 왜 부대에 계세요?"

"노무자로 징집됐다. 나는 전라남도 완도에서 왔다."

"멀리서 오셨네요."

"이겨야 한다. 전쟁에서 지면 대한민국은 없어진다."

"아저씨도 몸조심하세요."

"그런데 이름이 뭐냐?"

"알아서 뭐하시게요? 언제 죽을지 모르는데."

"그래도……."

"……계성고등학교 2학년 김학조."

"계성고 2학년 김학조, 오래도록 기억하마."

"아저씨, 누룽지 고맙습니다."

"고맙기는……."

그랬다. 자원입대한 학도병이 전장에 투입됐다. 변변한 훈련도 없이 실탄 열 발을 쏴본 것이 훈련의 전부다. 학도병은 대책없이 전쟁터에 내몰린 총알받이다.

피가 튀고 살이 터지는 백병전을 치른 다음날도 어김없이 해는 동쪽에서 떴다. 인간은 왜 서로를 죽이지 못해 안달인가. 왜 타인의 생명과 재산을 빼앗아 자신의 욕망을 채우려 하는가. 이성과 비판 능력을 갖춘 인간이 왜 비이성적인 행동에 빠져드는가? 죽음을 앞둔 병사의 초점 없는 눈길은 무슨 생각을 하고 있는가.

잠시 쉬어가는 사이 옆자리로 고개를 돌렸다. 쇠사슬에 묶여 있는 인민군 기관총 사수가 참호 속에서 죽어 있다. 올무에 걸린 멧돼지 발목처럼 하얀 복사뼈가 드러났다. 얼마를 더 죽이려고 발목에 수갑을 채웠을까? 얼마나 무서웠으면 발목뼈가 벗겨지도록 발버둥을 쳤을까. 그러나 이름도 성도 알 수 없는 어린 인민군은 참호 속에서 죽어갔다. 인간이 불러 만든 전쟁의 잔인함. 눈앞에 펼쳐진 살육의 참상에 슬프고 화가 날 뿐이다. 간간이 주인 없는 총알이 귓전을 스쳐갔다. 육박전이 치열할 때 대검에 찔리고 육신이 부서진 시체들이 꾸역꾸역 쌓였다. 그런데 유독히 머리만 날아간 주검이 눈에 띄었다. 직격탄에 머리를 맞은 시체다. 상호는 지금 인간 도살장 한가운데 서 있다. 고개를 크게 돌리자 아군 병사들이 무너진 참호 보수에 매달렸다. 죽음의 고지를 넘고 살아남은 자들은 꾸역꾸역 사는 길을 찾고 있었다.

전진을 거듭하던 인민군이 주춤했다. 유엔군의 화력은 강력해지는데 인민군의 돌파력은 동력을 잃었다. 수안보까지 잠입한 김일성의 독전에도 불구하고 전선은 걷잡을 수 없이 무너지고 있었다. 완도군에 파견되었던 내무서원들이 하나 둘씩 모습을 감추었다. 유심이 역시 그동안 벌여놓은 일을 마무리할 때가 왔다. 검거한 인사들에 대한 분류 작업은 공화국을 위하여 이용 가치 여부에 중점을 두었다. 전후 공화국 건설에서 특별히 이용할 가치가 있는 인사는 북으로 데려가고, 공무원 출신과 반동분자 색출에 앞장세웠던 전향자 등은 즉결처분 대상이다. 작전에 도움을 준 머슴이나 소작인, 그리고 곽정훈 서장처럼 공화국으로 전향한 변절자는 처치해야 할 부류들이다. 한 번 변절은 또 다른 변절을 예비하기 때문이다.

며칠 후 우려하던 순간이 왔다. 중앙당의 긴급지령을 받은 군당 책임비서가 상황을 설명했다.

"후방작전을 중단하고 철수하라는 지령이 하달됐소. 검거한 반동들은 신속히 처치하고 철수할 준비를 하시오."

"처치할 인원이 많아서 어떻게 하지요?"

"동무, 지금 그따위 문제로 토론할 시간이 없소."

"알겠습니다. 즉각 조치하고 출발 대기하겠습니다."

마음이 조급했다. 면서기 김덕윤을 불렀다.

"동무는 지금 즉시 유치장에 갇혀 있는 반동들을 끌어내시오!"

김덕윤이 명령을 받고 나갔다. 날이 저물었다.

"김 동무, 반동들을 처형할 장소를 찾아보시오."

"백운봉 골짜기에 공동묘지가 있습니다. 일제 때 독립군을 처형한 곳입니다."

"좋소. 반동들을 작전차량에 나누어 싣고 무장한 전사 다섯 명을 태우시오."

밤중에 불려나온 사람들이 겁에 질려 떨었다. 다른 곳으로 이송한다고 속였지만 살벌한 분위기를 눈치 챘다. 사람들을 태운 트럭이 산길을 달렸다. 공동묘지로 들어가는 길바닥은 군데군데가 패이고 망가졌다. 어디쯤인가 차를 세웠다. 유심이 따라내려 지형을 살폈다. 몇 발짝만 뒤로 물러서면 낭떠러지다. 모래흙이 빗물에 쓸리면서 자연적으로 만들어진 구릉이다. 힘들이지 않고 시체를 처리할 수 있는 지형 조건이었다.

"김덕윤 동무, 반동들을 내려서 한 줄로 세우시오!"

집총한 전사들이 줄에 묶인 사람들을 한 줄로 세웠다. 등 뒤에는 열 길이 넘는 낭떠러지다. 굴러 떨어지면 그 자리가 곧 무덤이다. 유심이 사람들 앞에 섰다. 사람들이 서로 엉켜 울었다. 그러나 경찰 서장 곽정훈은 모든 것을 포기한 듯 의외로 담담했다. 공화국에 협조한 일이 얼만데 내가 왜 죽어야 하느냐고 항의라도 할 만한데 말이 없다. 머슴이나 소작농 출신으로 옛날 상전 검거에 앞장섰던 사람들이 항의할 줄 알았는데 그들 역시 입을 다물었다. 돈과 권력에 눌려 살았던 인간들이 복종심에 젖어들어 자신의 죽음을 숙명처럼 받아들이는지도 모른다. 유심이 결연한 표정으로 나섰다.

"하전사 동무들! 동무들에게 영광스러운 임무를 부여하겠소."

집총한 전사를 한 줄로 세우고 실탄을 장전시켰다. 먹구름이 잔뜩 낀 하늘은 바람 한 점 불지 않았고 그 흔한 풀벌레 소리도 들리지 않았다. 권총을 뽑아든 유심이 마음을 정하고 신호탄을 쏘아 올렸다. 뒤이어 귀청을 찢어놓는 따발총 소리가 산골짝을 흔들었다. 굴비처럼 한 줄에 엮인 사람들이 썩은 나무등걸처럼 낭떠러지 속으로 쓰러져갔다. 백여 명의 억울한 목숨이 한순간에 죽어나갔다.

순식간에 상황이 끝나고 세상은 다시 캄캄한 밤하늘에 묻혔다. 그때까지 무심한 하늘과 땅은 인간이 인간을 도륙하는 끔찍한 현장을 지켜보고 있었다. 일제가 독립군을 처형하던 그 자리에서 또 다른 누명을 뒤집어쓴 생목숨이 뜨거운 피를 뿌리며 죽어갔다. 섬나라 왜놈들의 살육 행위도 통분한데 지금 눈앞에서 벌어지고 있는 이 광란의 춤판은 도대체 누구를 위한 굿판인가. 살아남은 자들은 아무도 그 이유를 설명하지 않았고 누구도 그들을 위하여 울지 않았다. 처음부터 끝까지 이 참혹한 현장을 지켜본 김덕윤과 차돌은 넋이 나갔고, 이들을 총질한 병사들도 입을 닫았다. 유심이 담배를 찾아 물었다. 담배 연기가 눈에 들어가 눈물이 찔끔했다. 지시받은 병사가 포개진 시체 위에 휘발유를 뿌리고 성냥불을 그어 던졌

다. 캄캄한 밤하늘에 만행의 증거물을 태워 없애는 불길이 환하게
타올랐다.

"동무들, 수고했소. 모두 차에 타시오."

현장에 출동한 군용트럭이 출발하는 순간 유심이 급하게 차를
세웠다.

"김덕윤 동무와 차돌이 동무는 내리시오."

김덕윤과 차돌이 자리에 얼어붙었다. 왜냐고 묻고 싶었지만 입이
떨어지지 않았다. 한 치 앞을 못 보는 게 인생이라 했는데, 김덕윤
과 차돌이 역시 코앞에 닥친 운명 앞에서 떨고 있다. '유심이가 내
친구인데, 반동분자 색출에 협조한 게 얼만데, 설마 나를?' 그러나
그것은 그들의 생각일 뿐이다.

"하전사 동무, 다발총 좀 빌려주시오."

끝까지 왔다. 김덕윤과 차돌의 맑은 정신은 이미 육신을 떠났다.
두 사람에게는 목숨이 걸린 절박한 순간이지만, 혁명을 위해서 사
사로운 감정은 용납할 수 없다는 것이 유심의 신념이다. 남조선 해
방사업을 위해서는 코흘리개 고향 친구도, 전향한 동조자도 안중
에 없었다. 병사가 건네주는 다발총을 받아든 유심이 두 사람 앞에
섰다. 차돌이 무슨 말을 하고 싶었지만 혓바닥이 말라붙었다. 안간
힘을 썼으나 목소리가 갈라져 나왔다.

"이 사람 유심이! 나는 늙은 어머님도 계시고 자식새끼도 있네.
제발 살려주게."

"……."

유심과 차돌이를 번갈아 쳐다보던 김덕윤이 맨땅에 털썩 꿇어앉았다.

"살려주시오. 나는 동무가 시키는 대로 하지 않았소. 제발 살려주시오."

캄캄한 하늘을 쳐다보고 있는 유심은 대답이 없다. 눈물 콧물이 뒤범벅이 된 김덕윤이 땅바닥에 머리를 찧으며 울부짖었다. 차돌이도 풀썩 무릎을 꿇었다. 유심이 결심한 듯 어금니를 깨물고 그들 앞에 마주섰다. 곧이어 요란한 다발총 소리가 밤하늘을 찢었다. 드르륵 드르륵 철컥, 마지막 한 발까지 다발총을 난사했다. 유심은 가슴에 응어리진 표적을 겨냥해 다발총을 난사하고 있었다. 권 좌수 모판을 짓뭉개던 증오의 불덩어리가 되살아났다. 조폭을 도륙하던 잔인함이 다시 깨어났다. 천하게 태어난 원초적인 원한과 세상을 향한 증오심이 총구로 튀어나왔다.

총질을 끝낸 유심의 눈가에 물기가 비쳤다. 불알친구를 쏴 죽인 악어의 눈물인가? 그러나 그 증오심 속에는 물장구치던 소꿉친구도 없었고 인간의 생명존중 따위는 애당초 없었다. 목적을 위해서는 수단과 방법이 따로 없었고 상대가 누구든 가리지 않았다. 전체는 하나를 위하여 목숨을 바쳐야 했고, 그 하나는 전체 인민의 교주요 신앙이었다.

10. 후퇴

후퇴 작전은 비밀리에 신속하게 추진되었다. 기밀문건을 찾아내 소각하는 사이 한 건물에서 일을 보던 치안부서 요원들은 각자도생(各自圖生)으로 자취를 감췄다. 자정을 넘긴 시각, 군당 책임비서와 유심이 마지막으로 남았다.

"책임비서 동지, 이제 어떻게 해야 합니까?"

"당의 명령을 따를 뿐이오."

"어떤 방법으로 복귀하느냐 그 말이지요."

"동무와 나는 함께 움직이는 것으로 합시다."

유난히 별이 총총한 밤이다. 담배 한 대가 타도록 두 사람은 말이 없다. 온갖 생각이 머릿속에 가득했으나 말은 하지 않았다. 장대비가 쏟아지는 한밤중에 인민군 선발대를 따라 의기양양하게 내려오던 그때가 생각났다. 완도는 추억과 원한이 동시에 서린 고향이다. 어머니를 만나 밤새도록 정담을 나눈 시간이 꿈인 양 아련하다. 모든 근심걱정 다 내려놓고 오순도순 살자고 맹세했는데 철수를 해야 한다니 만감이 교차했다. 이렇게 떠날 수는 없다. 당의 명령이 아무리 엄중하다 해도 어머니는 만나고 가야 한다. 그러나 어머니가 계시는 청산도는 뱃길로도 꼬박 하루가 걸린다. 책임비서에게 양해를 구하기로 했다.

"비서동무, 잠시 말미를 좀 주시오."

"무슨 일인데 그러시오?"

"청산도에 어머님이 계십니다. 작별 인사라도 하고 오겠습니다."

"지금은 한시가 급하오."

"그래도 어머니는 보고 떠나야 합니다."

"이 엄중한 상황에서 그런 생각을 하다니 제정신이오? 두말할 것 없소. 동무 혼자 남겠소, 아니면 같이 가겠소? 둘 중의 하나를 택하시오!"

담뱃불을 비벼 끈 책임비서가 목소리를 낮췄다.

"동무, 어머니는 다음에 보도록 하시오. 머지않아 전선이 곧 회복될 것이오. 그 때 가서 어머님을 뵙도록 하시오."

"알겠습니다."

무리하지 않기로 했다. 안 될 일에 미련을 두지 않기로 했다. 어머니를 만난다는 생각을 접었다. 모든 인원이 철수한 뒤끝을 정리하고 사무실을 나섰다. 부두에 이르자 인민군 전사가 검문을 했다.

"소속이 어딥니까?"

"선전선동 책임자 유심이오. 상황이 어찌 돌아가고 있소?"

"전시 상황은 잘 모릅니다. 군관동무에게 물어보시라요."

전투복 차림의 인민군 장교에 다가갔다.

"선전선동대장 유심이오. 상황이 어떻소?"

"어렵습니다. 맥아더가 인천에 상륙했습니다."

"그러면 어떻게 되는 거요?"

"신속히 후퇴하지 않으면 퇴로가 끊깁니다."

"인천은 여기서 수천 리 길인데……."

완도항을 출발한 배가 해남 부두에 도착한 것은 먼동이 트는 새벽이었다. 이른 시각이라 그런지 길거리에는 강아지 새끼 한 마리 얼씬거리지 않았다. 유심에게 해남은 아릿한 추억이 있는 곳이다. 까마득한 옛날 머릿속 기억들이 꼬리를 물고 일어났다. 그러나 지금은 한가한 생각에 젖어 있을 때가 아니다. 가는 길에 장애가 없어야 할 터인데 걱정이다. 예상컨대 교통이 통제되고 미군의 폭격 또한 더욱 심해질 것이다. 어떤 애로를 무릅쓰고라도 평양으로 복귀해야 한다. 비상시를 대비한 미숫가루 배낭을 열어 확인했다. 후퇴하는 행선으로는 강진, 광주, 장성, 대전, 천안을 거치는 큰길을 택했다.

얼마를 달렸을까, 강진읍을 저만치 둔 초입에서 미군 비행기의 기총사격을 받았다. 비행기에서 쏘아대는 기관총 탄알이 오뉴월 소낙비처럼 신작로 바닥에 내리꽂혔다. 차를 버리고 미루나무 가로수를 끌어안고 엎드렸다. 길가에 세워둔 군용차가 미군기의 기총소사로 불탔다. 이동수단인 차량을 잃었으나 마땅한 대책이 없다. 서울까지 걸어서 어느 세월에 간단 말인가. 시간이 지체되면 서울 접선이 안 될 것이고, 대열에서 낙오되면 평양 복귀는 물거품이 된다.

큰길을 버리고 산길로 들어섰다. 초대소에서 훈련받은 야간 행군 실력을 써먹을 때가 왔다. 도로를 벗어난 구릉지에 몸을 숨기고 주변을 살폈다. 미군 트럭이 꼬리를 물고 이동했다. 주민들이 길거리에 나와 미군을 환영했다. 북에서 내려올 때만 해도 인공기를 흔드는 환영을 받았는데 한순간에 세상이 바뀌었다. 솔밭에 몸을 숨기고 밤이 올 때까지 시간을 벌었다. 지루한 하루해가 넘어가고 초저녁 어스름한 산길을 따라 북쪽을 향해서 걸었다. 낮에는 풀숲에서 자고 밤에는 걸었다. 일주일을 걸어 천안 부근에 도착했다. 희미한 달빛이 있어 그런대로 걸을 만했다. 몸도 마음도 염장 지른 파김치처럼 지쳤다. 기운을 내보지만 물 먹은 종이처럼 처지기만 했다. 그날 밤 자정, 단파방송으로 중앙당 지령을 수신했다. 지령을 수신하는 책임 비서의 표정이 심각했다.

"동무, 작전이 변경됐소."

"작전이 변경되다니요, 어떻게 말입니까?"

"동무와 나는 복귀를 포기하고 회문산 부대와 합류하라는 지령이오."

"회문산이라면 빨치산이 있는?"

"그렇소."

"그러면 우리더러 빨치산이 되라 그 말씀입니까?"

"그렇소. 우리는 회문산으로 들어가야 하오."

중앙당 지령은 지상명령이다. 당의 명령은 목숨을 걸고 완수해야 하는 것이 당원의 의무다. 전황에 관계없이 당의 명령에 따라야 한다. 그러나 상황은 매우 불리하게 전개됐다. 단파방송이 전해주는 소식으로는 영용한 인민군대가 미제와 남조선 괴뢰도당을 몰아내고 있다 했지만 실제 상황은 반대였다. 맥아더가 인천상륙작전에 성공해서 전세가 역전되었다.

그렇다면 북으로 복귀하는 길이 완전히 끊어졌단 말인가. 그래서 복귀하지 말고 빨치산이 되라고 했단 말이지. 그간의 공로에 대한 표창은 못할망정 공화국으로 복귀하는 길을 막는단 말인가. 빨치산이 되면 언제 어느 산골짜기에서 개죽음을 당할지 모르는데 그곳으로 들어가라고? 이것은 조국이 남조선 해방전선에 떨쳐나선 일꾼을 배반하는 행위다. 남조선 해방을 위하여 모든 것을 바쳤는데 죽음의 골짜기로 몰아넣는 중앙당의 지령은 당원에 대한 속임수이고 동지에 대한 배신 행위다.

충성을 다해 온몸으로 받들었던 조국에 배신당했다는 울분이 터졌다. 당과 조국을 위하여 낳아주고 길러주신 어머니도 버렸는데 빨치산이 되라는 당의 명령은 부당하다. 그리고 또 여기가 어딘가. 생사를 불문하고 수백 리 산길을 걸어왔는데 되돌아가라고? 책임비서에게 항의했다.

"비서 동지, 이건 조국이 우리를 배신하는 행위요. 어찌 이런 지령을 내린단 말이오? 나 혼자라도 복귀하겠소."

"지금은 전쟁 중이오. 전황이 불리한 이때 당의 명령을 거부하겠단 말이오? 전시 명령 불복종은 총살감이오!"

"평양 복귀를 기대하고 여기까지 왔는데 고생한 보람이 없질 않습니까?"

"……."

한숨을 몰아쉬는 책임비서도 흥분하고 있었다. 잠시 후 책임비서가 체념이라도 한 듯 한결 부드러워진 어감으로 입을 뗐다.

"동무는 회문산에 가보았소?"

"못 가봤습니다."

"나 역시 말은 들었지만 못 가봤소."

"여기서 회문산을 어떻게 갑니까?"

"길이 멀지요. 회문산은 이현상 남부군총사령관이 지휘한다고 들었소. 도착해서 다시 지령을 받으라고 했으니 방법이 없잖소. 한숨 돌리고 출발합시다."

당이 명령하면 목숨도 버려야 하는 것이 당원의 임무다. 당이 하는 일에는 이유가 없고 더더구나 개인적인 사정은 일체로 용납되지 않는다. 목숨을 걸고 명령을 수행하는 것이 당원의 의무이고 공화국에 대한 충성의 척도이다. 지금 이 상태로는 명령을 어기고 상경한다 해도 서울에서의 접선은 보장할 수 없다. 길은 멀고 그 길 또한

가시밭길이다. 그렇다면 당의 명령을 이행하여 다음을 기약해야 한다. 마음을 다잡아먹고 책임비서와 함께 행동하기로 생각을 바꿨다. 작전지도를 들여다보던 책임비서가 입을 열었다.

"동무, 내가 부르는 대로 받아적으시오. 천안, 대전, 장성, 담양, 순창……."

지금까지 걸어왔던 길을 되돌아가야 했다. 큰 도시를 기준으로 돌아가는 노선을 정하고 밤을 이용해 걸었다. 날이 어두워질 때까지 솔밭에서 잠을 자고 났더니 배가 고팠다. 적잖이 준비했던 미숫가루도 떨어졌다. 산기슭을 내려서니 감자꽃 냄새가 났다. 희뿌연 달빛 아래 하얗게 핀 감자꽃을 보니 마음이 편해졌다. 사람들은 죽자 살자 싸우는데 감자는 꽃을 피웠다. 윗도리를 벗어 자루를 만들고 불룩한 감자포기를 뒤져 굵은 놈만 골라 담았다. 흙 묻은 생감자를 옷자락에 대충 닦아 씹었다. 아릿한 생감자일망정 먹거리가 들어가니 눈이 떠졌다. 떡 본 김에 제사 지낸다고 열심히 씹어 삼켰다.

묵직하게 긁어담은 자루를 둘러메고 감자밭을 나왔다. 마을을 벗어나자 어깨가 무거워졌다. 널찍한 판석 위에 자루를 내려놓고 숨을 돌렸다. 그런데 아랫배가 꾸물꾸물 요동쳤다. 아랫배를 움켜쥐고 엎드렸으나 그때뿐이다. '배도 참 염치없다. 생사를 넘나드는 이 어려운 순간에 어쩌자고…….' 배를 움켜쥐고 맨땅에 엎드렸다. 얼마 후 뱃속이 진정되는가 싶더니 뒤가 급해졌다. 용변 볼 장소를 찾아

몇 발자국을 떼어놓자마자 홍수가 쏟아졌다. 쫘르륵 쫘르륵 빈속에 먹은 생감자를 몽땅 쏟아냈다. 책임비서도 사정이 급하기는 마찬가지다. 급히 자리를 뜨더니 생감자 반납하는 소리가 요란하게 들렸다. 두 사람이 나란히 아픈 배를 움켜쥐고 드러누웠다.

지금쯤 어머니는 무엇을 하고 계실까? 소롯이 잠이 들었다. 바닷물이 출싹거리는 한적한 바닷가 외딴 집. 손부채로 해를 가린 어머니가 먼산바라기를 하고 섰다. 어머니를 불렀다. 그러나 사랑하는 아들이 가까이 있는데도 알아보지 못했다. 어디선가 총 맞고 불에 타죽은 귀신들이 아우성을 치며 달려들었다. 머리통이 깨지고 팔 다리가 너덜거리는 귀신들이 떼거리로 달려들었다. 시퍼렇게 날이 선 조선낫을 들고 덤비는 귀신은 불알친구 차돌이고 면서기 김덕윤이 그 뒤를 따랐다. 권 좌수네 손자 태일과 상일 형제가 눈을 흘기고, 군수의 아들 이종수도 형틀에 매여 울부짖고 있다. 죽창에 찔려 죽은 황달수가 피거품을 입에 물고 노려봤다. 하나같이 유심의 손에 죽은 억울한 귀신들이다. 허울 좋은 인민의 적으로 몰아 죽인 원귀들이다.

참혹한 광경을 더 이상 볼 수 없어 고개를 돌리는 순간 서늘한 기운이 느껴졌다. 꿈인가 했지만 생시도 아니다. 곽정훈 서장이 유심의 뒷머리에 권총을 겨누고 섰다. '이 원수는 반드시 갚아주마. 그때를 기다려라.' 깜짝 놀라 눈을 뜨니 꿈이다. 아련한 꿈속인데도 현실같이 선연(鮮然)했다. 눈을 뜨고 있어도 꿈속 악몽이 계속됐다. 등허리에 끈적한 땀이 배었다. 옆자리에는 책임비서가 깊은 잠에 떨어졌다. 순간 번개 같은 생각이 떠올랐다. 그래, 이때다! 빨치산 투쟁은 나의 삶이 아니다. 아무에게도 억압받지 않는 삶, 인간적인 대우를 받으며 살고 싶다. 그렇다면 기회는 지금이다. 공화국에 충성을 맹세하고 남조선 해방전쟁에 떨쳐나섰던 신념이 한순간에 바뀌었다. 아니, 어쩌면 숱한 사람을 고문하고 죽이던 그때부터 생각의 다른 씨앗이 자랐는지도 모른다. 내려놓았던 자루를 둘러메고 무작정 뛰었다. 그러나 잠깐, 생각 좀 해보자. 캄캄한 밤중에 더구나 동서남북도 알 수 없는 어둠 속에서 가면 어디로 간단 말인가. 그리고 또, 악착같은 책임비서가 끝까지 따라올 텐데 그 문제부터 해결하자. 생각을 바꿔먹고 자리로 돌아왔다.

상황을 알 리 없는 책임비서는 코를 골며 자고 있다. 하릴없이 주저앉아 기다렸다. 담배 한 대를 피워 물었다. 이 길로 회문산에 들어가 빨치산이 되기는 정말 싫었다. 중앙당의 명령에 충실한다 해도 결국은 이름도 없는 어느 산골짜기에 주인 없는 주검으로 버려질 것이다. 그렇다면 이판사판이다. 어느 것이 옳은지 판가름을 해보자. 그 첫 번째가 책임비서를 설득하는 일이다. 그도 사람이기에 어느 길이 살길인가를 스스로 알 것이다.

마음을 다져먹고 나니 한결 개운해졌다. 담배 한 대를 또 달아 물었다. 담뱃불이 보이지 않도록 땅을 파고 엎드렸다. 알싸한 담배 연기가 뱃속 깊이 들어갔다. 그대로 얼마 후 책임비서가 눈을 떴다.

"비서동무, 할 말이 있습니다."

"무슨 말이오?"

"꼭 회문산으로 가야 합니까?"

"동무는 무슨 말을 하고 싶은 거요?"

"비서동무도 생각을 좀 해보시오. 지금 산으로 들어간다고 합시다. 과연 거기서 우리가 무엇을 할 수 있겠소. 원래 우리의 임무는 평양 복귀가 아닙니까? 그런데 산속에 들어가서 유격대가 되라니요. 그게 말이 됩니까?"

"그러면 동무는 조국의 명령을 거역하자는 거요?"

책임비서의 눈초리가 싸늘하다. 그러나 이왕 뱉은 말이니 끝을 봐야 했다.

"제 마음도 착잡합니다. 쫓기고 있는 우리 현실이 너무 안타까워서 그럽니다."

"그건 또 무슨 말이오?"

"생각 좀 해보시라요. 우리가 그동안 얼마나 많은 고생을 했습니까. 그런데 아무 연고도 없는 빨치산에 들어가 무엇을 한단 말입니까? 보나마나 개밥에 도토리 신세를 면치 못할 텐데 왜 거기를 가야 합니까?"

"그러면 동무는 어쩌겠다는 게요?"

"이참에 우리도 살길을 찾읍시다."

"그 살길이란 게 뭣이오?"

"말씀드리기 송구하지만, 우리가 살길은 투항하는 길입니다."

책임비서가 벌떡 일어섰다. 순식간에 권총을 뽑아들고는 유심을 겨누었다.

"이동무, 이제 보니 순전히 반동이구만. 당장 즉결처분해야 알겠소?"

책임비서가 길길이 뛰었다. 당장 방아쇠를 당길 것처럼 흥분했다. 분위기를 감안한 유심이 일단 꼬리를 내렸다. 바짝 긴장된 상태로 침묵이 흘렀다. 말은 없으나 두 사람의 머릿속에는 온갖 생각들이 불꽃을 튀겼다. 시간이 가고 험악했던 분위기가 가라앉자 책임비서의 말투도 수그러들었다.

"나는 동무 생각에 동의할 수 없소. 한 번만 더 그러면 정말 가만두지 않겠소. 그때는 동무의 상관으로서 당과 수령님을 배반하는 동무를 처단하겠소. 앞으로 언행에 각별히 주의하시오. 쓸데없는 이야기는 그만하고 모자라는 잠이나 자둡시다."

혹시나 했지만 역시 건너지 못할 강이었다. 뱃속부터 사회주의 교육을 받고 태어난 책임비서에게 유심의 어설픈 화술은 계란으로 바위 치기였다. 허탈했다. 그러나 유심의 속마음은 변하지 않았다. 기회만 주어져라, 그러면 다시 뛸 것이다. 조용히 책임비서 옆자리에 누워 하늘을 쳐다봤다. 수많은 별이 금방 쏟아질 것처럼 가까웠다. 잠이 오지 않았다. 이따금 곁눈질로 옆자리의 동정을 살폈다. 그 역시 겉잠을 자는 것이 분명했지만 특별히 경계하는 눈치는 보이지 않았다.

휴식을 끝내고 다시 길을 나섰다. 밝게 빛나는 북극성이 그들의 좌표요 나침반이었다. 높고 낮은 구릉을 건너고 크고 작은 능선을 넘었다. 밤에는 한길로 내려와 걷고 낮이면 숲속으로 들어가 숨었다. 그렇게 또 며칠이 지나갔다. 책임비서가 단파방송으로 현재의 위치를 안내받았다. 도면상 좌표로는 전라남도 장성이다. 장성을 지나면 담양이다. 그러면 어머니가 계시는 청산도와는 더욱 멀어진다. 그래서는 안 된다. 담양으로 들어가기 전에 결판을 내자. 낮 시각에 부근의 지형지물을 알뜰히 살펴두었다. 큰길이 이어지는 방향을 살피고 동서남북의 지형지물을 눈에 담아두었다.

어둠이 깔리고 둘은 다시 걷기 시작했다. 유심이 말을 걸었다.

"책임비서 동지, 조금 쉬어갑시다."

"그럽시다."

적당한 자리를 골라 앉았다. 두 사람 모두 배가 고파 기진맥진했다. 낮에 보아둔 산 아래 마을까지는 한순간이면 닿을 거리다. 유심이 꾀를 냈다. 어차피 책임비서와는 동행이 불가능하다. 그렇다면 그를 따돌릴 속임수를 써야 했다.

"설사가 나서 대변을 좀 봐야겠습니다."

"멀리 가지 마시오. 얼른 떠나야 하니까."

우거진 풀숲으로 들어갔다. 걸음을 옮길 때마다 책임비서와 멀어졌다. 유심의 행동을 주시하는 책임비서가 담배를 붙여 물었다. 구수한 담배연기가 날아왔다. 책임비서와 이삼십 보로 떨어졌다. 충분히 도망칠 수 있는 거리다. 책임비서가 유심의 수상쩍은 행동에 경고를 보냈다.

"동무! 멀리 가지 마시오."

"네, 알겠습니다."

가짜 볼일을 마친 유심이 허리춤을 움켜쥐고 냅다 뛰었다. 유심이 뛰자 책임비서가 그를 쫓았다. 한밤중에 쫓고 쫓기는 추격전이 벌어졌다. 앞서 뛰던 유심이 다리가 헷갈려 넘어졌다. 유심을 따라잡은 책임비서가 유심의 등을 타고 앉았다. 거친 숨을 몰아쉬며 유심의 뒷머리에 권총을 들이댔다. 쇠붙이 감촉이 섬뜩하다. 딸깍! 안전장치 푸는 소리가 천둥만큼이나 크게 들렸다. 손가락을 잘못 까딱하는 순간이면 죽은 목숨이다. 유심이 눈을 질끈 감았다. 하나 둘 셋, 그러나 총소리는 나지 않았다. 그 순간 유심의 눈에 불이 번쩍 일면서 깜빡 정신을 잃었다. 유심을 처단하는 대신 뒷머리를 내리쳐 기절시킨 것이다. 책임비서도 난감했다. 그의 행동은 즉결처분 감이지만 지금 당장 처단한들 뾰족한 수가 없었다. 비록 공화국에 반역하는 행동을 보였지만 그 책임은 나중에 물어도 늦지 않다는 판단이 섰다. 그는 유심의 허리띠를 풀어 두 손을 묶고 쉬고 있던 자리로 돌아왔다.

잠깐 사이 일어난 일이 아주 오래 전처럼 느껴졌다. 뒷머리에 손이 갔다. 끈적한 피가 손바닥에 묻어났다.

"동무의 분별없는 행동은 즉결처분감이지만 용서하기로 했소. 딴 맘 먹지 말고 잠이나 자두시오. 아무리 발버둥쳐도 내가 살아 있는 한 동무는 도망칠 수 없소."

"……"

겸연쩍어 말을 하지 못했다. 밤은 깊어 삼경이다. 사방이 죽은 듯이 조용하다. 상황이 정리되고 밤하늘의 별빛은 여전히 밝게 빛나고 있었다. 책임비서가 유심의 찢어진 머리를 헝겊으로 동여맸다. 때릴 때는 언제고 치료는 또 무슨. 병 주고 약 주는 꼴이다.

다시 자리를 잡고 눈을 감았다. 그런대로 시간이 흘렀다. 그 사이 유심은 토끼잠을 자면서 기회를 노렸다. 책임비서가 코를 골며 곯아떨어졌다. 슬며시 일어나 몇 발자국을 떼어봐도 반응이 없다. 이대로 도망칠까 하다가 다시 생각해보니 또 잡힐 위험이 있다. 그때는 정말로 죽을 수도 있다. ……책임비서를 처치하고 떠나자!

떠났던 자리로 되돌아왔다. 세상모르게 잠든 책임비서의 얼굴을 보자니 문득 측은한 감정이 일었다. 하지만 내가 살려면 어쩔 수 없는 일이다. 주위를 둘러보니 절구통처럼 생긴 바윗덩어리가 눈에 띄었다. 바윗돌을 번쩍 쳐들었다. 보통 때 같으면 어림없는 돌인데 한 번에 번쩍 들렸다. 자신도 깜짝 놀랐다. 눈을 질끈 감고 책임비서를 내리쳤다. 퍽 소리가 났다. 잠자던 책임비서가 말 한마디 못하고 머리통이 으깨졌다. 미운 정 고운 정이 들었던 사람인데 차마 바로 볼 수 없어 고개를 돌렸다. 그리고는 발길이 닿는 대로 뛰었다. 아이코!

또 잊은 게 있다. 책임비서가 늘 안주머니에 넣고 다니던 권총. 호신용으로 들고 와야 하는 데 너무 경황이 없었다. 그러나 되돌아갈 마음은 더더욱 없었다. 권총이 있어 좋을 수도 있고 나쁠 수도 있겠다. 포기하고 나니 오히려 마음이 편해졌다.

일단은 산에서 내려가야 했다. 이제부터는 산으로 움직이면 안 된다. 혼자서는 더구나 엄두가 나지 않았다. 큰길로 나가서 살 수 있는 방법을 찾아야 했다. 지나가는 차가 있으면 얻어 타고, 민가가 있으면 밥이라도 얻어먹자. 그래서 목숨부터 건져야 한다. 그 다음 이쪽이든 저쪽이든 유리한 쪽으로 결정하자. 마음을 다잡고 나니 용기가 생겼다. 발걸음을 옮길 때마다 권총으로 얻어맞은 뒷머리가 흔들렸다. 산 아랫마을이 보였다. 마을에 들어가면 옷부터 갈아입자. 길을 나서면서 한 번도 갈아입지 못한 몸에서는 생선 썩는 냄새가 풀풀 났다. 그보다 당장 급한 용무는 등가죽에 들러붙은 배를 채우는 일이다.

가까이 있는 집으로 들어갔다. 도둑고양이처럼 발뒤꿈치를 들고 살그머니 마당에 들어섰다. 일이 잘 되려고 그랬을까, 집 지키는 멍멍이도 짖지 않았다. 빨랫줄에 널린 군복이 가장 먼저 눈에 들어왔다. 삼복더위 개가죽 벗기듯 입은 옷을 벗어던지고 후다닥 갈아입었다. 상큼한 비누 냄새에 기분이 좋아졌다. 반쯤 열린 대문짝을 비집고 들어가 솥뚜껑을 열어보니 삶은 감자가 남아 있었다. 일단 손에 잡히는 대로 입에 넣고 우적우적 씹었다. 등허리에 달라붙은 창자가 불룩 나오고 금방 눈이 환하게 떠졌다. 주머니마다 삶은 감자를 집어넣고 대문을 나섰다.

마당 앞으로 난 큰길을 따라 걸었다. 동서남북을 따지지 않고 그냥 걸었다. 길을 걸으면서도 타박타박 분이 나는 감자를 부지런히 씹었다. 목을 늘여 꺽꺽 트림을 하면서 열심히 씹었다. 그래도 배가 부르니 살 만했다. 고갯길을 힘겹게 올라섰다. 전쟁통에 새로 닦은 길인지 길바닥이 고르지 못했다. 장맛비에 토사가 흘러내리고 베어낸 나무뿌리가 길섶에 걸쳐 있다. 길도 없는 산속을 헤맬 때보다는 백 배 천 배 수월했다. 이 고개를 넘어서야 죽이든 밥이든 결판이 날 모양이다. 그때 생각지도 못한 자동차가 언덕길을 올라왔다. '그래! 저 차를 얻어타자. 그런데 누구냐고 물으면 어쩌지?' 당장 대답이 궁했지만 그때 가서 생각키로 하고 도로 한가운데로 나가 손을 번쩍 쳐들었다. 급브레이크를 밟은 운전사가 욕지거리를 쏟아냈다.

"이 개새끼가 되질라고 환장을 했나!"

군용 트럭이다. 제대로 걸렸다 싶었다. 욕이야 실컷 해라. 그런데 제발 태워만 줘라.

"나 좀 태워주시오."

한쪽으로 비켜서자 운전사는 욕만 퍼붓고는 쌩하니 가버렸다.

"에이, 썩을 놈. 가다가 굴러버려라."

욕설을 퍼붓고 돌아서니 속이나마 후련했다.

다시 터덜터덜 걸었다.

11. 변신

타박타박 걷는 신작로 길은 멀고도 지루했다. 새벽바람에 감자로 배를 채워서 그런지 그런대로 걸을 만했다. 생각할수록 욕설을 퍼붓고 달아난 군용트럭이 괘씸했다. '홀딱 굴러버려라, 썩을 놈!' 속으로 중얼거리며 걸었다. 얼마를 걸었을까, 허위허위 옮겨놓는 다리에 힘이 빠지고 무릎이 꺾였다. 고갯마루를 넘어서는 반반한 자리에 털썩 주저앉았다. 주머니를 더듬어 담뱃갑을 열어보니 속이 비었다. 책임비서와 나눠 피운 담배가 마지막이었던 모양이다. 입 안이 텁텁했다. 알싸한 담배 연기가 그리웠다. 담뱃갑을 뒤집어 코에 대고 문질렀다. 코끝에서 아른거리는 담배 냄새에 군침이 돌았다. 이른 아침인데 뻐꾸기가 울었다. 고향에서 듣던 뻐꾸기 소리와 똑 같다. 문득 어머니가 보고 싶어졌다. 다시 일어나 걸었다. 아픈 무릎을 억지로 세우고 터덜터덜 걸었다.

높은 절벽 산모퉁이를 돌아나가는데 절벽 아래서 시커먼 연기가 올라왔다. 웬 연기? 그런데 아뿔싸! 조금 전에 욕지거리를 퍼붓고 달아난 군용트럭이다. 말이 씨가 된다고 했는데 내가 욕을 해서 그런가? 설마 그럴 리가. 그런데 그때 트럭을 얻어탔더라면 죽은 목숨이 아닌가. 죽고 사는 경지는 귀신도 모른다 했는데 아찔했다. 소행은 괘씸했지만 보고만 있을 수가 없었다. 살아 있는 사람이라도 있으면 구해야 한다.

벼랑에 걸친 나뭇가지를 붙들고 사고 현장으로 내려갔지만 기름통에 불이 붙어서 다가서기 어려웠다. 갈매기 한 개짜리 운전병이 핸들을 안고 죽어 있었다. 억지로 문짝을 열고 운전병을 끌어냈다. 운전석 옆자리에 앉아 있던 중위는 깨진 유리조각에 목이 찔려 사망했다. 그런데 또 한 사람이 있었는데 보이지 않았다. 차를 세웠을 때는 분명 세 사람이었는데 사고 현장에는 두 사람뿐이다.

그런데 그보다는 담배가 더 급해서 장교 주머니를 뒤졌다. 담뱃갑을 뜯지도 않은 윈스턴 한 개비를 뽑아 불을 달아 물었다. 그래, 이 맛이야! 담배 연기를 깊숙이 들이마셨다. 머리가 핑 돌고 눈앞에 아지랑이가 떴다. 떡 본 김에 제사 지낸다고 한 대 더! 짜릿한 담배 연기가 목구멍을 타고 내려갔다. 담배를 만든 사람이 존경스럽기까지 했다.

정신을 가다듬고 주위를 살폈다. 민가에서 훔쳐 입은 군복을 벗어 던지고 장교가 입었던 군복으로 갈아입었다. 체격이 비슷해서 딱 들어맞았다. 운전대를 뒤져 쓸 만한 물건을 주머니에 쑤셔넣고, 장교의 권총을 덤으로 챙겼다. 죽은 사람에게는 미안했지만 살아 있는 사람은 살아야 했다. 그제야 보이지 않는 한 사람의 행방이 궁금했다.

사고 날 때까지 타고 있었다면 어디로 굴러떨어졌을 것이다. 갈 길이 바쁜 유심에게 사람을 찾는다는 것은 거추장스러운 일이다.

생각을 접고 내려왔던 길을 되짚어 올라갔다. 그때 어디서 들릴듯 말듯한 작은 신음소리가 들렸다. 트럭에 타고 있던 그 사람인가? 소리 나는 방향을 따라 작은 둔덕을 넘어서자 얽혀 있는 바윗돌 틈새에 사람이 끼어 있다. 머리가 터지고 팔다리가 부러진 것 같다. 어떻게 손을 써야 할지 막막했다. 어깨를 흔들어도 반응이 없다. 목덜미를 짚어보니 희미하게 맥이 잡혔다. 신원이라도 알아볼 요량으로 주머니를 뒤졌다. 뒷주머니에서 '기자'라고 쓰인 완장을 찾아냈다. 기자라고? 기자가 왜? 다시 상의 주머니를 뒤졌다. '윤도준 동아일보 종군기자', 국방부 장관의 관인이 찍혀 있다. 전쟁을 취재하는 종군기자인 모양이다. 그런데 이 사람을 어쩐다? 의식도 없고 움직이지도 못한다. 그렇다고 죽은 사람도 아니다. 마음에 갈등이 생겼다. 그렇지만 혼자 힘으로는 어쩔 수도 없다. 더구나 사람을 피해 다니는 입장에서는 더욱 어렵다. 순간 못된 생각이 들었다. 어차피 죽을 사람이라면 고통이라도 덜어주자. 권총을 뽑아들고 안전장치를 풀었다. 짧은 시간이 느리게 흘렀다. 그런데 방아쇠에 올려놓은 손가락에 힘이 풀렸다.

'가만 둬도 죽을 목숨인데 뭐하려고? 아무리 전쟁이라 해도 이건 아니다. 전쟁이라도 사람 목숨은 귀한 것이다. 교통사고도 억울한데 두 번 죽일 필요는 없다.'

빼들었던 권총을 거두어 허리춤에 찔러넣었다. 두고 떠나자. 양심 없는 노릇이지만 선택의 여지가 없다. 기자 수첩을 챙겨넣고 잠시 품었던 못된 마음을 담배 연기로 날려보냈다. 마음이 가라앉자 챙겨넣은 기자 수첩을 다시 꺼냈다. 볼수록 신기했다. '윤도준, 그래! 앞으로 내 이름은 윤도준이다. 이 시간 이후 나는 언제 어디서나 윤도준으로 살아가자.'

쫓기고 도망치는 유심에게 종군기자 윤도준의 죽음은 하늘이 내려준 선물이었다. 계급장 없는 작업모에 종군기자 완장을 차고 카메라까지 목에 걸고 나서니 누가 봐도 그럴듯해 보였다. 어깻죽지에 힘이 들어갔다. 붉은 완장을 차고 인민군 선발대를 따라왔을 때도 그랬다. 유심이 어릴 적에 보았던 저수지 관리인 아저씨 완장도 그랬다. 완장 찬 아저씨는 사람들 앞에서 우쭐댔고, 사람들은 괜히 주눅이 들었다. 죽은 사람에게는 미안하지만, 인간의 생존 법칙이 또한 그렇다.

사고 현장을 벗어나 큰길로 올라섰다. 얼마를 걸었을까, 또 다른 군용트럭이 왔다. 무작정 손을 들었다. 운전병이 단번에 알아볼 수 있도록 완장 찬 팔뚝을 번쩍 치켜들었다. 무시하고 지나려던 트럭이 급정거했다. 종군기자 완장은 대단했다. 조수석에 앉은 갈매기 세 개짜리가 물었다.

"기자님이 웬일이세요?"

"본부중대 김 중위가 급한 일이 있다며 여기 내려놓고 가는 바람에 죽을 뻔했소. 좌우간 가는 데까지 좀 태워주시오."

"어디까지 가시게요?"

"기자가 정한 길이 있겠소? 상사님은 어디 가는 길이오?"

"우리는 광주까지 갑니다만."

"나도 전남 지방을 취재하려던 참인데 잘됐네요. 미안하지만 신세 좀 집시다."

비좁은 운전석보다는 넓은 짐칸에 타는 것이 좋아 보였다. 운전석에 앉으라는 권유를 뿌리치고 짐칸에 올라탔다. 먼지가 펄펄 날리는 짐칸을 좋아할 사람이 어디 있을까. 그러나 비좁은 운전석에 앉다보면 이것저것 물을 것이고 그때마다 거짓말을 둘러대야 하는 위험과 번거로움을 피하고 싶었다. 군수품을 수송하는 차량인지 푹신한 군용 담요가 쌓여 있다. 두 장은 바닥에 깔고 두 장은 머리까지 뒤집어쓰고 약 먹은 병아리처럼 꼬박꼬박 졸다 잠이 들었다. 곳곳에서 검문을 받았지만 그때마다 운전석에서 종군기자로 확인해주는 바람에 수월하게 통과했다.

얼마를 달려서 사람이 붐비는 거리에 멈춰 섰다.

"기자님, 다 왔습니다."

"여기가 어디요?"

"광주 역전입니다."

"벌써 그리되었소? 나는 여기서 내려야겠소. 초면에 신세 많이 졌습니다."

"별말씀을요. 기자님은 어디로 가실 겁니까? 우리는 광주역에서 군수품을 인수해서 부대로 돌아가야 합니다."

막연했다. 말은 그렇게 했지만 광주는 처음이라 마땅히 갈 곳도 없었다. 그러나 이 사람들과는 일단 헤어져야 한다.

"광주에서 몇 군데 취재할 곳이 있소. 그러면 여기서 헤어집시다. 초면에 신세를 많이 졌소. 전쟁이 끝나면 신문사에 한번 들르시오. 옛말 하며 소주나 한 잔 합시다."

허공에 뜬 빈말을 주워넘기면서 헤어졌다. 팔뚝에 차고 있던 기자 완장을 얼른 빼서 뒷주머니에 쑤셔넣었다. 사람들 눈에 띄면 안 되는 물건이다. 필요할 때 완장을 차면 종군기자 윤도준이고, 완장을 벗으면 자연인 유심이 돼야 한다. 뱃속이 허전했다. 역전 골목 식당가로 들어서니 국밥집이 늘어섰다. 겉모양이 깔끔하게 보이는 식당 문을 열고 들어서니 중년 남자 두 명이 막걸리 잔을 기울이고 있을 뿐 한산했다. 주인 여자가 얼굴을 내밀었다. 늙지도 젊지도 않은, 그러나 얼굴이 제법 반주그레하여 사람을 끄는 인상이다. 드럼통을 잘라 만든 술탁자에 엉덩이를 걸치고 앉았다.

"여기 국밥 한 그릇 말아주시오."

여인이 국밥 한 그릇을 내왔다. 생글생글 웃는 모습이 제법 정감이 가는 얼굴이다. 따뜻한 밥이 얼마 만인가. 뚝배기에 넘치는 국밥 한 그릇을 게눈 감추듯 비웠는데도 뱃속이 헛헛했다. 술청에서만 맡을 수 있는 시큼한 막걸리 냄새가 좋았다. 술은 좋아하지 않지만 웬

일인지 텁텁한 막걸리가 생각났다. 앉은 자리에서 막걸리 한 되를 청했다. 여인이 술 주전자를 들고 다가앉았다.

"처음 보는 손님이오?"

친절도 아니고 그렇다고 속내를 떠보자는 것도 아닌 아리송한 말투다. 대꾸를 할까 말까 망설이다 시간도 보낼 겸 술안주 삼아 수작을 걸었다.

"처음 보면? 서방님이라도 삼으시게?"

술청이 아니라면 뺨따귀나 얻어맞을 짓거리다. 그러나 여인의 말되치기가 예사롭지 않다. 오는 말이 고와야 가는 말이 곱다는 말이 새삼스럽다.

"혹시 모르지요. 칠년대한 가문 날에 단비라도 내릴꺼나?"

세파에 부딪치며 갈고 닦은 말솜씨다. 야릇한 오기가 발동했다.

"이것도 인연인데 한 잔 합시다. 피차 외로운 처지로되 초면이면 어떻고 구면이면 어떻소. 술값 염려는 붙들어매시고 한 잔 합시다."

건너편 탁자에 앉은 술꾼들이 귀를 쫑긋 세운다. 매무새를 가다듬은 여인이 작심한 듯 다가앉았다. 여인의 치마폭에서 뭉클한 지분냄새가 났다. 주거니 받거니 술잔이 오고갔다. 어느 사이 해는 서산으로 넘어가고, 별난 수작을 기대했던 술꾼들은 두 사람을 힐끔거리며 일어섰다.

손님을 배웅한 여인이 바짝 다가앉으며 팔짱을 꼈다. 오늘 술장사는 그만할 작정인가. 술청 안은 달랑 두 사람뿐이다. 그런데 무슨 조화인가. 술이 들어갈수록 여인이 곱게 보였다. 처음부터 묘한 끌림이 있었지만 술잔을 나누며 말을 섞어보니 제법 속내가 있는 여인이다. 그리고 어딘지 모르게 사람을 끄는 매력이 있었다. 세상 물정에 이골 난 술집 작부라 해도 한 사람의 여인이다. 남자의 손길을 온몸으로 받아낸 사십대 여인이다. 터트리면 활화산처럼 타오를 중년 여인이다. 막걸리 주전자가 바닥나자 여인이 시키지도 않은 맥주병을 들고 왔다. 보통 사람들은 엄두도 못 내는, 하이칼라 신사들이 마신다는 고급술이다. 유심이 주먹 세계에 몸을 담고 있을 때 늘 마셨던 술이다. 부품하게 떠오르는 거품도 그렇거니와 찝찔하게 느껴지는 뒷맛이 도통 낯설었다. 술맛이야 어찌 됐건 분위기에 취하고 술에 취해서 연거푸 잔을 비웠다. 유심은 이미 자신이 감당할 수 있는 주량의 한계를 벗어났다. 천하장사라도 취중에 벌어지는 일은 장담하지 못한다.

"어이 마담, 내가 오늘 당신 서방님 하면 안 될까?"

맘에도 없는 농담을 불쑥 내질렀으나 여자는 싫지 않은 표정이다. 여인도 어지간히 취했다. 무르익은 복숭아처럼 발그레하던 여인의 얼굴이 하얗게 변했다.

"안될 게 뭐요. 사고 한 번 칩시다. 죽으면 썩을 몸 아꼈다 뭘 하겠소. 살비듬 팽팽할 때 댁처럼 점잖은 손님에게 육보시나 하는 게지."

농담 같은 진담이 술을 빌려 오고갔다. 온몸의 긴장이 풀리고 눈꺼풀이 내려앉았다. 몇 날 며칠을 산으로 들로 헤매는 바람에 체력이 소진되어 건드리면 쓰러질 판이다. 초저녁에 시작한 술자리가 밤중까지 이어졌다. 긴장의 끈을 놓는 순간 앉은 자리에서 떨어졌다. 몸을 가누지 못하는 유심을 안방으로 옮겨 눕힌 여인이 술청 문을 닫아걸었다. 오늘 영업은 여기가 끝이다.

얼마나 됐을까. 심한 갈증을 느끼며 눈을 뜨니 낯선 여인이 옆자리에 누워 있다. 저녁 늦게까지 술을 마셨는데? 그렇다면 여기는 그 술집? 그런데 내가 왜 이 여인과? 모든 생각들이 한꺼번에 스쳐갔다. 벌떡 일어나며 여인을 밀쳐냈다. 당황한 나머지 여인의 체면 따위는 생각할 겨를이 없었다. 그렇다면 내가 이 여인을 범했단 말인가! 깜짝 놀라 내려다보니 속옷차림이다. 아무리 취했기로 이토록 깜깜할 수가! 막걸리 끝에 맥주병을 딴 것까지는 기억하지만 그후의 기억은 없다. 대장부 남자가 체신머리없이 처음 만난 술집 여자와 동침을 하다니, 좌불안석이라 더 이상 꾸물댈 수 없었다.

"내가 왜 여기 있소? 대답 좀 해보시오! 아무 일도 없었지요? 그럼 됐소."

하고 싶은 말만 속사포로 내쏘고 나니 남자의 자존심이 더 상했다. 선 자리에서 담배를 찾아 물었다. 졸지에 내쳐짐을 당한 여인은 말 한마디 못하고 토라져 앉았다. 조금은 아니, 아주 미안한 마음이 들었다.

"이보시오."

하릴없이 여인을 불렀으나 응대가 없다. 조금 전까지 외간 남자를 끌어안고 누웠던 여인이다. 잠자코 앉아 있던 여인이 볼멘소리를 쏟아냈다.

"무슨 사내가 그따위요. 이녁만 사람이고 여자는 안중에도 없소?"

쌩하게 토라진 여인이 일어나 불을 켰다. 관능미가 물씬 풍기는 잠옷 차림이다. 여인은 울고 있었다. 여인의 눈물이 마음을 짠하게 만들었다. 이럴 때는 무슨 말을 해야 하는지 얼른 생각나지 않았다. 여인이 쏘아붙였다.

"가고 싶으면 가시오. 당신같이 못난 남자는 나도 필요 없소."

"미안하게 됐소이다."

윗옷을 걸치던 손길에 힘이 빠졌다. 이 여인에게 무슨 잘못이 있는가. 따지고 보면 모두가 내 잘못인데. 유심은 자신의 경솔한 행동을 은근히 뉘우치며 슬그머니 자리에 앉았다. 그리고 쪼그려 앉은 무릎 사이에 얼굴을 파묻고 앉은 여인을 조심스레 감싸안았다. 여인의 숨결에서 달착지근한 홍시 냄새가 났다. 카랑카랑한 여인의 야유가 폭포수처럼 쏟아졌다.

"참 못났소. 거충에 불알 찬 사내가 뭔 겁이 그리 많소. 툭하면 울 너머 호박인줄 알아야지. 그래서야 어디 가서 밥술이나 얻어먹겠소. 차려준 밥도 못 먹고 내찬단 말이오? 가든지 말든지 맘대로 하시오. 당신 같은 꽁생원은 나도 싫소."

된서방을 만난 격이다. 처음 만난 여인에게 올차게 당했다. 이야기를 듣고 보니 딴은 그렇기도 하다. 유심의 신세를 두고 보자면, 서발장대를 내질러도 거미줄 하나 걸릴 게 없는 사고무친 고단한 신세인데 뭣이 겁나서? 거기에 더하여 사나이 자존심을 한껏 꾸겨 뭉기는 여인의 빈정거림이 더욱 참담했다. 그러고 보니 여인네 체취를 맡은 기억도 가물가물하다. 전쟁에 따라나서면서 아내와 사랑을 나눈 기억이 까마득했다. 남조선에 내려온 이래 여인네 체취는 고사하고 손목 한 번 잡아보지 못했다. 혁명이네 남조선 해방전쟁이네 노래를 부르며 밤낮으로 헤매고 다닌 터라 여자를 잊은 지 오래다.

아무리 그래도 명색이 사내인데. 그리고 남자는 젓가락 잡을 힘만 있어도 여자를 본다는데, 생각 없으면 돌아가라고? 등 돌아앉은 여인을 슬그머니 끌어당겼다. 여인의 말끝은 매몰찼지만 이끄는 대로 따라왔다. 눈물자국이 번들거리는 여인의 얼굴을 두 손으로 감쌌다. 화장을 지운 맨얼굴이 뽀얗게 들어났다. 다시 보니 얼굴 윤곽이 또렷한 미인이다. 도톰한 여인의 입술에 자신의 입술을 포갰다. 따뜻하고 포근했다. 까마득한 옛날 첫사랑이었던 여자. 유심이 건달 길에 들어섰을 때 첫 인연을 맺은 한 여인이 있었다. 연애에는 생판 초짜였던 서로간의 입맞춤이 지금처럼 그랬다. 풍만한 여인의 유방이 잠옷 갈피를 비집고 출렁거렸다. 꼴깍 침이 넘어갔다. 불끈 치솟는 본능을 억제하느라 안간힘을 썼다. 그러면서도 개구리 노리는 육혈목이처럼 기회를 노렸다.

조국해방전쟁에 나서는 전사는 오로지 당과 수령을 위하여 어떤 어려움도 이겨야 한다고 교육받았다. 특히 남녀 관계는 일을 그르치는 원인이라고 배웠다. 그러나 지금 이 상황에서 그따위 선문답은 의미 없는 공염불이다. 애써 참고 있던 욕정이 드디어 폭발했다. 완전무장한 몸짓으로 여인을 밀고 들어갔다. 여인은 이미 오래전에 강물처럼 젖어 있었다. 유심의 동작은 격렬했고 여인의 몸은 뜨겁게 반응했다. 세상 모든 것을 한꺼번에 태워 보낼 기세로 힘을 쏟았다. 가물가물한 여체의 기억을 뜨겁고 달콤한 여인의 체취에서 되살렸다. 수령과 당에 대한 충성으로 피폐해진 심신을 흐드러진 여체로 위로받았다. 하늘 정기를 한곳으로 집중시켜 생명의 근원인 땅을 살찌웠다. 이윽고 천둥벼락을 동반한 물난리 끝에 싸움은 끝이 났다. 두 사람 모두 전투에서 승리한 전사가 되어 깊은 잠에 떨어졌다. 달콤한 시간이 간단없이 흘러갔다.

어느 때쯤인가 국밥집 문소리에 잠을 깼다. 긴 밤을 짧게 새운 새벽이 왔다. 여인이 여닫는 문소리를 들으며 달콤한 잠에 다시 빠져들었다. 해가 중천에 뜨고서야 늦은 아침상을 받았다. 시간에 구애받지 않고 느긋하게 아침상을 받기는 전쟁 이후 처음이다. 유심의 삶은 나무에 앉은 새처럼 불안했고, 마음은 언제나 당겨진 활시위처럼 긴장되어 있었다. 그런데 지금 이 상황은 무엇인가. 언감생심 꿈도 꾸지 못했던 일이 벌어지고 있지 않은가. 이 순간만이라도 혁명과 사상이라는 짐보따리는 내려놓고 싶다. 세상에 태어나 남들처럼 보통 사람으로 살고 싶다. 여인이 끓여낸 된장찌개 한 보시기가 그 토록 애틋할 수가 없었다. 책임비서와 헤어지면서 사상과 이념은 버렸다. 위대한 어버이 수령을 위한 충성도, 인민을 위한 혁명도 포기했다. 유심이 원하는 길은 어머니가 계시는 청산도에 들어가 함께 살고 싶을 뿐이다. 그동안 하지 못했던 어머니에 대한 효도를 하면서 살고 싶다. 무고한 사람들을 반동으로 몰아 죽인 수많은 영혼에게 속죄하며 살고 싶다.

생각을 바꾸게 만들었던 사상 교육도 사람과 사람이 사랑하는 원초적인 사랑을 앞설 수는 없었다. 갑작스러운 후퇴로 뜻하지 않은 어머니와의 생이별이 그렇고, 찐하게 경험한 남녀의 사랑이, 아니 지극히 평범한 일상으로 만나는 남녀의 사랑이 그렇다. 짧은 시간에 인간적인 사랑을 경험한 유심의 사고에 변화가 왔다. 차돌에 바람 들면 잡석만도 못하다는 옛말이 틀린 말이 아니다. 유심의 사상 체계가 변화되고 있었다. 그러나 현실은 현실이다. 지금은 그 변화의 과정을 마주하고 있을 뿐이다.

아침상을 물리고 여인과 마주 앉았다. 여인이 못내 아쉬운 표정을 지었다.

"오늘 꼭 떠나야겠소?"

"아니면? 좋은 수라도 있소?"

"며칠 더 묵어가면 안 될까 해서……."

"더 묵어가라고?"

"왜, 안 된다는 거요?"

"꼭 그렇지는 않지만……."

"며칠만 더 있다 가시오. 이대로 보내기가 좀 섭섭해서."

"며칠을 더 묵어간다?"

여인의 눈빛이 애틋하고 간절했다. 생각하는 동안 담배를 피워 물었다. 따지고 보면 벼락같이 급한 일도 없다. 하루 이틀 늦는다고 큰일 날 일도 없다. 구태여 말을 하자면, 유심이 맞닥뜨리고 있는 지금의 처지는 이승에도 저승에도 못 미치는 끈 떨어진 두레박 신세나 다름없다. 책임비서를 돌로 치고 도망칠 때 이미 공화국에는 반역을 했고, 양민에게 억울한 누명을 씌워 죽이면서 이 땅에서는 살아갈 자격을 상실했다. 그러나 유심에게 남은 마지막 소원이 있다면 오매불망 잊지 못하는 어머니를 모시고 마음 편히 살고 싶을 뿐이다.

떠날 채비를 챙기던 유심이 간곡한 여인의 요청에 주저앉았다. 여인과 함께하는 나날은 밥걱정 잠 걱정을 하지 않아서 좋았다. 오랫동안 떠났던 고향에라도 돌아온 것처럼 걱정 없는 나날이었다. 맛있는 음식과 여인이 챙겨주는 살가운 잠자리에서 꿈같은 행복을 만끽하고 있었다.

12. 지령

모두가 잠든 한밤중, 잠결에 들려오는 귀에 익은 소리에 정신이 번쩍 들었다. 돈쯔, 돈쯔, 돈돈쯔, 무전기 송신키를 두드리는 소리다. 머리맡에 풀어놓은 손목시계는 밤 12시다. 그렇다면 이건! 옆자리에 잠들었던 여인이 보이지 않았다. 변소에 갔는가? 변소라면 안방 문을 통해 나가야 하는데 문소리가 들리지 않았다. 그렇다면 이 사람이 혹시? 아니다, 콩나물 한 줌이라도 홍정을 벌이는 국밥집 아줌마인데. 술청이 끝나면 어미 찾는 병아리처럼 남자 품을 파고드는 보통 여인인데……. 그런데 지금 들려오는 저 소리는? 그것은 분명히 암호를 송신하는 무전기 소리다. 한 번은 짧게 두 번은 길게, 또 한 번은 길게 두 번은 짧게, 이어졌다 끊어졌다 소리는 계속됐다.

꿈결 같은 잠자리는 천리만리 달아나고 긴장에 몸을 떨었다. 도대체 이 여인은 누구인가. 경찰의 끄나풀인가? 아니다. 경찰 끄나풀이라면 한밤중에 무전기를 두드릴 이유가 없다. 그렇다면 간첩? 북에서 내려온 남파간첩이란 말인가? 다시 귀를 기울였다. 비밀지령을 수행하는 교신이 확실했다. 초대소 교육에서 손가락이 아프도록 두드렸던 모스 부호들이 귀에 쏙쏙 들어왔다. 간단한 몇 마디를 조합했다.

"남극성 3호는 왕별 1호와 접선하라……"

의심의 여지가 없다. 머릿속이 뒤죽박죽이 되었다. 내가 호랑이 굴에 들어왔구나. 그렇다면 모든 것이 나를 유인하려는 계획적인 행동이었단 말인가. 어찌할까, 이 길로 도망칠까? 아니다. 이왕 벌어진 일이니 끝장을 보자. 여인이 두드리는 무선부호가 천둥소리처럼 크게 들렸다. 귀를 막고 이불을 덮어썼다. 천 개 만 개의 송곳이 온몸을 찔러대는 기분이다. 등허리에 땀이 축축하게 배었다. 그러나 지금 할 수 있는 일은 여인을 기다리는 일밖에 없다.

피를 말리는 시간이 흐르고 잠자리에 돌아온 여인은 어미 찾는 강아지처럼 유심의 가슴을 파고들었다. 그토록 감미롭던 여인의 살결이 흉측한 뱀허물처럼 끔찍했다. 비단결마냥 부드럽던 여인의 손길이 독 오른 살모사 대가리처럼 섬뜩했다. 그러나 유심은, 아무것도 보지 못하고 아무것도 듣지 못한 양 여인을 끌어안았다. 어떤 일이 있더라도 확실한 정체를 밝힐 때까지는 모른 체해야 한다. 그러자면 여인이 안심하도록 해야 한다. 한바탕 거친 폭풍우가 지나갔다. 먼 데서 닭 우는 소리가 들렸다. 골똘한 생각을 하던 유심이 달콤한 잠에 빠진 여인을 깨웠다.

"임자, 잠들었소?"

대답이 없다.

"임자, 나 좀 보시오."

선잠을 깬 여인이 유심에게 돌아누웠다.

"이녁은 잠도 없소?"

"잠이 달아났소."

"왜, 꿈이라도 꿨소?"

"꿈은 무슨."

"그러면 또 생각이 있소?"

"주책이야."

"그것도 아니면 왜?"

"내가 궁금한 게 있어서."

"뭔데, 말해보시오."

여인을 깨울 때만 해도 다른 이야기를 하고 싶었는데 막상 이야기를 시작하고 보니 엉뚱한 방향으로 나갔다.

"하룻밤을 자도 만리장성을 쌓는다 했소. 그런데 우리는 며칠 밤을 잔거요?"

"한밤중에 뜬금없이 웬 만리장성?"

"이녁 자는 걸 보다가 그 생각이 얼핏 났소. 잠을 깨워 미안하오."

"나도 잠이 깼어요. 그러고 보니 우리 만난 지가 벌써 닷새나 됐네요."

"다섯 밤을 잤으니 오만리장성을 쌓았구면."

"하고 싶은 말이 뭐요? 빙빙 돌리지 말고 말하시오."

"정처 없이 떠돌던 사람을 먹여주고 재워준 일은 고맙게 생각하오. 이것도 인연인데 이름이나 알아둡시다. 인연이 있으면 다시 만날지 누가 알겠소."

"이녁이 보는 대로 나는 감추고 숨길 게 없는 몸이오. 눈에 보이는 그대로 나는 이름 없는 국밥집 아줌마요. 짧은 인연이지만 정이 들었는데 새삼스럽게 물으니 당황스럽네요. 나는 그렇다 치고 당신은 어디서 뭘 해먹고 사는 누구요?"

"전에 말했잖소. 난리통에 일가권속 다 잃고 떠도는 피난민이라고."

"새삼스럽게 댁의 성명 삼자를 알아서 뭘 하겠소마는 사람의 인연이란 게 그렇습디다. 침 뱉고 돌아선 우물을 다시 와서 먹더라고."

"사실 나는 먹고사는 데는 걱정이 없는 사람이었소. 젊어 한때 돈도 많이 벌었고, 고양이 같은 마누라와 토끼 같은 남매를 낳아서 남들이 부러워하는 살림을 꾸렸었지요. 그런데 전쟁이 터지고 피난길에 나섰다가 가족을 몽땅 잃었소. 막상 돈 잃고 가족 잃으니 만사에 뜻이 없소. 어쩌다 이녁을 만나 잠시라도 잘 먹고 잘 살았소. 내 이름은 김천만이고 청계천에서 살았소. 올해로 민적 나이는 5학년 2반이오."

"전쟁이 원수지요. 죽고 죽이는 전쟁터에서 이녁 같은 사람이 어찌 한둘이겠소. 내 고향은 서울 잠실이오. 옛날 왕비마마께서 누에를 치셨다는 그 잠실 말이오. 사업하는 아버지 덕분에 잘 먹고 잘 살았는데 아버지의 사업 실패로 뿔뿔이 흩어졌소. 그러나 어쩌겠어요. 산 사람 입에 거미줄 칠 수 없어 다방에 나와 앉은 신세가 이십 년 전이었소. 지금이야 나이 들어 쭈그렁바가지가 됐지만 이래봬도 젊어서는 한 인물 했지요. 그런데 모두가 남자 때문에 이 꼴이 됐소. 첫 남편을 병으로 사별하고 혼자 살다 보니 인물 반반하지, 돈 있지, 배울 만치 배웠지, 어중이떠중이 사내들이 왜 그렇게 많이 덤비는지 원. 그중에 허우대가 멀쩡한 놈을 골라 서방을 삼았는데, 글 쎄 그놈이 천하에 둘도 없는 난봉꾼에다 사기꾼을 합쳤으니 내 팔 자가 어찌 됐겠어요. 감방 출입을 여편네 속옷 갈아입듯 하고 사고 치기를 부자 밥 먹듯이 해대니 돈은 고사하고 사람이 남아났겠소. 옥바라지 삼 년 끝에 빚만 덜렁 남대요. 그러니 어쩌겠어요. 애먼 목숨 끊지 못하고 드럼통 펼쳐놓고 대포장사를 시작했지요."

말은 그럴듯했지만 여인의 정체를 짐작하고 있는 유심은 믿지 않 았다. 북에서 남파된 간첩이라면 고도로 훈련받은 전문가로서, 자 신의 신분을 철저히 숨기는 간첩들의 기본 행태일 뿐이다. 그러나 아직은 결론을 낼 수 없다. 기다리다 결정적인 증거를 잡아야 한다. 가능하다면 본인의 실토를 받아야 했다. 시간이 필요하다. 그러나 지금으로서는 속내를 내보일 수는 없다.

"이야기가 너무 절절하구만."

"내가 어디까지 했지요?"

"다방을 하다 사기꾼을 만나 결혼을 했고 그 다음은?"

"첫 결혼에 실패한 후로 대포장사를 시작했지만 죽지 못해 살았지요."

"그런데 서울 사람이 광주는 왜 온 거요?"

"그것도 이야기하면 길지요. 서울서 다방 하고 대폿집 할 때 뒤를 봐주는 남정네가 있었지요. 배울 만치 배운 교육자 집안 장남인데 속마음이 참으로 따뜻한 사람이었어요. 그런데 전쟁이 터지던 날 종로통에 나갔다가 행방불명이 되었단 말이오. 그러던 어느 날, 광주역 근처에서 그 사람을 봤다는 친구의 말을 듣고 만사를 제쳐두고 내려온 거요. 대포장사라도 하다 보면 혹시나 만날까 해서……."

"어허 참. 종로에서 김 서방 찾는 편이 낫겠소. 이야기 듣고 보니 그쪽이나 나나 참 딱한 인생들이오."

"맥빠지니 그만합시다."

"그런데 이녁의 이름은 알아야지."

"내 이름은 정연수, 사학년 오반이오."

"연수라고? 남자 이름이네. 여자가 남자 이름을 쓰면 잘산다던데."

"이름도 볼 줄 아시오?"

"보기는 뭘. 들은풍월이지."

"나는 그런 거 믿지 않소. 인생 뭐 있겠소. 타고난 몸값대로 살다 가면 그뿐이지."

날이 뿌옇게 밝았다. 여인이 아침상을 들여왔다. 반찬이 푸짐하다. 여인네 잠자리가 즐거우면 상다리가 휜다 했는데 사실인 모양이다. 그야말로 산해진미가 다 올랐다. 아침상을 물리고 혼자 걸음으로 시내 구경을 나섰다. 광주는 후방 지역이지만 전쟁의 상처는 깊었다. 전쟁을 치르는 잔해가 여기저기 널려 있고 내 남 할 것 없이 가난과 옹색함에 찌들었다. 행색이 남루한 걸인들이 떼거리로 몰려다녔고, 사람들은 저마다 먹고 살기에 바빴다.

다방이라는 간판을 따라 실내로 들어서자 자욱한 담배 연기가 눈에 따가웠다. 사람들 틈을 비집고 빈자리를 찾아 앉았다. 눈화장을 짙게 한 애송이 아가씨가 껌을 씹으며 물잔을 들고 왔다. 무엇이 못마땅한지 입이 한 발이나 나왔다. 차 마실 생각이 없어졌다. 곧바로 일어서자 계산대에 앉았던 안경 쓴 마담의 눈초리가 매서웠다.

다방 문을 나서니 시원한 거리 바람이 상쾌했다. 하릴없이 거리를 걸었다. 어디를 가나 부서지고 깨어진 민생뿐이니 바라보는 것도 지겹다. 이래서 전쟁은 안 되는 짓이다. 눈에 보이는 이것은 겉으로 드러난 것일 뿐 내면으로 곪아터지는 민생은 열배 백배 더 참혹하다. 그래도 사람들은 바쁘게 움직였다. 부서지고 깨어지고 엉망으로 흐트러진 삶이지만 다시 보듬어야 하기 때문이다. 다스리는 자의 도리는 백성을 먹여살리는 데 있다고 했다. 함포고복(含哺鼓腹) 격양가를 높이 부르는 백성이 많아야 나라와 군주가 온전하다 했다. 임금에게 백성은 하늘이고, 그 백성은 먹는 것이 하늘이라 했다. 그런데 지금 눈앞에서 벌어지는 이 참혹한 전쟁, 서로가 서로를 죽고 죽이는 생지옥 같은 현실을 만들어놓은 전쟁 원흉은 무엇이라 항변할까? 그리고 또 이 미치광이 전쟁놀음에 뛰어들어 북 치고 장구 치는 망나니들은 어떻게 할 것인가. 유심이 역시 저들이 벌여놓은 죽음의 굿판에 춤을 춰서 그들을 도왔다. 아무 죄도, 아무 허물도 없는 사람을 잡아서 총을 쏘아 죽였다. 한순간에 이뤄질 것 같았던 적화통일의 화려한 꿈은 신기루처럼 사라지고 참담한 실패의 현실만 남았다.

거리 구경을 마치고 들어서자 맛있는 음식 냄새가 집 안에 가득하다. 지극한 우연이지만 내력을 알 수 없는 술청 작부의 깜짝 서방이 되어 무위도식하는 재미가 쏠쏠하다. 일단은 밥 걱정, 잠자리 걱정이 없으니 그것만으로도 부자가 된 기분이다. 아담하게 차린 저녁상을 물리고 마주 앉았다. 따뜻한 찻잔을 움켜쥐고 앉아 있는 이 여인이 북에서 내려온 간첩이라니 도저히 믿어지지 않았다. 오늘은 기어이 여인의 정체를 밝힐 것이라 다짐했다. 이부자리를 펴던 여인이 눈웃음을 치며 애교를 떨었다.

"이녁은 정력 하나는 타고났소. 조상님께 감사해야 할 것이오."

"무슨 그런 말씀을. 이 나이에 그 정도는 기본 아닌가?"

"오십 전에 지팡이 짚는 떨거지들이 얼마나 많소. 거기 비하면 당신은 항우장사요."

"참새를 고나라 하니 듣기가 민망하네. 입술에 침도 안 바르고 낯간지러운 소리는."

"내가 지금까지 살면서 숱한 남정네를 봤지만 이녁처럼 출중한 남정네는 처음이오."

"입에 발린 말이지만 듣기는 좋소. 오늘은 비도 안 오는데 공치는 날인가?"

"말이 무섭다니까."

다시 태풍이 불고 비바람이 몰아쳤다.

無風天地一衾動 / 不雨乾坤兩岸濕 / 形似北海半開貝 / 味似南國完熟梅.

임진왜란 뒤끝에 인질로 잡혀간 사명대사가 일본 승려를 골려준 시가 생각나는 밤이다. 한바탕 거사를 치른 여인이 유심의 팔베개로 세상 편하게 잠들었다. 초저녁부터 꾸물거리던 날씨가 폭우가 되었다. 함석지붕을 때리는 빗줄기가 급해지더니 폭포수처럼 쏟아졌다. 전쟁에 얼이 빠진 하늘이 계절을 잊은 모양이다. 여인은 코를 골며 단잠에 빠졌으나 유심의 머릿속은 복잡했다.

벽시계가 자정을 알리자 잠에 빠졌던 여인이 살며시 일어났다. 유심이 덮고 자는 이불깃을 다독이고 나서 깨금발을 디디며 벽장 속으로 들어갔다. 유심이 벌떡 일어나 벽장 앞으로 다가갔다. 문틈 사이로 불빛이 새어나왔지만 안에서는 아무 소리도 들리지 않았다. 온 신경을 벽장 속으로 집중했다. 이윽고 돈쯔 돈쯔~ 무전기 두드리는 소리가 났다. 희미하게 들리는 소리를 따라 벽장문에 가까이 다가서는 순간 발치에 놓인 그릇을 건드렸다. 달그락 소리가 나자 무전기 소리가 뚝 끊겼다. 온 신경이 한꺼번에 터져버릴 것 같은 긴장감이 몰려왔다. 앉지도 서지도 못하고, 놓지도 들지도 못하도록 절박했다.

터질 듯이 놀란 가슴을 심호흡으로 진정시키고 있는데 벽장문이 펄쩍 열렸다. 털썩 엉덩방아를 찧은 유심 앞으로 권총을 움켜쥔 여인이 나타났다. 반사적으로 손을 번쩍 쳐들었다. 여인의 눈빛은 당황과 분노로 이글거렸다. 복슬강아지처럼 애교스럽던 여인의 모습은 간데없고 비밀 임무를 수행하는 여전사의 얼굴이 거기 있었다. 오감을 자극하던 낭창한 콧소리 대신 차갑고 무거운 목소리가 사람을 겁박했다.

"긴가민가했는데 당신이구만."

"그게 아니라……."

"동무, 여기서 죽겠소, 협조하겠소? 두 가지 중 하나를 택하시오!"

"당신이 오해한 것 같소. 이상한 소리가 나서 와본 것뿐이오. 나는 본 것도 없고 들은 것도 없소. 무서우니 그 권총 좀 치우시오."

"어디까지 보고 들었는지 바른 대로 말하시오."

"아무것도 보고 들은 것이 없다 하지 않았소."

"그걸 나보고 믿으라고?"

"사실은 나도 당원이오. 그 권총 좀 치우고 말로 합시다."

너무 급한 나머지 자신도 당원이라는 말을 엉겁결에 내뱉었다. 여인이 움찔 놀랐다.

"당원이라니, 남조선 놈들이 좋아하는 자유당?"

"나도 북조선 노동당원이오. 호출 암호는 청천강 3호요. 내가 완도군 선전선동 책임자 유심이오."

"당신이 청천강 3호라고?"

"그렇소."

"완도군 책임자 동무가 왜 여기에 있소?"

"이야기하면 길지요."

살벌했던 분위기가 일단 진정되었다. 권총을 거둔 여인이 평시로 돌아와 있었다.

"청천강 3호는 북조선으로 복귀했어야 하는데 왜 여기 있소?"

"나를 어찌 알고 있소?"

"중앙당에서 당신을 찾는 지령을 수차례 접했소."

"복귀하는 도중에 임무가 변경되었소."

"임무가 변경되다니요?"

유심이 상황을 설명했다. 설명 끝에 여인이 덧붙였다.

"내가 말은 안했지만 당신 소지품을 조사해봤소. 권총과 종군기자증이 있던데 그건 뭣이오?"

"사고를 당한 군 트럭에서 얻은 것이오. 권총은 교통사고로 죽은 국군 장교 것이고, 기자증이야 쓸데가 많지요. 남조선 아이들은 기자라면 깜빡 죽지 않소. 기자증만 내밀면 뭐든 안되는 게 없단 말이오. 천안에서 여기까지 기자증 덕분에 군용차를 얻어 타고 왔다니까요."

"동무 생각이 참 비상하오. 그렇다면 청계천 건재상은?"

"급한데 무슨 말은 못할까."

"인생 참 편리하게 사셨소."

"그건 그렇고 동무는 어디 소속이오."

"중앙당 대남공작부 소속이오."

"술집과 다방을 전전했다는 말도?"

"두말하면 잔소리지."

"당에서는 내가 실종됐다고 알고 있을 거요. 그건 그렇고, 전황이 어떻게 돌아가고 있소?"

"보급선이 끊어지고 병력 보충이 차단되면서 전쟁은 끝난 것 같은데……."

"그래서 복귀 명령이 떨어졌구먼."

"아마도요."

"이 상황이 언제까지 갈 것 같소?"

"중국 인민해방군이 참전했단 정보가 있던데……."

"그게 언제요?"

"그건 나도 몰라요."

"인민해방군이 참전하면 전세가 바뀔까?"

"당연한 일이지요. 인민해방군이 참전한다면 수십 수백만은 되지 않을까요. 지금으로서는 그렇게 되길 바랄 뿐이지만. 조국의 앞날이 형제국에 달렸다고 해도 과언이 아니에요. 용기를 냅시다."

"그래야지. 그런데 당신은 언제까지 여기에 있을 거요?"

"중앙당의 지령이 있어야 움직이지요."

"나는 회문산으로 들어가 이현상 부대와 합류할 계획이오."

"회문산이라면 빨치산 부대에?"

"그렇소."

"선전선동 전문가가 빨치산 활동을 할 수 있겠어요?"

"중앙당의 명령이니 어쩔 수 없잖소."

"그런데 왜 당신 혼자 떨어졌지요?"

"비서 동지가 전사하는 바람에 혼자가 됐소."

"회문산에는 언제 들어갈 거예요?"

"이제 곧 가야겠지요."

갑작스럽게 상황이 바뀌는 바람에 맘에도 없는 거짓말을 늘어놓았다.

"밤도 깊었는데 이만 잡시다. 막상 떠난다 하니 섭섭하오. 어디서 어떤 일을 하든지 몸조심하시오. 남조선이 해방되면 그때 다시 만납시다."

서로가 위기를 모면한 그들의 밤이 그렇게 흘러가고 있었다. 유심은 어머니를 만나러 간다는 말은 끝까지 하지 않았다. 평양 복귀가 무산되고 회문산으로 들어가 빨치산 활동을 하라는 중앙당의 지령이 마음에 걸린 까닭이다. 전쟁의 선발대로 남조선에 내려와 선무공작에 활동한 공적은 인정하지 않고 개죽음을 무릅쓴 빨치산이 되라는 당의 명령은 매우 부당하다고 생각했다. 여인과의 인연역시 잠시 잠깐 스쳐 지나가는 인연일 뿐, 고향으로 돌아가 어머님을 모시고 살아야겠다는 유심의 마음과 행동에 어떤 영향도 주지못했다.

지나온 발걸음을 되돌아볼 때 단 한 번이라도 사람답게 살았다는 자부심이 없다. 마음속에는 언제나 남을 향한 분노와 저주, 그리고 수단과 방법을 가리지 않고 때려부수는 폭력적인 사고가 지배하고 있었다. 하나뿐인 목숨은 누구에게도 소중하다는 지극히 보편적인 원리를 깨달은 유심이 회문산으로 들어가기를 거부하고 어머니가 계시는 청산도로 가기로 마음을 정한 이상 그 뜻을 굽힐 수가없다.

그런데 이 여인을 어떻게 한다? 북에서 남파된 간첩이라는 신원이 밝혀졌을 뿐 아니라 유심의 행적을 낱낱이 꿰고 있는 공작요원이다. 겉으로는 같은 길을 걷는 동지로 보이지만 속으로는 총부리를 겨누는 적이다. 그렇다면 이 여인을 어찌해야 하는가? 막상 떠나려니 연민의 정이 발목을 잡는다. 그러나 짧은 순간의 얄팍한 정분보다는 뒤따라올 짙은 그림자가 더 두렵다. 부질없는 인연을 끊지 못해 생의 마지막 소원을 헛되게 할 수는 없다. 교미가 끝나면 수놈을 잡아먹는 독거미가 있다던데 지금 유심이 딱 그 처지였다. 잠자리를 뒤척이던 유심이 군은 결심을 했다. 미안하고 또 미안하지만 이 길밖에 없다. 같이 못할 인연이라면 버리고 가자.

잠든 여인을 찬찬히 내려다봤다. 비록 짧은 인연이지만 몸과 마음을 주고받은 여인이다. 생각에 잠겼던 유심이 자리를 털고 일어났다. 벽장에 숨겨둔 권총을 찾아 들고 잠자리로 돌아왔다. 아무것도 모른 채 단잠에 빠져 있는 여인이 측은하게 생각됐다. 하지만 결심이 선 이상 머뭇거리면 안 된다. 심호흡으로 마음을 가다듬었다. 자신이 베고 누웠던 베개를 집어 여인의 얼굴을 덮어 눌렀다. 몸부림치는 여인의 얼굴 위로 권총을 발사했다. 버둥거리던 여인의 사지가 한순간에 멈췄다. 여인이 덮고 자던 이부자리로 붉은 피가 번져나갔다. 멍하니 지켜보던 유심이 여인의 시신을 이부자리로 둘둘 말아 벽장으로 옮겼다. 여인이 무선지령을 주고받던 그 벽장 속이다. 한 사람을 구겨 넣으면 알맞을 공간이다. 그의 모든 행동은 일체의 망설임도 착오도 없었다. 시작부터 끝까지 계산적이고 기계적이었다. 뜨거운 심장을 가진 보통 사람이라면 엄두도 못내는 행동이지만, 악행에 이력이 난 그에게는 새삼스러울 것도 또 두려울 것도 없었다. 벽장의 자물통을 찾아 문고리를 채웠다. 그도 사람이기에 긴장된 땀방울이 콧등에 비쳤다.

어지러운 방 안을 정리하고 나니 먼동이 텄다. 반나마 태우던 담배를 비벼 끄고 식은 밥을 찾아 꾸역꾸역 퍼먹었다. 그토록 달고 맛나던 된장찌개가 소태처럼 입에 썼다. 다시 한 번 방 안을 살피고 문을 나섰다. '내부 수리 중'이라고 쓴 종이쪽지를 국밥집 창문에 붙여 놓고 돌아섰다. 아무도 다니지 않는 새벽거리는 적막했다. 먼 데서 개 짖는 소리가 한가하게 들릴 뿐 모든 것이 끝났다. 옷섶을 털며 하늘을 쳐다보니 어제나 오늘이나 똑같은 하늘이 그 자리에 있었다.

13. 토글

  시외버스 정류장은 한산했다. 청산도 가는 길은 버스와 배편을 갈아타야 한다. 해남으로 가는 첫 버스가 시동을 걸어놓고 손님을 기다리고 있다. 이른 아침이라 버스 손님은 서너 명 밖에 없었다. 해남까지 가는 국도변 검문소에서 헌병과 경찰이 검문을 했다. 덥수룩한 행색 탓에 유심은 가는 곳마다 검문을 당했고, 그때마다 종군 기자증을 내보였다. 기자증을 확인한 어떤 경찰관은 수고한다며 경례까지 올려붙였다. 기자증의 위력을 톡톡히 보고 있는 중이다. 한밤중에 도망치듯 떠났던 완도에 다시 돌아왔다. 청산도 행 배편을 기다리는 선착장에서 자신의 신분을 밝힌 사복 경찰이 검문을 했다. 유심이 제시한 종군기자증을 받아든 형사가 의아하다는 표정으로 물었다.

  "종군기자가 왜 섬으로 가시오?"

  "모든 기자가 전방에만 매달리면 후방은 누가 취재합니까?"

  "종군기자면 일선으로 가야 하는 거 아닙니까? 그런데 전쟁이 없는 후방으로 오시니 궁금해서 그럽니다. 취재하러 가시는 곳이 정확히 어딥니까?"

"청산도 같은 섬지역이오."

"청산도에 연고가 있습니까?"

"웬걸요. 전쟁을 겪는 섬 주민들의 생활을 취재할 생각입니다."

"기자님은 최전방 어디까지 가보셨소?"

뜻밖의 물음에 대답이 궁했다. 거짓말이라도 그럴듯하게 해야 할 판이다.

"낙동강 전선이오."

"학도병이 있다던데 기자님도 보셨소?"

"말도 마시오. 중고등학생들이 교복을 입은 채 전투에 투입됐지요. 학교 운동장에서 실탄 열 발을 쏴보고 실려왔다니 총알받이 아니겠소."

"완도나 청산도는 섬이다 보니 특별한 기사가 없을 텐데요."

"본사에서 듣기로는 적 치하에서 특별히 많은 희생이 있었다던데요."

"완도 지역 애국인사 이삼백 명이 반동으로 몰려 죽었지요."

"그 사건도 이번에 취재할 생각입니다."

"며칠이나 있을 겁니까?"

"딱 며칠이라고 기약은 못하지만 한 이주일 정도 계획하고 있습니다. 그건 왜 물으시는지?"

"아, 그거요. 달리 생각지 마십시오. 본래 저희들은 신원 특이자가 관내에 들어오면 그 행방을 추적합니다."

"내 거동이 수상하다 그 말씀이오?"

"외지에서 오신 분이라 그렇습니다. 오해하지 마십시오. 취재하시는 동안 불편한 점이 있으시면 언제라도 연락을 주십사 하는 뜻이기도 하고요."

"이 직업이 본래 그렇습니다. 불편쯤이야 각오한 일인데 신경 쓰실 것 없습니다."

"특별한 일이 있거든 이 번호로 전화 주십시오. 저는 사찰과 박철진 형사입니다."

박철진 형사가 소속과 전화번호가 적힌 명함을 내밀었다.

"꼭 감시당하는 기분인데요."

"그럴 리가요. 그럼 편안히 다녀오십시오."

연기였지만 기분이 묘했다. 말이 좋아 안전을 책임진다 하지만 사실은 감시하는 것이다. 조심해야 한다. 청산도 행 여객선의 출항까지는 시간이 많이 남았다. 선착장 건너편 안경점에 들어가 맛뵈기 안경을 사 썼다. 안 쓰던 안경을 쓰고 나니 조금은 달라 보이기도 했지만 그럴수록 조심해야 한다.

조금 이른 시각이지만 근처 식당에서 점심을 먹고 선착장으로 들어가는데 어깨에 소총을 걸친 경찰관이 불러세웠다. 무슨 사단이 벌어진 게 아닌가 싶어 움찔했으나 태연하게 행동했다. 조금 전에 사찰과 형사한테 검문을 당했는데 이번에는 정복 경찰관이라니

짜증이 났다. 문득 자신의 차림새를 훑어봤다. 부대 표시가 없는 군복에 흔하지 않은 카메라를 목에 걸고 있으니 의심을 받을 만도 하겠다. 기분이 언짢았지만 그럴수록 행동거지를 조심해야 했다. 신분증을 요구하는 경찰관에게 기자증을 내밀었다. 기자증을 들여다보던 경찰관이 유심의 얼굴을 빤히 쳐다봤다. 기분이 나빴지만 내색하지 않았다.

"완도에는 어쩐 일로 오셨소?"

"종군기자요. 섬 지방의 전쟁 수행 상황을 취재하는 중이오."

"완도는 후방인데 종군기자가 무슨 볼일이 있다고?"

"전쟁은 일선에서만 합니까? 남도 지방 전쟁 수행 상황을 취재하라는 본사의 명령을 받고 취재 출장 중이오."

"왜 부두에서 서성거리는 게요?"

"청산도 가는 배를 기다리고 있는데 서성거리다니 그게 무슨 말이오!"

"종군기자가 전쟁도 안 하는 청산도에 왜 들어가는가 싶어 물어본 거요."

"청산도와 보길도, 노하도, 소안도까지 둘러볼 계획이오."

"수첩을 맡겨놓고 가시오. 확인할 사항이 있으니까."

"이 양반이 종군기자를 뭘로 보고. 국방부장관이 도장을 찍어줬는데 뭘 더 확인한단 말이오! 그리고 또 언제 어디로 튈지 모르는 기자에게 신분증을 맡기라니 그게 말이 되는 소리요?"

"그게 아니라 신원 확인이 필요해서 그러지요."

"당신네 서장이 기자증 압수하라 그럽디까? 경찰서가 어디요? 당장 갑시다!"

"아, 그게 아니라……."

신분 조회를 한다 해도 유심의 신분은 이미 종군기자 윤도준으로 대체되어 있어 걱정할 게 없었지만, 고분고분하다가는 무슨 봉변을 당할지 몰라 강하게 받아쳤다. 직속상관인 서장에게 따지겠다고 엄포를 놓자 그제야 경찰관이 꼬리를 내렸다.

"완도를 떠날 때 파출소에 신고나 하시오 잉."

"조금 전에 사찰과 박형사한테 검문을 받았는데 어디서 바쁜 사람 붙들어놓고 시비야 시비가!"

유심은 박철진 형사에게서 받은 명함을 흔들며 큰소리를 쳤다. 검문 경찰관이 모자를 벗어 땀을 닦으며 "실례했습니다" 하며 경례를 올려붙였다. 어수룩한 경비경찰이 섣불리 검문을 했다가 호된 면박을 당하고 자리를 떴다. 하마터면 완도 촌놈 순경에게 당할 뻔했다.

기자증의 위력은 대단했다. 국방부장관 도장이 주먹만 하게 찍혔는데 제깐 놈이 어쩔 것인가. 발등에 떨어진 불은 껐지만 앞일이 걱정이다. 장배기 나온 섬사람들이 허리가 휘도록 무거운 짐을 지고 배에 올랐다. 배에 탄 손님들을 한눈으로 쓱 훑어봤다. 낚시꾼 차림을 한 젊은이 두 사람이 마음에 걸렸다. 혹여 유심을 뒤밟는 형사가 아닐까 하는 의심이 들기도 했지만, 은밀히 살펴본 행동거지로 봐서는 한가한 낚시꾼이 분명했다. 전쟁통에 낚시라니. 부럽기도 하고 한심하기도 했다. 선착장에 내리는 길로 부둣가 막걸리 집에 들어갔다. 이런저런 정보를 좀 알아볼 작정이다. 사십이나 먹었을까, 곱상하게 생긴 주인 여자가 손님을 반긴다. 생선찌개를 시켜놓고 여인과 마주 앉았다. 부두에서 맞춰 쓴 안경이 콧잔등으로 흘러내렸다. 섬사람들의 일상을 취재한다는 핑계로 이런저런 이야기를 나누다 보니 분위기가 무르익었다.

"청산도는 어때요?"

"뭣을 말이오?"

"사람 살기가."

"아따, 고것은 말도 마시오 잉. 오라는 손님은 안 오고, 세상은 시끄럽고, 장사는 안 되고, 꼭 죽을 맛이랑께."

"그야 전쟁이 끝나면 될 일이고."

"그란디 선상님은 어디서 오시는 손님이오?"

"나 말이오? 나는 서울에서 온 종군기자요."

"종군기자가 뭣이랑가?"

"전장을 찾아다니는 신문기자란 말이오."

"넘들은 일부러 피해가는 전장을 뭣 땜시 찾아가고 그러시오?"

"전쟁을 취재하는 기자니까 그렇지요."

"그란디 여기는 쌈도 안 하는데 뭣땜시 오셨당가?"

"그야 물론 총 쏘는 전쟁은 안 하지만 고생은 전방이나 후방이나 마찬가지 아니냐 그 말이지요."

"아따, 뭔 말이 그리도 복잡하요 잉. 그런 문제는 선상님이 알아서 하드라고. 나는 술만 팔면 됭께 말이오."

"그건 그렇고 하나 물어봅시다."

"뭣이등가 물어보씨요, 나가 아는 대로 대답할랑께."

"청산도는 전쟁 피해를 입은 사람이 없소?"

"말도 마시오. 여그도 많은 피해를 봤지라. 전쟁통에 어떤 빨갱이 놈이 사람들을 겁나게 많이 죽였당께요."

"어떤 놈이 그런 못된 짓을 했다요?"

"소문으로는 재 넘어 사기막골 과부댁 집 나간 아들이라 하더만."

"과부댁 아들이 왜?"

"그랑께 그 뭣이냐, 그 과부댁 아들이 전쟁 때 인민군을 따라와서 멀쩡한 사람을 잡아다 총으로 쏴 죽였당께. 그라고 그놈은 인민군이 물러갈 때 도망쳤다 그 말이제 시방."

"죽일 놈이구먼. 도망간 놈은 그렇다 치고 그 과부 어머니는 어찌 됐소?"

"경찰서에 잡혀갔다는 소문이 돌던디 그 담은 모른당께로."

"그런 일이 있었구먼."

"그란디 손님은 오늘 어디서 주무실랑가?"

"섬을 좀 돌아보고 나서 정할 생각이오. 그런데 그건 왜 묻소?"

"우리 삼촌이 쩌그 시장통에서 여관을 하지 않더라고. 기왕이면 거기서 주무시면 싸게 해드릴 수도 있다 그 말이지라 잉."

"같은 값이면 다홍치마라고, 그렇게 합시다."

"아주머니는 언제부터 여기서 장사하셨소?"

"나도 객지요. 해남서 국밥집 하다가 달포 전에 이리로 왔소."

"그러면 이쪽에는 아는 사람도 없겠네요."

"누구는 첨부터 알았당가? 한 번 보면 초면이고 두 번 세 번 보면 친구 먹는 게지."

역시 그랬다. 유심이 후퇴하고 어머니가 경찰서에 끌려간 것이 확실했다. 그렇다면 지금은? 사건의 내막을 알지 못하니 더 궁금했다. 한 시가 바빴지만 사람들이 들락거리는 낮 시간에는 갈 수가 없다. 해가 질 때까지 시간을 벌어야 했다. 술집을 나와 선착장과 이어진 거리를 걸었다. 부두를 오가는 길섶으로 고만고만한 초가들이 낮게 엎드려 있다. 싱싱한 해산물을 파는 길거리 좌판을 기웃거리는 재미도 쏠쏠했다. 잠수복을 입은 할머니가 해삼이며 멍게, 특히 청산도 명산인 전복을 소쿠리에 담아놓고 손님을 기다린다.

아직도 해는 중천에 있다. 산허리를 둘러가는 능선을 따라 바다가 훤히 내다보이는 범바위에 올라갔다. 청명한 날이면 가물가물 거문도가 보인다지만 오늘은 희뿌연 바다 안개가 짙게 끼었다. 호수처럼 잔잔한 바다 끝자락에 소망도와 대망도가 아련하게 건너 보인다. 침침한 산그늘이 드리우는 범바위 끝자락에 걸터앉으니 마음이 한

가해졌다. 지금 이대로가 이토록 편하고 좋은데 무엇을 위하여 그처럼 치열하게 살았는가? 사상과 이념을 좇아 평생을 살았는데 아무것도 이룬 것이 없는 빈 몸이다. 인간이 만물의 주인이라 한들 자연의 섭리 앞에서는 한갓 미물일 뿐인데 무엇을 얻으려고 그토록 치열하게 살았던가. 아니면 누구를 위하여? 까마득한 낭떠러지, 꽉 막힌 가슴을 시원하게 틔워주는 큰 바다 앞에 서고 보니 더욱 작게 움츠러드는 자신의 모습이 더없이 서글펐다.

파란 하늘로 날아가는 담배 연기를 따라 생각의 유희가 펼쳐졌다. 내가 가야 할 길은 어딘가? 그리고 내가 추구해야 할 가치는 무엇인가? 그리고 또 무엇을 하며 어떻게 살아야 하는가? 책임비서를 돌로 치고 도망칠 때부터 북쪽에는 설 땅이 없었다. 무고한 생목숨을 수도 없이 죽인 원죄 때문에 이 나라에도 내 자리는 없다. 그렇다면 나는 어떻게 해야 하는가? 얼른 답이 나오지 않았다. 그러나 모든 것은 어머니를 만나고 나서 결정할 문제다. 지금 가장 중요한 문제는 어머니의 안부다.

마음을 다지고 일어섰다. 한가한 낚싯배 한 척이 벼랑 끝 바다에서 졸고 있다. 범바위 능선을 내려서니 키를 훌쩍 넘기는 억새 군락이 질펀하게 펼쳐졌다. 따가운 햇볕을 흠뻑 받은 억새꽃이 삽상한 바닷바람에 춤을 춘다. 태평양 큰 바닷바람이 시원하게 불어왔다. 억새가 바람을 따라 일제히 누웠다가 일어섰다. 바람을 안고 출렁이는 억새 물결이 마치 먼 바다 큰 너울을 연상케 했다. 작은 언덕을 넘어서자 억새풀을 엮어 지붕을 덮은 무덤들이 눈에 들어왔다. 소꿉친구 광식이 아버지도 초분에 묻혔다. 광식이 아버지 상여가 골목길을 빠져나가던 날, 영문도 모르는 아이들은 앞서거니 뒤서거니 상여 뒤를 따라갔다. 몇몇 아이들은 어른들이 쥐어준 깃대를 들고 따라갔고, 또 다른 아이들은 하릴없이 상여 뒤를 따라갔던 기억이 새롭다.

사람은 누구나 한 번 죽는다. 죽음은 부자와 가난뱅이를 가리지 않고 잘난 사람과 못난 사람을 꺼리지 않는다. 인간 세상에서 죽음보다 더 공평한 진리는 없다. 세상 모든 근심걱정을 벗어던지고 작은 풀무덤에 드는 것이 사람의 일생이라 생각하면 서글퍼진다. 억새풀 지붕을 둘러쓰고 엎드린 초분이 마음을 울적하게 만들었다. 청산도에 사는 모든 사람들은 누구나 초분 속으로 들어갈 준비를 하고 있는지도 모른다.

해가 넘어간 한참 후에야 넋을 놓고 앉았던 억새밭을 벗어났다. 어스름한 달빛이 집으로 가는 정수리를 따라왔다. 해거름에 내린 이슬이 발등을 적셨다. 어머니 집이 한눈에 보이는 산마루에 올라섰다. 한 걸음에 내달려 마당으로 들어섰다. 온갖 잡동사니가 마당에 굴러다니고 섬돌 밑까지 망초대가 무성하게 자랐다. 조심스레 방문을 두드렸으나 기척이 없다. 지극히 짧은 순간이지만 머릿속에는 별의별 생각이 다 들었다. 어디 마을이라도 가셨나? 아니면 경찰서에서 아직까지? 복잡한 생각으로 머뭇거리는 사이 방 안에서 인기척이 났다.

어머니다! 콧등이 시큰, 눈물이 찔끔 났다. 후다닥 문을 열고 뛰어들었다.

"어머니!"

"유심이냐? 네가 어떻게…… 네가 어떻게……."

"어머니! 저요, 유심이오!"

난리통에 포기했던 아들이다. 열에 아홉은 죽은 목숨이라 치부했던 아들이다. 그런데 지금 그 아들이 살아왔다. 꿈인가 생시인가. 분이는 허벅지를 꼬집었다. 사람들이 몰려와 죽은 사람 살려내라고 행패를 부리던 악몽이 되살아났다. 빨갱이라 해도 좋고 살인자라 해도 상관없다. 내 몸을 받아 태어난 자식이다. 살아생전에 다시 못볼 줄 알았던 아들이 지금 눈앞에 앉아 있다.

"어머니, 절 받으시오."

"내 아들 유심이가 왔구나. 오매불망 그리던 내 아들 유심이가 왔어. 이게 꿈인가 생신가, 어디 한번 만져보자. 하나님, 고맙습니다. 부처님, 감사합니다. 내 아들을 보내줘서 감사하고 또 감사합니다. 부처님 은덕이고 조상님의 음덕입니다. 감사하고 또 감사합니다."

섬돌 밑 귀뚜라미 소리가 적막을 깨웠다.

"어머니!"

"오냐 그래, 천금보다 중한 내 아들. 그동안 어찌 지냈고?"

"이야기하면 길지요. 어머니, 불을 켤까요?"

"안 된다! 사냥개 같은 경찰들이 알면 안 된다."

불빛이 무서운 게 아니라 시도 때도 없이 집을 감시하는 형사들이 무섭다. 죽을 고비를 수도 없이 넘긴 아들을 맞이하는 분이는 희미한 달빛으로 아들을 만나고 있다. 꿈에서도 잊어본 적이 없는 아들의 얼굴을 쓰다듬었다. 흥분된 분위기가 진정되자 도란도란 이야기 속으로 빠져들었다. 아들이 풀어놓은 이야기 고비마다 분이는 눈물을 보이고 가슴을 두드렸다.

"네가 없는 사이 여기도 난리가 났었다. 죽은 사람 가족들이 매일같이 몰려와서 죽은 사람 살려내라고 생떼를 쓰고, 경찰서 형사들도 이틀이 멀다 하고 찾아왔다."

"부둣가 주막에서 들었는데 경찰서에 끌려가셨었다면서요?"

"그랬었지. 인민군들이 쫓겨가고 형사들이 찾아왔더라."

"그래서요?"

"형사 두 명이 집으로 찾아와서 다짜고짜 수갑을 채우더니 경찰서로 끌고 가더구나. 그래서 내가 그랬지. 내가 무슨 잘못을 했냐고. 그 사람들이 '잘난 아들 덕분인 줄 아시오' 그러더라. 하도 기가 막혀서 내가 그랬지. 자식이 저지른 죄를 왜 어미에게 씌우느냐고 발악을 했지."

"그래서요?"

"경찰은 네가 간 곳을 대라 하고 어미는 모른다 하고. 그렇게 몇날 며칠을 씨름해도 답이 없으니 결국은 놔주더구나. 저놈들 속셈으로는 나를 풀어주고 너를 유인하는 작전을 쓰고 있을 것이다. 아무튼 어미가 겪은 고초는 잊어버리고 앞일이나 논의해보자."

"못난 아들 때문에 고생하셨어요, 어머니."

"누구의 잘못도 아니다. 이게 모두 우리 모자가 받아야 할 업보라고 생각하자."

"저도 많이 생각해봤는데 이대론 안 되겠어요. 기회를 봐서 자수를 할까 해요."

"자수한다고 저놈들이 받아주겠느냐?"

"그것 말고는 답이 없어요, 어머니."

"세월이 어떻게 될 것 같으냐?"

"아직은 모르겠어요. 그러나 전쟁은 이미 판가름이 난 것 같아요."

"판가름이 났다면 어떻게 말이냐?"

"북조선이 졌지요. 말로는 중국에서 지원군을 보냈다고 하지만 세계에서 제일 강한 미국을 상대로 싸웠으니 승산이 없다고 봅니다, 저는."

"전쟁이 빨리 끝나서 오순도순 모여 살았으면 좋겠다."

이야기는 끝이 없었다. 주로 아들이 풀어놓고 어머니가 들었다. 아들은 완도에서 후퇴하면서 평양 복귀를 포기하고 집으로 돌아올 때까지 겪었던 이야기를 풀어놓았다. 그러나 끝으로 한 가지. 광주에서 있었던 술집 여인과의 이야기는 끝내 털어놓지 못했다. 그래도 한 조각 양심은 남아 있어 스스로 저지른 못된 짓은 끝내 입에 담지 못했다.

"남조선 해방을 철석같이 믿었는데 헛된 꿈이었어요."

"전쟁을 일으킨 장본인이 할 소리를 네가 하는구나."

"질 줄 알았으면 하지 않았겠지요."

"이제 와서 묻는다만 너는 왜 그 미친 장단에 춤을 췄더냐?"

"억울해서 그랬지요. 세상만사가 모두 불만이고 불공평하고, 그래서 한풀이 대상을 찾고 있던 중에 분출구를 찾았다고 할까요. 눈에 거슬리는 모든 것을 때려부수고 싶었어요. 한바탕 시원하게 두드리고 까부시면 마음에 응어리진 불을 끌 수 있겠다 싶었어요. 이런 것도 전생의 업보일까요?"

이야기가 끝날 무렵, 바람벽에 걸린 옷이며 댓돌에 놓인 남자 고무신 등이 마음에 걸려 조심스럽게 물었다. 전쟁이 터지고 처음 어머니를 찾아왔을 때도 그런 분위기를 느꼈지만 내색하지 않았던 일이다.

"지금도 어머니 혼자 계세요?"

"아참, 어미가 지난번 약속한 그 이야기를 해줘야겠구나."

"약속한 이야기라니요?"

"나하고 같이 사는 사람 이야기다. 내가 관아에 끌려가 곤장을 맞고 사경을 헤맬 때 나를 업어다 구해준 사람이다."

"그래서요?"

"더 들어봐라. 이 사람이, 내가 동헌에서 곤장을 맞고 목숨이 경각에 달렸을 때 아무도 거들떠보지 않는 나를 업어다 살렸다. 똥물까지 끓여 먹여 나를 살린 은인이다."

"그런데 안 보이시네요?"

"전쟁 노무자로 나갔다. 젊은이들은 군에 나가고 나이 먹은 장년들은 노무자로 나갔다. 한번 가더니 소식이 없다. 인명이 재천이라, 살 목숨이면 살아올 것이고 죽은 목숨이면 기별이라도 있겠지 하고 기다리고 있다."

"그분 함자가 어찌 되시오? 그리고 자식은?"

"이름은 최상호라 한다. 자식으로는 사내아이가 하나 있다. 지금은 일선부대 중대장이다. 이름을 정승이라고 지었다. 천대받고 살아온 어미를 생각해서 출세하며 살라고 그렇게 지었다. 너하고는 나이 차이가 많이 난다."

"어떻게 생긴 아인지 보고 싶네요."

"전쟁이 끝나면 만나겠지."

"그럴 때가 올까요?"

"꼭 올 게다. 우리도 멸시와 천대를 털어내고 사람답게 살아봐야지."

"그동안 생업은 어떻게 하시고요?"

"그 사람이 옹기장이다. 사기막 골에 가마를 걸고 그릇을 구워 팔았다. 솜씨가 좋아 먹고 사는 데는 걱정이 없다. 노무자로 나가기 전에 쌓이며 살림을 챙겨 두고 갔으니 걱정 없다. 전쟁이 끝나면 우리 모두 한 집에 모여 살았으면 좋겠다."

"그런 날이 반드시 올 겁니다, 어머니."

"그런데 네 일이 걱정이다."

"조용해질 때까지 숨어 있어야지요. 그런데 아무리 깊이 숨는다 해도 저들에게 잡히는 것은 시간문제란 말이지요. 다른 방법을 찾아야 해요. 안전하게 숨어 지낼 수 있는 토굴 같은 게 있으면 좋은데 말입니다."

"토굴이라고? 가만있자, 없는 토굴을 찾지 말고 새로 만들면 될 게 아니냐? 그래, 그거 참 좋은 생각이다. 우리 집 장독대 뒤편 산비탈이 좋겠구나."

어머니의 집은 앞으로는 바다로 이어지고 뒤로는 산자락이 내려와 있다. 쇠뿔도 단김에 빼랬다고 밝은 눈썰미에 의지해서 뒤 곁으로 나갔다. 산자락이 끝나는 자리에 장독대가 놓여 있다. 그 장독대 뒤편으로 내려온 산비탈에 토굴을 파면 안성맞춤이다. 장독으로 내쏘는 산바람을 막을 요량으로 수숫대를 묶어세운 곳이다. 수숫대를 걷어내자 찰흙이 드러났다. 토굴 파기에는 아주 좋은 조건이다.

토굴 작업은 다음날 밤부터 시작했다. 머지 않아 유심의 정보가 경찰에 들어갈 것이고, 그러면 그들은 불시에 들이닥칠 것이다. 한시가 급했다. 북조선 초대소에서 토굴 파는 작업에 이력이 났기 때문에 토굴이라면 자신 있다. 토굴 작업은 밤 시간에 계속하고 날이 밝으면 중지했다. 황토로 다져진 찰흙은 돌이나 자갈이 섞이지 않아 작업 능률이 올랐고, 찰진 성분이 들어 있어 쉽게 무너지지도 않았다. 성과가 좋을 때는 하루에도 수 미터씩 파 나갔다. 토굴 작업이 진척될수록 버릴 흙이 많아졌다. 그렇다고 아무 곳에나 버릴 수도 없다. 사냥개 같은 경찰들에게 절대 꼬투리를 잡히면 안 된다. 이것이 여간 신경 쓰이는 것이 아니었다. 토굴에서 파낸 황토 흙은 텃밭에도 뿌리고 마당에도 조금씩 흩어서 버렸다.

작업을 시작한 지 두어 달 만에 토굴이 완성됐다. 잠자리는 한 사람이 누울 수 있을 만큼 크게 만들고, 화장실이며 소소한 일용품을 넣어두는 공간도 만들었다. 토굴 입구는 수숫대를 엮어 세우고 다시 큰 장독으로 막아놔서 얼핏 봐서는 알 수 없다. 토굴 내부역시 구불구불하게 뚫어놔서 총질을 해도 안전하다. 아무도 눈여겨 보지 않는 바다 쪽으로 탈출구를 만들어놓았기 때문에 가장 가까운 거리에 가장 안전한 요새를 구축한 셈이다. 장독을 세워놓고 두 번을 두드리면 안전하고 세 번을 두드리면 위험하다는 신호도 만들었다. 연습 삼아 두드려본 신호 소리가 굴속 깊이 전달됐다. 유심의 안전 요새 토굴이 완성되었다. 남해 바다의 파도 소리를 들으며 낮잠을 즐겨도 좋을 정도로 토굴은 안전했다.

14. 파도

"사찰과장! 유심인가 뭔가 하는 빨갱이는 아직도 못 잡았소? 당신 일을 하는 거요 마는 거요? 그놈 잡으라고 지시한 지가 언젠데 아직도 못 잡았단 말이오. 앞으로 한 달 기한을 주겠소. 그때까지 못 잡으면 옷 벗을 줄 아시오!"

아침 간부회의에서 경찰서장이 내린 엄명이다. 황병도 서장은 적 치하에서 반동으로 몰려 죽은 황달수의 아들이다. 인민군은 황 서장의 아버지를 돈놀이를 한다는 이유로 고리대금업자라는 누명을 씌워 죽창으로 찔러 죽였다. 그런 사정 때문에 황 서장은 빨갱이라면 치를 떨었다. 무고한 주민 수백 명을 반동으로 몰아 죽인 빨갱이가 관내에 잠입했다는 정보를 입수한 지가 언젠데 아직까지 뚜렷한 단서 하나 잡지 못하고 있으니 담당 과장을 닦달하는 것도 무리가 아니다. 한동안 뜸하다가 오늘 간부회의에서 다시 불이 붙었다. 사찰과장 역시 답답했다. 하루라도 빨리 잡아서 명예도 회복하고 개인적인 원한도 풀고 싶었다. 도대체 유심이란 빨갱이는 어디로 잠적했는가. 하늘로 솟았는가, 땅으로 꺼졌는가.

그간 유심의 행적이 결정적으로 드러난 바는 없어도 완도를 거쳐 청산도로 잠입했을 것이라는 정황은 여러 곳에서 포착됐다. 그간에 유심의 신분세탁과 위장 전술에 속아 검문을 하고도 잡지 못한 사찰과 형사와, 선착장 경비를 맡았던 경찰관은 옷을 벗었거나 지 파출소로 좌천되었다. 사태가 여기에 이르자 완도경찰서에서 당면한 문제는 유심 검거 작전이다. 서장으로부터 특명을 받은 사찰과장으로서는 용한 점쟁이가 있다면 달려가고 싶은 심정이다. 지금까지 확인된 정보로는 선착장 술집 주인의 증언이 가장 신빙성이 높다. 그녀의 증언이 사실이라면 유심의 청산도 잠입은 의심의 여지가 없다. 그렇다면 그가 숨은 곳은 사기막골이라는 추측이 가능하다. 그러나 그의 어머니가 살고 있는 사기막골은 몇 달째 형사를 잠복 근무시켰는데도 어떠한 정보도 얻지 못했다.

그렇다면 그는 어디로 숨었는가. 귀신이 곡할 노릇이다. 청산도가 어떤 곳인가. 섬을 오가는 뱃길만 틀어막으면 독 안에 든 쥐가 된다. 청산도를 오가는 부두에는 무장한 군경이 24시간 검문 검색을 하고 있기 때문에 부처님 손바닥에 앉은 손오공이다. 날고 기는 재주를 부린다 해도 백 리 물길을 헤엄치지 않고 뭍으로 나가기는 어렵다. 유심은 분명히 청산도 어딘가에 숨어 있다. 그것도 어머니가 살고 있는 사기막골 어디에 깊이 은신하고 있을 것이다.

과장이 서장으로부터 질책을 당한 낌새를 눈치 챈 사찰과 직원들이 과장 눈치 보기에 바쁘다. 줄담배를 달아 문 사찰과장이 과원들을 불러모았다. 직원들이 과장의 불편한 심기를 건드리지 않을 요량으로 조심조심 과장실로 모여들었다. 과장이 결연한 표정으로 입을 열었다.

"한 달 안에 빨갱이를 잡아들이라는 특명을 받았다. 오늘부터 사찰과 전 직원은 유심이 체포 작전에 돌입한다. 구체적인 작전계획은 사찰계장이 수립해서 보고토록 한다. 이상."

사찰과의 모든 역량을 총동원해서 유심을 잡으라는 명령이다. 사찰과장이 윤덕수 사찰계장을 불렀다.

"윤계장, 청산도 출동 준비를 하시오."

"청산도는 왜?"

"당신 회의할 때 잠잤어? 과장이 당하는 것을 보고도 그따위 소리를 해!"

이럴 때는 빨리 움직이는 것이 상책이다. 서장에게 얼마나 당했으면 저럴까 싶을 정도로 안절부절이다. 무장한 순경 두 명을 차출하고 출동 준비를 서둘렀다. 사찰과장이 전투복 차림으로 경찰서를 나섰다. 청산도행 여객선은 두 시간이 후에나 뜨지만 풍랑이 높다는 예보가 있어 출항이 금지된 상태다. 일단 부두에 나가 대기하면서 상황을 지켜보기로 했다. 날씨가 호전되기를 기다렸으나 폭풍 수준의 강한 바람을 탄 깊은 너울이 몰아치는 바람에 한낮이 되도록 배를 띄우지 못하고 있다. 보다 못한 사찰과장이 선박회사 담당자를 채근했다.

"이봐요. 전시 작전이란 말이오! 몇 번을 말해야 알아듣겠소."

"그래도 안 됩니다."

얼굴이 붉으락푸르락하던 과장이 고함을 질렀다.

"빨갱이 잡으러 가는데 파도는 무슨! 잔소리 말고 배 띄워!"

"안 됩니다. 사고 나면 누가 책임집니까?"

"사찰과장인 내가 책임진다 그 말이오!"

"그래도 안 됩니다. 배를 띄우고 안 띄우고는 우리 책임입니다."

풍랑 때문에 배를 띄우지 못하겠다는 선박회사 직원도 호락호락하지 않았다. 선박회사 입장에서도 풍랑경보가 발령된 이상 경찰의 강요가 있다 해도 배를 띄울 수는 없는 노릇이다. 억지를 쓰는 사찰과장과 안 된다는 선박회사 담당자 간의 실랑이가 계속됐으나 결론이 나지 않았다. 보다 못한 사찰계장이 귀띔을 했다.

"방법이 있기는 한데 될지 안 될지 모르겠습니다."

"방법이란 게 뭣이오?"

"군청에 있는 행정지도선을 빌리면 어떨까 해서요."

"그런 게 있었소? 진즉에 말할 것이지. 얼른 군청에 전화 넣으시오."

사찰계장이 군청으로 전화를 돌렸다. 역시 풍랑 때문에 배를 띄울 수 없다는 대답이다. 옆에서 듣고 있던 사찰과장이 수화기를 빼앗아 들었다.

"나 경찰서 사찰과장인데 배 좀 빌립시다. 뭣이라고! 풍랑 때문에 안 된다고? 그따위는 내가 책임지겠소."

안 된다는 담당자를 제쳐두고 과장을 거치고 군수까지 전화를 바꿨지만 결말이 나지 않았다. 사람 목숨이 달린 중대한 문제라서 쉽게 결론이 나지 않았다. 결국 모든 책임은 사찰과장이 진다는 각서를 쓰고 나서야 군청에서 운용하는 행정지도선을 빌릴 수 있었다.

행정지도선이 한바다로 나가자 밀려오는 파도에 낙엽처럼 까불었다. 큰 파도가 뱃전을 덮쳤다. 배에 탄 사람들이 한꺼번에 물벼락을 뒤집어썼다. 똑딱선 수준의 행정지도선이 깊이를 알 수 없는 파도 속으로 내리꽂힐 때는 모두가 뱃전을 움켜쥐고 기도를 올렸다. 파도와 뱃멀미에는 면역이 생긴 사람들이지만 정말 죽을 수도 있겠다 싶은 공포에 떨었다. 한 시간 남짓한 거리지만 사람들이 받은 죽음에 대한 공포, 바다에 대한 공포는 극에 달했다. 산더미 같은 파도를 헤친 끝에 구사일생으로 살아남은 사람들이 초죽음이 돼서 청산도 부두에 닿았다. 물에 빠진 생쥐 몰골로 육지에 발을 딛는 순간 일제히 땅바닥에 널브러졌다. 다행이라면, 파도 멀미는 흙냄새를 맡는 순간 연기처럼 사라진다는 점이다. 모든 사람이 뱃멀미로 똥물까지 게워 낸 다음이라 뱃속이 헛헛했다. 부둣가 국밥집에서 따끈한 국밥을 말아먹고 나니 눈이 떠지고 생기가 돌아왔다.

유심이 막걸리를 마시고 갔다는 막걸리 집 여주인을 상대로 신문을 시작했다. 사찰계장이 물었다.

"그 사람을 어떻게 만났는지 말해보시오."

"그저께도 형사가 묻고 갔는디 또 뭣을 물어야? 그 사람 땜에 나가 술장시 못 해먹겠소 잉."

"묻는 말에 대답이나 하시오. 협조 안 하면 여기서 술장사 못하는 수가 있소."

짜증을 내는 주인에게 엄포를 놓는 사찰계장 역시 답답했다. 술집 주인의 내키지 않는 대답이 의미 없이 이어졌다.

"그 사람이 얼마 전에 우리 집에 술 먹으로 들어왔었소."

"그게 언제쯤이오?"

"두어 달 전쯤 될 게요."

"차림새와 말씨, 그리고 어디로 갔는지 알고 있소?"

"서울말을 하고 군복을 입었던디요."

"특별한 것은 없었소?"

"기자라면서 완장을 보여줬당께요."

"완장을?"

"기자라고 쓰인 완장이오."

"그래서요?"

"나가 그랬지요. 기자가 왜 이런 시골에 오느냐고."

"그랬더니?"

"시골에도 신문에 쓸 거리가 있다 하더만."

"그리고 다른 것은?"

"막걸리 한 됫박을 마시고 사기막골 가는 길을 물었지라."

"그래서요?"

"고개 넘어가면 된다고 일러줬소."

"그리고는?"

"그게 다요."

"파출소에 신고했소?"

"사람마다 신고하면 술장사는 언제 한당가?"

"이 아주머니가 시방! 잘못되면 아주머니도 빨갱이를 숨겨준 죄로 처벌된단 말이오."

사찰계장의 엄포에 아줌마가 움찔한다. 막걸리 한 됫박 판 죄밖에 없는데 벌을 받는다니 억울하지만 한편으로 더럭 겁이 났다.

"나가 왜 거짓말을 하것소. 막말로 어느 술집이 손님 물어보고 장사한다요?"

"일이 복잡하게 돼서 그렇습니다. 앞으로 수상한 사람을 보거든 꼭 신고하십시오."

사찰계장이 작성한 술집 주인의 진술서를 훑어보던 과장이 입을 열었다.

"답은 사기막골에 있다. 사기막골에 수사력을 집중한다. 제놈이 갔으면 어디로 갔겠나. 대한민국 안에 있다. 아니, 반드시 청산도 안에 있다. 오늘은 외근 형사 한 명만 잠복시키고 일단 철수한다. 그 대신 조만간 전투 병력을 지원받아 청산도 전체를 일제 수색한다."

"......"

"빨갱이 네놈이 이기나 사찰과장 김동철이 이기나 해보자. 정황을 종합할 때 절대로 청산도를 빠져나가지 못했다. 정면 승부를 걸어야 할 때가 왔다. 그자는 완도 출신이지만 일찍 고향을 떠났기 때문에 아는 사람이 별로 없다. 몇몇 소꿉친구가 있었으나 좌익으로 부려먹고 죽였으니 더욱 그렇다. 그놈을 알아보는 사람이 없으니 그게 걱정이다."

"사기막골에 가봐야 하지 않을까요?"

사찰계장이 조심스럽게 의견을 말했다.

"어설프게 건드릴 필요 없다. 가만두었다가 갑자기 쳐야 한다."

청산도 출동에서 아무 소득 없이 돌아온 사찰과장은 더욱 전의를 다졌다. 그날로부터 일주일 후 인근 지역에 주둔하고 있는 군부대 병력을 지원받았다. 완전 군장을 갖춘 중대병력이 경찰서 마당에 집결했다.

15. 수색

밤새 잠을 설치다가 새벽녘에야 겨우 잠이 들었는데 첫닭이 울었다. 날이 밝자면 한참을 더 기다려야 한다. 지난밤 내내 악몽에 시달린 분이는 호롱불도 켜지 않고 일어나 앉았다. 그런데 이유 없이 마음이 불안했다. 꿈자리가 뒤숭숭한 탓인가 꼭 무슨 일이 일어날 것만 같았다. 마음을 다잡았지만 까닭 없이 두근거리는 가슴이 진정되지 않았다.

창살이 희미하게 밝아오는 것을 보니 날이 새는 모양이다. 문을 열고 나서기는 이른 것 같아 창문에 붙은 유리창으로 무심코 밖을 내다본 분이는 깜짝 놀랐다. 희뿌염한 어둠 사이로 한 떼거리 사람들이 건너편 산언덕을 내려오고 있었다. 새벽바람에 웬 사람들일까? 물으나 마나 경찰 아니면 군인이다. 그렇다면 그 사람들의 목표는 우리 집이다. 우리 집까지 걸리는 시간은 길어야 십 분이다. 유심에게 연락해야 한다.

부엌문을 통해서 장독대로 달려갔다. 급하게 장독을 두드려 위험을 알리고 돌아서니 무장한 군인들이 마당으로 들어섰다. 된장 그

룻을 손에 들고 있어 망정이지 하마터면 의심을 살 뻔했다. 군인들을 마당에 늘어세운 뒤 사찰과장이 나섰다.

"제군들은 지금부터 이 집을 수색한다. 목적은 빨갱이 색출이다. 이상."

사찰과장이 분이를 불러세웠다.

"완도경찰서 사찰과장이오. 아줌마가 주인이오?"

"무슨 일로 남의 집을 뒤지시오?"

"빨갱이가 숨었다는 정보가 있어 수색하는 것이오."

"나는 빨갱이 같은 것은 모르오."

"잔말 필요 없고 무조건 협조하시오."

"누가 우리 집에 빨갱이가 들었다고 합디까?"

"그런 것은 알 거 없고."

"아무리 힘없는 백성이지만 이럴 수는 없소!"

분이가 큰 소리로 외쳤다. 굴속에 있는 유심에게 바깥 사정을 알리는 신호다.

"어이 김순경, 이 아줌마 끌어내."

김순경이 분이의 팔을 끌어 방으로 밀쳐넣었다. 그럴수록 분이는 더욱 악을 썼다.

"이놈들아, 내가 뭘 잘못했다고 이러느냐! 네놈들은 에미 애비도 없느냐. 이놈들아!"

악을 쓰며 울부짖었다. 안방을 수색한 군인들이 부엌에서 다락으로, 심지어 변소 간까지 뒤졌다. 어떤 군인은 뒷방의 곡식 가마니를 대검으로 쑤시고 다녔다. 하얀 입쌀이 좌르르 쏟아졌다. 군인들의 행패를 지켜보는 분이의 눈에서 독기가 서렸다. 목숨 같은 입쌀인데 함부로 하다니. 화를 삭이지 못한 분이가 군인의 다리를 잡고 늘어졌다.

"이놈들아, 날 죽여라!"

사찰과장이 순경에게 지시했다.

"김 순경, 너는 이 아줌마 붙들고 있어. 아니, 경찰서로 바로 연행해."

순경 두 명이 달려들어 분이를 끌고 갔다. 사찰과장이 수색조를 다그쳤다.

"사정 봐줄 것 없이 철저히 수색한다. 장독도 열어보고 안 되면 총으로 갈겨도 좋다. 책임은 내가 진다. 빨갱이 집구석에 장독은 무슨! 집구석에 불 안 지르는 것만도 다행인 줄 알아야지. 어이 조 순경, 너는 불 때는 아궁이 좀 들여다보라고."

사찰과장의 행동거지로 봐서는 변소간 오물까지 퍼낼 기세다. 실패할 경우 서장에게는 무슨 변명을 하고, 장차 이 빨갱이를 어떻게 잡을까를 걱정하는 사찰과장이 치를 떨었다. 이웃집을 수색하던 병력이 철수해서 합류했다.

"옆집에는 개미 새끼 한 마리 없는데요."

"장독까지 열어봤나?"

"변소간 똥통까지 뒤졌습니다."

"오늘은 어떤 일이 있어도 결판을 내야 한다."

군인들이 달려들어 벽장문을 뜯어내자 온갖 잡동사니와 쥐똥이 우르르 쏟아졌다. 장독대 수색을 지켜보던 사찰과장이 느닷없이 병사의 소총을 빼앗아 들고 장독을 난사했다. 올망졸망하게 정리되어 있던 항아리가 퍽퍽 깨지고 된장, 간장이 좌르르 쏟아졌다. 그러나 요행으로 수숫대를 묶어세운 토굴 입구는 눈치 채지 못했다. 긴박하게 돌아가는 바깥 사정을 알아챈 유심은 그때 이미 바닷가 출구 쪽으로 피해 있었다. 한바탕 소란을 떨며 온 집안을 수색했으나 단서 하나 찾지 못한 사찰과장이 한숨을 내쉬었다. 군대 병력을 동원하고도 철저하게 실패한 수색 작전이다.

빈손으로 경찰서에 돌아온 사찰과장이 유치장에 감금한 분이를 직접 신문하겠다며 마주 앉았다.

"이봐 아줌마, 내가 누군지 아시오?"

"내가 댁을 알아서 뭐하겠소?"

"그런데 당신 이름이 뭐요?"

"내 이름을 알아서 무슨 짓을 하려고?"

"이름은 분인데 성씨가 없으니 상놈 아니오?"

"양반이면 이렇게 살겠소? 쓸데없는 농담 말고 묻고 싶은 말이나 물으시오."

"이 아줌마 간땡이가 배 밖으로 나왔네. 감히 여기가 어디라고 빨갱이 잡는 사찰과장을 훈계하려고 들어!"

알맹이 없는 질문과 대답이 지루하게 계속됐다. 김동철 사찰과장은 완도 출신이다. 일제 때 순사 보조를 하던 이력으로 해방의 혼란한 틈을 타 경찰관 족보에 이름을 올리고, 나름대로 열심히 근무한 덕분에 과장까지 올라간 인물이다. 머릿속에 든 것은 없지만 일제 치하에서 고등계 형사들이 취조하는 기술을 배워 범인 다루는 솜씨는 뛰어났다. 그리고 소위 빨갱이와는 개인적으로도 씻지 못할 원한 관계가 있다. 전쟁통에 아버지와 삼촌을 잃었고, 하나뿐인 동생이 반동으로 몰려 처형된 사정이 있기 때문에 그 원한이 뼈에 사무친 사람이다. 사찰과장 신분이 아니라도 빨갱이라면 이를 갈며 덤비는 위인이다.

말문이 막힌 사찰과장이 담배 한 대가 다 타도록 분이를 노려보고 앉았지만 분이는 눈길 한 번 주지 않았다. 꽁초를 비벼 끈 사찰과장이 용도를 알 수 없는 밧줄과 각목을 들고 왔다. 다부진 결심을 한 사찰과장이 의자를 당겨 분이와 마주 앉았다. 차분하게 목소리를 깔고 분이를 신문했다.

"다시 한 번 말하지만, 빨갱이들은 내 이름만 들어도 오줌을 싸는데 빨갱이 어미가 빨갱이 잡는 대장을 몰라서야 쓰겠소. 시방부터 내가 누군지 확실히 알려줄 것이니 단단히 각오하시오."

"……"

"지금부터 묻는 말에 대답 잘하시오. 여차하면 여기 있는 물건들이 아줌마를 괴롭힐 것이오. 이 각목으로 얻어맞으면 저승길로 직행하게 될 것이고, 이 밧줄에 묶여 천정에 매달리는 날에는 아줌마는 죽은 목숨이오. 그리고 또 바른 말 하지 않으면 아줌마 하나 정도는 쥐도 새도 모르게 없앨 수 있다 그 말이오. 어이, 아줌마. 내말이 무슨 뜻인지 알아듣겠소?"

갖은 말로 분이를 겁박했다. 그러나 분이가 누구인가. 백성들의 생사를 좌우하는 사또에게 끌려가 치도곤을 당하고도 살아남은 여인이다. 평생 동안 핍박받고 살아온 원수 같은 세월에 이를 갈며 살아남은 여인이다. 지금 이들은 유심을 찾을 목적으로 괴롭히기야 하겠지만 설마 죽이기야 하겠는가. 분이는 스스로를 달래며 어금니를 깨물었다.

'내 아들을 살리는 벌이라면 달게 받으리라. 내가 죽어 아들을 지킬 수만 있다면 이 한 몸 기꺼이 바칠 각오가 되어 있다. 이 어미가 아들의 행방을 입에 올린다면 마른하늘에 벼락이 칠 것이다. 그러니 어디 너희들 맘대로 해봐라, 이놈들아!'

마음을 다잡아먹은 분이가 사찰과장을 똑바로 쳐다봤다.

"당신 아들이 유심이 맞지요?"

"내 아들인 건 맞소."

"어디다 숨겼소?"

"숨긴 일 없소."

"좋게 대할 때 말하시오."

"없는 아들을 어찌 내놓으란 말이오."

"말로 할 때 들어야지. 어이 김 순경, 이 아줌마 손을 묶고 얼굴을 가려라."

조서를 쓰고 있던 김 순경이 분이의 팔을 뒤로 돌려 묶었다.

"아줌마! 내가 빨갱이 잡는 사찰과장이란 사실을 잊지 말라고 했을 텐데. 내 말을 귀넘어들으면 아줌마 목숨이 위태롭다 했을 텐데……"

사찰과장이 물주전자를 들고 분이에게 다가섰다. 주전자 뚜껑을 열어본 사찰과장이 버럭 소리를 질렀다.

"야, 김 순경! 고춧가루가 없잖아!"

물주전자를 홱 집어던졌다. 입을 내민 김 순경이 다시 물을 채워 왔다. 뚜껑을 열어본 사찰과장이 음흉한 미소를 짓는다.

"자 아줌마, 시작해보자고."

물 먹인 수건을 분이 얼굴에 덮고 그 위로 고춧가루 물을 부었다. 매운 고춧가루물이 코로 입으로 사정없이 들어갔다. 숨이 턱턱 막혔다.

"이래도 안 불어?"

분이가 기절했다. 지독한 년! 사찰과장이 중얼거리며 들고 있던 물주전자를 내동댕이쳤다. 반나마 담긴 물주전자가 시멘트 바닥에 데굴데굴 굴렀다. 분이는 기절하고 물고문은 중단됐다. 고춧가루 물고문도 효과 없이 끝났다. 유치장으로 옮겨진 분이는 이틀 동안 혼수상태에 빠졌다.

경찰서 유치장에는 이런저런 이유로 잡혀온 사람들이 빼곡하게 앉아 있다. 찢어지고 깨진 상처에서 진물이 흐르고, 피 냄새를 맡은 쇠파리가 아귀처럼 달려들었다. 그러나 어느 누구도 옆 사람의 고통을 돌아볼 여유가 없다. 적 치하에서 부역을 했거나 사상범으로 잡혀온 사람들이 모진 고문 끝에 팔다리가 부러지고 머리통이 깨졌다. 말로만 듣던 생지옥이 따로 없다. 끼니로 들어오는 주먹밥은 배고픈 사람에게는 감식이지만 죽음을 각오한 분이에게는 소용이 없었다. 인민군에게 밥을 해줘 잡혀왔다는 육십 할머니는 분이 몫의 주먹밥을 빼앗듯이 먹어치웠다.

분이는 이토록 구차한 목숨이라면 차라리 죽는 게 낫다는 생각을 하다가도 이내 생각을 바꿔먹었다. 캄캄한 토굴 속에서 이제나저제나 바깥 소식을 기다리는 아들을 생각하면 죽고 싶다는 생각은 사치일 뿐이다. 뼈마디가 부러지고 살점이 떨어져나간 상처는 아니지만 고춧가루 물고문은 후유증이 심각했다. 창자가 틀어져 몇날 며칠을 물 한 모금 넘기지 못했다. 그 가운데서도 목숨을 부지할 수 있었던 것은 오직 하나, 아들을 향한 어미의 모성애 때문이다.

물고문으로 틀어진 창자가 제자리를 잡은 어느 날, 유치장 간수가 분이를 불러냈다.

"아줌마는 운이 참 좋소. 여기서 멀쩡하게 걸어 나간 사람은 없었소. 그런데 아줌마는 행운이오. 석방 지시가 떨어졌소. 축하합니다. 이번에 나가거든 다시는 들어오지 마시오."

'이건 또 무슨 조화인가. 그토록 생사람을 잡던 놈들이 왜? 이는 분명 또 다른 음모가 있을 것이다. 내가 너희들 음모를 모르겠느냐. 그래 좋다, 우선은 살아 나가서 좋다. 당장은 아들을 만날 수 있어서 좋다. 그렇지만 나는 절대로 아들을 팔지 않을 것이다. 지금은 나가지만 머지않아 또다시 잡혀을 게다. 그때를 위해서라도 힘을 내자.'

청산도 부두에 내린 분이는 거의 하루해를 소비한 끝에 집으로 돌아왔다. 수색에 나선 군인들이 천장이나 바람벽에 대고 함부로 쏘아댄 탄피가 방바닥에 그득하고, 세간 도구는 깨지고 여기저기 나뒹굴었다. 그래도 그건 약과다. 장독대가 박살났다. 살림 밑천이 장독인데, 된장 힘으로 사는 게 조선 사람인데 그 장독을 총질해서 박살을 내놨다. 먹거리로 장난치는 인간은 반드시 죄를 받는다. 불편한 몸을 끌고 장독을 수습했다. 깨진 독에 남아 있는 된장을 작은 항아리에 옮겨 담고 진흙 묻은 세간을 샘물로 씻었다. 산 사람은 먹어야 하고 잠을 자야 한다. 부지런히 움직인 끝에 가재도구 수습이 대충 끝났다. 뜯어진 천장이며 문짝은 다음으로 미루고 캄캄한 굴 속에서 소식을 기다리는 아들을 봐야 했다. 그러나 아직은 낮 시간이다. 기다리는 시각이 여삼추 같았지만 경솔한 행동으로 빌미를 줘서는 안 된다. 일찌감치 불을 끄고 수잠에 들었다가 한밤중에 일어났다. 바깥 동정은 특별한 기미가 보이지 않았다. 부엌으로 이어지는 쪽문을 통해 장독대로 갔다. 신호로 쓰던 큰 장독은 깨졌고 작은 항아리로 조심스럽게 신호를 보냈다. 응답이 없다. 밖으로 나갔는가? 그럴 리가 없다. 안팎 간에 정보 없이 움직이면 끝장인데 유심이 그런 사정을 모를 리가 없다. 거듭하여 신호를 보냈다. 응답이 왔다. 조심스럽게 수숫대를 거둔 뒤 안으로 들어갔다. 어두운 곳에서 유심이 다가왔다. 모자가 동시에 얼싸안았다. 소리 없는 눈물이 볼을 타고 흘렀다. 아들 얼굴을 손으로 쓸었다. 이틀 사흘간 벌어진 소동으로 얼굴이 반쪽이 됐다. 그러나 살았으니 만족이다. 눈물을 훔치고 밥그릇을 내밀었다. 허겁지겁 밥을 퍼먹는 아들을 바라보는 분이 얼굴에 다시 눈물이 흘렀다.

"이 원수는 꼭 갚을 거요. 조금만 기다려주시오."

"놈들이 풀어주는 것을 보니 무슨 꿍꿍이수작이 있는 것 같다. 내 짐작인데 한 동안은 조용할 게다. 놈들이 그걸 노리고 있을 게 분명하다. 조용히 버려뒀다가 불시에 닥칠 것이다. 그러니까 너는 죽은 듯이 있어야 한다."

"아닙니다, 지금이 적기입니다. 저놈들이 방심할 때 쳐야 합니다. 어머니는 모른 체하고 계세요. 내가 알아서 다 할 겁니다. 그리고 미숫가루를 좀 만들어주세요."

"미숫가루는 왜?"

"어디 좀 다녀올 데가 있어서요."

"네가 어련히 알아서 하겠냐만 조심해야 한다. 군인이며 경찰들이 비 오는 날 똥개처럼 천지사방에 깔렸더라. 저놈들이 나를 풀어 주면서 틀림없이 뒤를 보는 눈을 붙였을 게다."

"그 일은 내가 알아서 합니다. 산전수전 다 겪은 몸인데 그까짓 경찰 나부랭이 하나 못 당하겠습니까."

"그래도 어미는 걱정이다."

"그런데 어머니, 이번에 가면 오래 걸리거나 아주 못 올지도 모릅니다. 일주일 내로 안 돌아오면 회문산으로 들어간 줄 아십시오."

"거기가 어딘데?"

"전라도 순창에 있는 산입니다. 북으로 복귀하지 못한 동지들이 들어가 빨치산 활동을 하는 곳입니다."

"빨치산이 뭐이더냐?"

"남조선 해방전투에 나선 동지들이 모인 단체요. 저도 회문산에 들어가 동지들과 함께 해야 될 것 같습니다. 돌아가는 정세를 봐서는 언제 전쟁이 끝날지도 모르고, 또 전쟁에 지는 날에는 살아남지 못합니다. 산에 들어가서 기회를 보겠습니다."

"그쪽과는 인연을 끊었다면서?"

"이대로 있으면 경찰에 잡혀 죽습니다. 그쪽으로 피신해 있다가 기회를 볼 겁니다. 지금 이대로 주저앉을 수는 없습니다."

"지은 죄에 또 죄를 더하니 장차 이 일을 어쩌면 좋으냐."

"모든 것이 운명이겠지요."

"머지않아 상호씨도 돌아올 것이고, 세상이 좋아지면 네 동생 정승이도 만나볼 텐데 이렇게 떠나야겠느냐?"

"이 말은 누구한테도 하시면 안 됩니다."

"그걸 말이라고! 아이고 불쌍한 내 새끼."

분이가 아들을 껴안고 흐느낀다.

16. 테러

한편 군대 병력을 지원받아 가택을 수색하고 분이를 잡아다 강도 높게 취조했음에도 유심의 행방을 알아내지 못한 사찰과장은 체면을 구겼다. 취조 실력이 모자라서인가, 정보가 부실한가. 이 정도 닦달이면 없는 죄도 만들어지는데 아무것도 얻은 것이 없다. 그런데 사찰과장이 분이를 쉽게 놓아준 저의는 다른 데 있었다. 발톱을 숨기면서 정보를 얻으려는 일종의 유인 전략으로 바꿨기 때문이다. 강하기만 하면 일을 그르치는 법이다. 그런데 사찰과장의 전략을 분이가 이미 짐작하고 있었으니 걷는 사람 위에 나는 자가 있는 격이다.

하루 일과를 끝내야 할 시각이다. 한가하게 담배를 피워 문 사찰과장이 깊은 생각에 잠겼다. 그간의 가택수색과 취조과정을 되짚어 보니 일제 때 배운 솜씨가 녹 쓸었다는 생각이 들어 씁쓸했다. 책상을 정리하고 방을 나섰다. 퇴근을 훌쩍 넘긴 시각이지만 마음이 허전해서 단골로 드나드는 맥줏집에 들어갔다. 반은 애인이고 반은 정보원으로 만나는 술집 주인 조영순이 가슴골이 훤하게 드러난 옷차림으로 달려나와 호들갑을 떨었다.

"우리 서방님 얼굴 잊어먹겠소. 어디 감춰둔 애인 생겼소?"

"팔자 좋은 소리 그만하고 맥주 몇 병 가져오너라."

부산을 떨며 맥주병을 들고 온 조영순이 사찰과장을 바라보며 안쓰러워했다.

"이제 보니 우리 서방님 얼굴이 반쪽이네. 이게 무신 일이랑가?"

"네놈이 속을 썩여 그렇지."

"아이고, 농담도 잘 하셔. 그런데 정말로 뭔 일이 있었던 모양이오 잉?"

"일은 무슨. 골칫거리야 매양 있는 법이니까."

"오늘은 어쩔 것이오? 서방님 기다리다 청춘과부되겠소."

조영순이 눈웃음을 치며 팔짱을 꼈다.

"청춘과부라고!"

"이팔 십육만 청춘인 줄 아시나봐. 새콤한 풋사과보다 무르익은 수밀도가 더 맛나다는 사실을 모른단 말씀이오 시방?"

"말로써 어찌 너를 당할꼬. 그건 그렇고 뭐 별난 거 없어?"

"별난 거 뭐?"

"시치미 떼지 말고."

"별거 없는데? 아 참 그래, 재미있는 이야기가 하나 있어요. 이야기해주면 뭘 주실 건데?"

조영순이 갑자기 코맹맹이 소리를 한다.

"뭘 줄 거냐고? 그야 기막힌 선물이 있지."

"그게 뭔데?"

"이야기 먼저 들어보고."

"아이고, 안 밴 아이를 놓지."

조영순이 말하는 정보는 이렇다. 시골에서 올라온 친구에게 들은 이야기다. 어떤 시골 사람이 나무를 하러 산에 갔다가 묘지 앞에서 쉬고 있었는데, 묘지 속에서 사람 소리가 났다. 기겁을 하고 마을로 내려와 사람들을 데리고 다시 올라가보니, 사람은 간 곳이 없고 묘지에 구덩이를 파고 들었던 흔적이 있었다는 것이다. 해가 중천에 뜬 대낮에 왜 묘지를 파고 들었을까 그게 궁금하다는 이야기다.

이야기를 듣는 사찰과장 머릿속에 반짝 그려지는 그림이 있었다. 그래, 바로 그거다! 사찰과장이 쾌재를 불렀다. 안개처럼 흐릿하던 머릿속이 비 개인 하늘처럼 맑아지는 기분이다. 뭔지 모르지만 사건이 아주 쉽게 풀릴 것 같은 예감이 들었다.

"별거 아니구면."

"이야기해줘도 탈이야. 그러면 다시는 안 할 거야!"

조영순이 눈을 흘기며 살짝 토라졌다. 사찰과장이 조영순의 어깨를 감싸안았다.

"오늘은 내가 한잔 사지."

유심이니 빨갱이니 하는 문제는 잠시라도 잊고 싶었다. 입 안의 혀처럼 나긋나긋한 조영순과 함께 취하도록 마시고 싶었다.

바닷가로 연결된 비밀통로를 빠져나온 유심이 달려간 부두에는 마지막 배가 출항을 서두르고 있었다. 주위를 살핀 유심이 날렵한 몸짓으로 화물칸에 숨어들었다. 눈 깜짝할 사이에 시작되고 끝이 났다. 북조선 초대소에서 지겹도록 갈고 닦은 실력이다. 이십 킬로 그램이 넘는 모래주머니를 양 발목에 매달고 백 리도 넘는 산길을 하룻밤에 주파하는 유심이다. 웬만한 남자 열 명쯤이야 한 방으로 제압할 수 있는 실력이 있다.

여객선이 완도 선착장에 접안하자 흐릿한 달빛을 안고 다람쥐처럼 빠져나가는 그림자가 있었다. 시각은 바야흐로 술청에서 노닥거리던 취객들이 서둘러 자리를 뜨는 자정이 다가오고 있었다. 기분 좋게 술에 취한, 그러나 조금은 무리다 싶을 정도로 술을 마신 사찰과장이 '배반의 장미'를 나섰다. 통금이 가까운 거리는 빗자루로 쓴 듯이 조용했다. 집으로 가는 발걸음을 재촉했다. 비틀걸음을 걸으면서도 머릿속은 온갖 생각으로 들끓었다.

어느 골목에선가 야경꾼의 호루라기 소리가 아련하게 들려왔다. 경찰서 망루에서 자정을 알리는 통금 사이렌이 길게 울었다. 소피가 마려웠다. 흔들리는 몸을 가누며 가로등에 기대서서 지퍼를 내렸다. 시원하게 뿜어져 나오는 소변 줄기가 한여름 소낙비처럼 전주를 타고 흘렀다. 부르르 몸을 떨며 바지춤을 추스르는 그때 사찰과장 등뒤로 한 그림자가 다가섰다. 본능적으로 섬뜩한 낌새를 느낀 사찰과장이 고개를 돌렸다. 야구 모자를 깊숙하게 눌러쓴 남자가 싸늘한 말투로 시비를 걸었다.

"네놈이 사찰과장 김동철이냐?"

"아니, 어떤 놈이 감히!"

"유심이다. 너를 심판하러 왔다."

"유심이라고?"

정신이 번쩍 들었다. 무슨 말을 해야 할지 몰랐다. 머리카락이 쭈뼛 서고 소름이 우수수 돋았다. 부르르 몸을 떨며 술기운을 떨쳤다. 안주머니에 손을 넣어 권총을 찾았다. 아뿔싸! 오늘따라 책상 서랍에 두고 나왔다. 흔들리는 몸을 가누며 방어 자세를 취했다. 그러나 유심이 더 빨랐다.

"사찰과장 김동철을 인민의 이름으로 처단한다."

당당하게 자신의 이름을 밝힌 유심이 새파랗게 날이 선 회칼로 사찰과장 옆구리를 찔렀다. 예리한 칼날이 우두둑 갈비뼈를 뚫고 들어갔다. 사찰과장 무릎이 풀썩 꺾어지며 비명을 질렀다. 몸의 중심을 잃은 사찰과장이 썩은 통나무처럼 철퍼덕 길바닥에 쓰러졌다.

"이 칼은 죄 없는 우리 엄니를 괴롭힌 죗값이다."

두 번째 칼을 넘어진 사찰과장 옆구리에 찔러넣었다. 칼을 맞은 사찰과장이 몸부림을 쳤지만 가물가물 흐려지는 정신을 잡을 수가 없었다. 유심이 뽑아든 칼날에서 검붉은 피가 주르륵 떨어졌다. 후두둑 빗방울이 떨어졌다. 옷매무새를 고쳐 입은 유심이 어둠속으로 다람쥐처럼 사라졌다. 골목은 다시 아무 일도 없었다는 듯이 적막

속에 들어갔다. 한 인간의 생명이 꺼져가는 절박한 순간에도 시간은 그렇게 가고 있었다.

얼마 후 방범대원에게 발견된 사찰과장은 가까스로 목숨을 구했다. 갈비뼈가 잘려나간 중상을 입었으나 요행으로 급소는 피해갔다. 그러나 칼을 맞은 사찰과장은 범인이 유심이라는 말은 끝내 하지 않았다. 빨갱이를 잡는 사찰과장이 수배된 빨갱이에게 당했다는 자존심과 경찰서장의 성화가 부담스러웠기 때문이다. 완도경찰서가 발칵 뒤집어졌다. 경찰서장 지휘 아래 비상이 걸리고 대대적인 검문 검색이 실시됐다. 뭍으로 나가는 배편은 정밀수색을 받은 후에야 운항이 허가됐고 요소요소에서 검문 검색이 강화됐다. 사찰과장이 빨갱이로 추정되는 괴한에게 피습을 당한 사건은 완도 지방 일대를 적색테러의 공포로 몰아넣었다.

완도 섬 전역이 비상으로 들끓는 그 시각 유심은 이미 회문산으로 들어가는 버스에 올라타고 있었다. 칼 맞은 상처가 아물지도 않은 사찰과장이 목발을 짚고 현장 지휘에 나섰다. 분이의 집에 대한 두 번째 수색이 진행됐다. 사찰과장은 지난 실수를 만회할 각오를 다지고 정밀수색에 들어갔다. 자신을 테러한 괴한이 유심이라고 신분을 밝혔듯이 분명히 이 부근 어딘가에 숨어 있을 것이다. 그곳이 어딘가. 사건이 발각되고 즉시 비상이 걸렸으니 완도를 빠져나가지는 못했을 것이다. 그렇다면 그가 숨은 곳은 어딘가? 사찰과장은 입술이 바짝바짝 타들어갔다. 오전 내내 수색을 진행했으나 유심의 흔적은 찾을 수 없었다. 수색조들은 삼삼오오 모여앉아 잡담만 늘어놓았다. 사방팔방을 둘러봐도 유심이 숨을 만한 장소가 보이지 않았다. 이번 수색도 실패할 것이 불 보듯이 뻔했다. 그 시각, 방 안에 누운 분이는 속으로 미소를 지으며 수색조들의 행동을 은밀히 살폈다.

'그러면 그렇지. 네깐 놈들이 우리 유심이를 어떻게 찾아? 이 시각이면 벌써 천리만리 달아났을 것이다, 이놈들아.'

오전이 훌쩍 가고 오후 수색이 막 시작되던 그때, 목발에 의지한 채 마당을 거닐던 사찰과장 눈초리에 마당에 흩어져 있는 황토가 들어왔다. 전에 없던 황토가 왜 마당에 있을까? 사찰과장 머릿속에 전깃불처럼 반짝 떠오르는 생각이 있었다. 그래, 그거다! '배반의 장미'에서 조영순이 들려준 이야기! 사찰과장은 하마터면 소리를 지를 뻔했다. 상기된 목소리로 수색조를 집합시켰다. 어느 때보다 확신에 찬 표정으로 장병들 앞에 섰다.

"지금까지 수색은 실패했다. 처음부터 다시 시작한다. 전 장병은 소총에 착검해서 집합한다."

시큰둥한 표정을 짓던 장병들이 과장의 지시에 고개를 갸우뚱한다. 장병들이 소총에 착검을 하고 다시 모여섰다.

"우리가 지금 서 있는 마당 흙을 봐라! 무슨 색인가?"

사찰과장의 황당한 질문에 장병들이 웅성거렸다. 그들 눈에는 특별한 것이 보이지 않으니 당연한 이치다. 사찰과장이 마당에 흩어진 황토를 손바닥에 쓸어담아 장병들에게 내밀었다.

"이 흙은 산에서만 나오는 황토다. 그리고 마당에 깔린 흙은 검은 흙이다. 그런데 왜 산에 있어야 할 황토가 마당에 있을까? 누군가 마당에 황토를 뿌렸다는 증거다. 왜 그랬을까? 그리고 이 황토는 어디서 났을까?"

"……."

"이제부터 황토가 나온 자리를 찾는다. 정확히 말하자면 이 황토가 나온 토굴을 찾는 거다. 이상."

장병들이 착검한 소총으로 여기저기를 들쑤시고 다녔다. 심지어는 바람벽을 찔러보기도 하고 방 안 천장을 쑤셔보기도 한다. 그러나 토굴은 고사하고 김칫독 구덩이도 찾지 못했다. 마지막으로 남은 곳이 장독대다. 지난번 수색에서 박살낸 장독대가 작은 항아리에서부터 큰 독까지 말끔히 정리되어 있었다. 소총을 난사하여 장독을 박살낸 곳이지만 다시 수색했다. 뚜껑을 열고 일일이 확인했다. 장독대 수색도 성과 없이 끝났다.

장병들이 장비를 점검하고 인원을 파악하는 등 철수 준비를 서두르던 그때, 그래도 미련을 버리지 못한 사찰과장 눈에 의심스러운 곳이 들어왔다. 큰 장독이 놓인 뒷자리 수숫대가 세워진 산비탈이다. 비탈이 끝나는 산자락이 수숫대로 가려지고 그 수숫대 사이로 황토가 슬쩍 드러나 있었다. 수숫대 앞으로 다가선 사찰과장이 짚고 섰던 목발로 수숫대를 들췄다. 그런데!! 그곳에 시커먼 토굴이 입을 벌리고 있었다.

"토굴이다!"

사찰과장이 소리쳤다. 마당에 모여 섰던 장병들이 우르르 달려왔다. 사찰과장이 굴속을 향하여 소리쳤다.

"나는 사찰과장이다! 지금 손들고 나오면 목숨은 살려준다!"

반응을 기다렸지만 대꾸가 없다. 사찰과장이 다시 고함을 질렀다.

"너는 포위됐다. 자수하면 살려준다! 다시 한 번 말한다. 자수하면 살려준다. 손들고 나와라!"

그러나 역시 반응이 없다. 사찰과장의 지시를 받은 장병들이 일제히 굴속으로 사격을 퍼부었다. 조용한 마을이 총소리로 들썩이고 매캐한 화약 연기가 가득하게 퍼졌다. 그런 뒤에도 굴속은 아무 움직임도 없었다. 토굴 수색 명령이 떨어졌다.

"장병들은 토굴 속으로 진입한다. 빨갱이는 생포하되 반항하면 사살해도 좋다."

장병들이 토굴 속으로 들어갔다. 토굴은 한 사람이 걷기에 알맞게 만들어져 있었다. 삽이나 곡괭이로 파고 다듬은 흔적이 역력했다. 토굴 벽면은 황토 찰흙으로 이루어져 있었고 마당에 뿌려진 황토와 일치했다. 토굴은 길고 튼튼했으며, 흙의 변색이나 작업한 흔적을 봐서는 상당한 시간이 경과된 것으로 보였다. 등잔 밑이 어둡다는 속담처럼 모든 이가 바라보는 코앞에서 토굴을 파고 들어앉았으니 지척에 두고 잡지 못했던 것이다. 감쪽같이 사람을 속여먹은 분이가 죽이고 싶도록 미웠다. 머리끝까지 화가 난 사찰과장이 안방에 누워 있던 분이를 마당으로 끌어냈다. 사찰과장 눈에서 새 파란 독기가 일었다. 부글부글 끓어오르는 감정을 애써 누른 사찰 과장이 물었다. 흥분을 감추느라 목소리를 한껏 낮췄다.

"내가 묻는 말에 거짓말하면 당신은 죽은 목숨이오."

목소리는 낮았지만 결연한 의지가 묻어 있었다. 마당으로 끌려나 온 분이는 모든 것을 체념했다. 그러나 유심은 이미 안전한 곳으로 피신한 다음이라 미련이 없다. '물어라. 그러면 대답할 것이다.' 오히 려 담담했다.

"어디로 빼돌렸나?"

"빼돌린 게 아니고 제 발로 걸어나갔소."

"그게 언제인가?"

"나도 모르오."

"어디로 갔는가?"

"도망가는 놈이 말하고 가겠소."

"언제부터 토굴을 팠는가?"

"두어 달 전일 게요."

"유심이 양민을 학살한 사실은 알고 있는가?"

"자식놈 하는 일을 어미라고 어찌 다 알겠소."

"양민을 학살한 범인을 왜 숨겼는가?"

"어미를 찾아온 자식인데 당신 같으면 내쫓겠소?"

"당신도 김일성을 추종하는가?"

"나는 김일성을 모르오."

"아들을 자수시킬 생각은 없는가?"

"다 큰 자식이 어미 말을 듣겠소?"

"다시 한 번 묻겠소. 범인을 어디로 빼돌렸는가?"

"백 번을 물어도 나는 모르는 일이오."

토굴은 찾았으나 유심의 행방을 아는 분이의 진술은 제자리걸음이다. 화가 머리끝까지 뻗친 사찰과장이 옆자리에 섰던 박 순경을 군화발로 걷어찼다. 죄는 장승이 짓고 벼락은 고목나무가 맞은 격이다.

"야 박 순경, 너 뭐하는 놈이야! 이년 잡아다 배에 태우지 않고."

잘못도 없이 종아리를 걷어차인 박순경이 부어터진 얼굴로 분이를 거칠게 몰아세웠다. 그날 수색작업은 유심이 숨었던 토굴을 발견한 성과를 위안으로 끝이 났다. 남은 문제는 분이를 어떻게 심문하여 유심의 행방을 찾느냐에 달렸다. 그러나 분이의 실토를 받기는 애당초 그른 것으로 보였다. 유심의 행방을 알아내기 위한 수사는 계속됐다. 강도 높은 신문을 계속했으나 분이는 정보가 될 만한 물음에는 일체 대답하지 않았다. 수사 업무에 종사하는 사람이 가장 싫어하는 것이 묵비권 행사다. 조사받는 입장에서는 꼬투리 잡힐 것이 두렵겠지만, 조사하는 입장에서 보면 분통이 터질 노릇이다. 번연한 사실조차도 모르쇠로 일관하는 용의자를 만나면 죽이고 싶도록 흥분하는 경우가 있다. 묵비권 행사는 특히 사상범들이 상투적으로 쓰는 수법이다.

분이는 공산주의자도 아니고 사상범도 아니다. 그러나 경찰의 물음에 또박또박 대답을 하다 보면 자신도 모르게 그들의 의도대로 말려들 우려가 있어서 처음부터 말을 하지 않았을 뿐이다. 마음이 조급한 사찰과장이 분이를 직접 대면하고 조사했지만 성과가 없었다. 분이를 마주하고 앉았던 사찰과장이 구석에 세워둔 야구방망이를 집어들었다. 뭔가 중대한 결심이라도 한 듯 날카로운 독기가 눈에 서렸다.

"한 번만 더 묻겠소. 유심이 어디로 갔는가?"

"……"

다시 평행선이다. 팽팽한 긴장과 침묵이 흘렀다. 야구방망이로 마룻바닥을 톡톡 두드리고 앉았던 사찰과장이 벌떡 일어나면서 힘껏 쳐든 야구방망이로 분이의 종아리를 힘껏 내리쳤다. 의자에 앉았던 분이가 외마디 소리를 지르며 바닥으로 꼬꾸라졌다. 딱 소리가 나면서 분이의 종아리뼈가 부러졌고 허연 뼈가 살갗을 뚫고 나왔다. 워낙 갑작스럽게 벌어진 일이라 조서를 쓰던 사찰계장도 손쓸 겨를이 없었다. 깜짝 놀란 사찰계장이 바닥에 쓰러진 분이를 일으켜 세웠으나 부러진 정강이가 덜렁거리고 낭자한 핏물이 바닥에 흥건했다.

분이는 기절하고 신문은 중단됐다. 당황한 사찰과장은 문을 박

차고 나가고, 혼자 남은 사찰계장은 안절부절 어찌할 줄을 몰랐다. 전시라도 무고한 인명을 살상하는 행위는 위법이라는 사실을 모를 리 없는 사찰과장이 왜 이처럼 무모한 행동을 했을까. 사찰계장이 응급지혈 조치를 받은 분이를 끌어다 유치장에 처넣었다. 그 시각 이후 분이의 면회는 일체 금지령이 내려졌다. 사건의 뒤처리를 맡은 사찰계장이 덩달아 바빠졌다. 서내 직원들을 닦달하여 소문이 나가 지 않도록 입단속을 했다. 그러나 본디 발 없는 말이 천 리를 가는 법이다. 분이의 사고 소식은 쉬쉬 하는 가운데 바람을 타고 퍼졌다.

17. 귀환

전쟁 노무자로 징집되었던 상호가 돌아왔다. 1년 조금 넘는 기간이지만 마음으로는 십 년보다 긴 세월이었다. 부두에서 바라본 청산도는 옛 모습 그대로였다. 고기잡이 어구를 챙기는 어부들의 손길이 바쁘고 생선 마리를 벌여놓고 손님을 기다리는 해녀들의 모습도 평화로웠다. 부둣가 어디를 둘러봐도 전쟁의 흔적은 보이지 않았다.

상호는 따끈따끈한 단팥빵을 사서 주머니에 챙겼다. 아내가 좋아하는 단팥빵이다. 부두에서 작은 고개 하나를 넘으면 아내가 기다리고 있는 집이다. 집으로 가기 전에 남도 아주머니의 질펀한 사투리도 그립고 고향 소식도 미리 들을 겸 선착장 막걸리 집에 들어갔다. 문을 열고 들어서는 상호를 멀끔히 바라보던 아주머니가 뒤늦게 사람을 알아보고 반갑게 맞이한다. 전쟁터 징용으로 끌려나간 사람이 멀쩡하게 살아왔으니 놀라운 모양이다.

"아니, 이게 누구여! 징용에 나갔다는 최 씨 아니더라고?"

"아주머니, 안녕하셨어요? 오랜만입니다."

"나는 안녕하구만이라. 근디 최 씨는 그동안 몸이나 성했소 잉?"

"보시다시피 건강합니다. 얼른 막걸리 한 사발 주시오."

"여부가 있소. 그란디 쪼까 기다리시오. 나가 얼릉 찌개 하나 끓일랑께."

술청을 둘러봤다. 송판으로 만든 탁자가 드럼통으로 바뀌었을 뿐 옛 모습 그대로다. 담배 한 개비를 뽑아 물었다. 생사를 오가던 전장에서도 맛나게 피웠던 화랑 담배다. 알맹이가 빠져나간 담배를 손등에다 톡톡 두드려 불을 달아 물었다. 찌개를 끓이던 아주머니가 조심스럽게 입을 뗐다.

"나가 이런 말 해도 될랑가 모르겠는디, 거기 아줌씨는 집에 없을 거인디요."

"......"

말귀를 못 알아들은 상호가 아주머니를 멀거니 쳐다봤다.

"참 딱한 일이기도 하고요 잉."

"아주머니, 무슨 말씀을 하시는 게요?"

"댁의 아줌씨 야기를 하고 있구만. 댁의 아줌씨가……"

"우리 집사람이 왜요?"

"최 씨 아줌씨는 집에 안 계실 거만이라. 며칠 전에 경찰서에 끌려갔다는 소문이 돌던디."

"집사람이 경찰서에? 왜요?"

"글씨, 나도 잘은 모르것소만, 들리는 소문으로는 인민군 아들 때문이랍디요."

가슴이 쿵 내려앉았다. 그러면 유심이가? 인민군을 따라갔다는 유심이가 돌아왔단 말인가? 그동안 어디서 뭘 하다가? 마음이 급해졌다. 한가하게 막걸리 집에서 뭉그적거릴 때가 아니다. 피우던 담배를 비벼 끄고 일어섰다.

"바빠서 이만……."

"워메, 술안주 다 되 는디 들고 가더라고 잉."

아주머니가 문을 열고 나서는 상호를 잡았다.

"아따, 갈 때 가더라도 막걸리는 들고 가야제. 생선찌개도 다 끓었는디."

마음은 급하지만 아주머니 이야기를 먼저 듣고 일어서는 것이 순서라는 생각이 들었다. 열었던 문을 도로 닫고 엉거주춤 엉덩이를 걸치고 앉았다. 아주머니가 생선찌개를 들어다 놓고 대접이 넘치도록 술을 따랐다.

"한 잔 쭈욱 들이키씨요. 나가 시방부터 이야기를 해줄 텡께."

덜컥 겁부터 났다. 아주머니 입에서 무슨 말이 나올지 무서웠다. 이 난리통에 경찰서에 잡혀갔으면 인민군에 부역한 일일 게다. 아주머니가 권하는 막걸리를 단숨에 들이켰다. 그래도 속이 안 차는 바람에 자작으로 두 잔을 더 들이켰다. 빈속에 술이 들어가니 금방 얼얼해졌다. 얼굴이 불콰해진 상호가 아주머니에게 말했다.

"아주머니, 내가 묻는 말에 거짓 없이 말해주시오."

"그러지라. 묻고 잡은 말이 있거든 얼릉 물어보드라고 잉."

"집사람이 경찰서에 잡혀간 이유가 뭣이오?"

"그것까지는 모르것소만, 하여간에 사기막골에 난리가 났지 뭣이여. 군인들이 새카맣게 몰려가고 총소리가 딱따쿵 나고 난리가 났부렀당께요."

"잡혀간 이유를 묻잖소."

"소문에는 빨갱이 아들을 감췄다 그런 말이 돌더만이라."

"누가 빨갱이오?"

"인민군 아들이 왔다는 소문이 났당께요."

상호가 우려했던 일이 사실인 모양이다.

"잡혀간 날짜가 언제요?"

"한 열흘쯤 됐을랑가 모르겠소."

"그 뒤로는 어찌 됐소?"

"그건 나도 모르요."

유심이 왔었다면? 상호는 마음이 급해졌다.

"그런데 한 가지만 더 물어봅시다."

"말씀해보씨요."

"그 아이가 어디에 있었답디까?"

"소문에는 토굴을 파고 숨었다 하더만."

"토굴을 팠다고?"

"나가 그렇게 들었소만. 뭣이 잘못됐당가 고것이?"

"아니오. 나는 이만 일어나야겠소."

상호가 서둘러 일어섰다. 내 눈으로 확인해야겠다. 한사코 마다하는 술값을 아주머니 손에 쥐어주고 문을 나섰다. 집으로 가는 길은 몸에 익었다. 어둠이 깔렸을 뿐 몸이 찾아가는 길이다. 집이 내려다보이는 언덕에 올라섰다. 아내가 기다리고 있을 것을 생각하니 가슴이 뭉클해졌다. 그러나 언덕에서 바라본 상호네 집은 희미한 달빛만 고즈넉할 뿐 불빛이 없다. 역시 그랬구나, 아내가 잡혀갔다는 말이 사실인 모양이다. 그러나 눈으로 직접 보기 전에는 믿을 수 없었다. 내리막길을 한걸음에 내달렸다.

"여보, 내가 왔소!"

상호가 방 문을 열었다. 빈방이다. 빈방은 고사하고 온갖 세간들이 어지럽게 흩어져 있었다. 부엌문을 열었다. 밥그릇과 수저가락이 어지럽게 흩어지고 솥뚜껑은 부엌 바닥에 내동이쳐졌다. 마당을 내려서며 장독대를 둘러봤다. 오밀조밀 꾸며놓았던 장독이 깨져 된장, 간장이 쏟아지는 난장판이 벌어졌다. 도대체 누가 왜? 상호 눈에서 불이 일었다. 그 순간 장독대 뒤편 산비탈에 파인 커다란 구멍이 눈에 들어왔다. 막걸리 집 아주머니가 말하던 토굴인가? 어지럽게 흩어진 수숫대를 걷어내고 굴 속으로 들어갔다. 사람이 깔고 누웠던 이부자리가 있고 불을 켰던 양초 토막과 소소한 일용품들이 흩어져 있었다. 밥을 먹고 잠을 자도록 만들어진 토굴이다. 토굴은 길었고 알뜰하게 만들어졌다. 백 걸음도 넘게 만들어진 토굴을 끝까지 걸어갔다. 바닷가로 이어진 출구를 나선 상호는 망망대해의 철썩이는 파도를 바라보며 생각에 잠겼다.

집으로 돌아오는 상호 정수리를 희끄무레한 달빛이 따라오고 있었다. 넋을 놓고 마루에 걸터앉았다가 깜빡 졸았다. 꿈속에서 흰 수염이 치렁치렁한 노인을 만났다.

"모두가 너희의 악업이다. 그래서 업보는 잔인한 것이거늘."

"도사님, 도사님, 저기요!"

도인의 그림자는 바람처럼 사라지고 깜빡 잠에서 깨어났다.

업보라고? 무슨 업보? 전생의 나와 현생의 나는 서로가 다른데 내가 왜? 그리고 또 내가 받을 업보라면 내가 받아야지 왜 아내에게 이런 고통을 준단 말인가. 정신이 번쩍 들었다. 앞으로 닥쳐올 무서운 일들이 머릿속에서 맴돌았다. 허기가 들었다. 주머니를 뒤져 빵을 꺼냈다. 싸늘하게 식어버린 단팥빵을 까칠한 입으로 씹었다. 뿌리를 알 수 없는 눈물이 볼을 타고 흘렀다. 달달한 단팥고물이 모래알처럼 입 안에서 서걱거렸다. 아내가 먹을 단팥빵을 꾸역꾸역 씹었다. 그래서 삶은 구차하고 모진 것이며, 배고픔은 호랑이보다 무서운 것이다.

부둣가 술집에서 얻어들은 이야기는 모두 사실이었다. 토굴이 그렇고, 무엇보다 확실한 것은 아내가 경찰서에 잡혀갔다는 사실이다. 범에 물려가도 정신을 차리라 했는데……. 마음을 추스르고 일어섰다. 엉망으로 흐트러진 집 안팎을 정리했다. 부엌에 뒹굴고 있는 세간을 제자리에 돌려놓고 안방이며 건넌방 구들을 수습했다. 마당에 흩어진 온갖 잡동사니를 쓸어모아 불에 태웠다. 쓰레기 태우는 모닥불이 작은 마을을 환하게 밝혔다. 하릴없이 지게 작대기를 부지깽이 삼아 모닥불을 들쑤시고 앉았다. 머릿속이 복잡했다. 온갖 생각이 꼬리를 물고 일어났다 사라졌다. 당장 아내가 끌려간 경찰서로 달려가고 싶지만 배편이 끊어진 지 오래다. 초점 흐린 눈으로 모닥불을 들여다보고 앉아 있는 상호 앞으로 인기척이 났다. 이웃집 권 씨 아주머니다. 반갑기도 하고 서럽기도 했다.

"이게 누구여! 최 씨 아니랑가?"

"아주머니, 안녕하셨어요?"

"그동안 얼마나 고생하셨소. 몸이나 성했는지 모르것소 잉."

"나야 편케 있다가 왔지만 집사람이 안 보이네요. 우리 집사람 어디 갔어요?"

"이야기하면 길지라. 그랑께 그게 뭣이냐……."

권 씨 아주머니가 뒷말을 잇지 못한다. 마음을 추스른 권 씨 아주머니가 그동안 일어났던 무서운 일들을 늘어놓았다. 이제 주인이 돌아왔으니 다행이라며 눈물을 보였다. 아주머니 손을 잡고 있는 상호의 눈에도 눈물이 비쳤다. 내 아내는 어디 가고 왜 당신 혼자 남았냐고 원망이라도 하고 싶었다.

사건이 벌어지기는 열흘 전이다. 군인이며 경찰들이 몰려와서 함부로 총을 쏘고 집 안을 뒤집어놓았다. 그 난리통에 권 씨 아주머니 네 집도 수색을 당했고, 그들은 심지어 뒷간까지 뒤졌다. 마지막 판에 유심이 숨었던 토굴이 발각되고, 아들을 숨긴 죄를 씌워 분이를 잡아갔다. 다리가 불편한 분이를 수갑을 채워 끌고 갔다. 권 씨 아주머니께는 남편이 오거든 소식을 전하라며 당부하고 끌려갔단다. 그래도 남편이 살아왔으니 다행이라며 권 씨 아주머니가 눈물을 찍어 냈다. 목이 메어 말을 잇지 못하는 권 씨 아주머니를 오히려 상호가 위로해야 했다. 밤이 이슥하도록 이야기는 계속됐다. 구구절절 가슴이 막히는 증언이었다. 살아생전에 이 원수를 갚지 못하면 살아도 산 목숨이 아니요, 죽어서도 끝내 저승에 갈 수 없는 원한이 될 것이다. 하늘이 두 쪽 나도 아내의 원한을 갚겠다고 어금니를 갈아 물었다.

자정을 넘긴 시각에 권 씨 아주머니가 돌아가고 방구들에 등을 붙이고 누웠다. 그래도 모진 잠이 찾아왔다. 얼마나 잤을까, 창문이 희미하게 먼동이 텄다. 이부자리도 없는 구들에서 입은 옷 그대로 잠에 떨어졌다. 쌀독을 긁어내서 밥을 지었다. 손수 지은 밥 한 그릇을 아내에게 먹일 참이다. 하얀 이밥을 주발에 퍼 담고 권 씨 아주머니가 들고 온 씀바귀 장아찌를 반찬으로 챙겼다. 정갈한 수건으로 밥그릇을 싸서 허리춤에 꿰찼다. 가는 동안이라도 밥이 식을까봐 이중 삼중으로 싸맸다.

완도로 나가는 첫 배는 한산했다. 바다가 잔잔해서 뱃길이 편했다. 아내에게 먹일 밥그릇을 보듬어 안고 경찰서 초병에게 용무를 말했다. 잠시만 기다리라더니 소식이 없다. 이른 아침에 왔는데 점심시각이 훌쩍 지나도 소식이 없다. 애틋하게 품고 온 밥그릇은 오래 전에 식어버렸다. 아내에게 따뜻한 밥을 먹이기는 글렀다. 마음은 한시가 급한데 계속 기다리라는 말뿐이다. 고의적으로 면회를 안 시키려는 수작이 분명했다. 그러나 이대로 물러날 수는 없다. 초병이 한눈을 파는 사이 유치장으로 달려갔다. 유치장 간수는 사정도 듣지 않고 사람을 밀쳐냈다. 상호가 사무실 바닥에 벌러덩 드러눕자 간수가 달려들어 문 밖으로 끌어냈다. 다시 들어갔다. 고래고래 소리를 지르며 면회를 시키라고 난동을 부렸다. 그때 정복을 차려입은 경찰관이 들어섰고 유치장 간수가 후다닥 경례를 올려붙였다. 정복 어깨에 커다란 무궁화가 달린걸 봐서는 계급이 높은 사람인 모양이다.

"근무 중 이상 없음."

"왜 이렇게 시끄러워?"

"별일 아닙니다."

"별일 아니라니, 이 사람은 뭐야?"

"유치장 면회 온 사람입니다."

"면회 왔으면 시켜주면 되잖아."

"그게 좀……."

기회를 보던 상호가 달려나갔다.

"선생님, 제 아내가 유치장에 갇혀 있습니다. 면회 좀 시켜주십시오."

"아내 이름이 뭐요?"

"분이라고 합니다."

"분이라고? 그 청산도 빨갱이? 안 돼!"

"부탁입니다. 한 번만 만나게 해주십시오."

"당신 마누라는 빨갱이야!"

"집사람은 빨갱이가 아닙니다. 제발 만나게 해주십시오."

"안 된다면 안 되는 줄 알아! 어이 김 순경, 이 사람 끌어내!"

"선생님, 부탁합니다. 한 번만 만나게 해주십시오."

"당신 아들 유심인가 뭔가 하는 빨갱이 때문에 몇 사람이 죽었는지 알아? 김 순경, 뭘 꾸물거리고 있어! 이 사람 내치지 않고."

아내의 면회는 처음부터 불가능했다. 고문으로 분이의 다리를 부러뜨린 경찰이 면회를 시킬 리가 없다. 그러나 거기서 멈출 수는 없다. 전쟁 노무자로 나가서 죽을 고비를 숱하게 넘기고도 꿋꿋이 살아왔는데 여기서 물러설 수는 없다. 당장 아내 면회는 못했지만 그래도 포기하지 않았다. 어차피 안 되는 일이라면 장기전으로 가야했다. 그날은 일단 물러났다. 그 다음 날도 또 다음 날도 상호는 유치장으로 매일 아침 출근했다. 유치장 간수가 출근하면 상호도 출근하고, 퇴근하면 따라서 퇴근했다. 그러나 굳게 닫힌 유치장 문은 끝내 열리지 않았다.

18. 입산

회문산은 전라북도 임실군과 순창군이 경계를 맞대고 있는 남도 지방의 명산이다. 그러나 아무리 명산대처라 해도 정권의 대척점(對蹠點)에 서 있는 반군의 소굴이 되어 있으니 뜻 있는 사람들의 마음을 안타깝게 했다. 유심이 입산한 회문산은 남한 지역에서 활동하고 있는 빨치산 총본산이 자리 잡고 있어서 부근 일대에 극심한 치안 불안을 불러왔다. 그들은 일정 지역을 해방구로 만들어 인공기를 내걸고 적군 행정을 펼치는가 하면, 타 지역으로 거점을 넓혀가면서 반정부 투쟁을 벌임으로써 대한민국의 치안을 심각하게 유린했다. 이들의 대부분이 전쟁의 뒤끝에서 후퇴하지 못한 낙오병이거나 적군 치하 부역에 앞장섰던 자생 빨치산들이다. 이들이 대거 산으로 들어가면서 태백산과 소백산에 접해 있는 일부 산간지역에서는 빨치산의 준동이 무법천지를 이루고 있었다. 사태가 여기에 이르자 빨치산 토벌작전에 투입된 경찰의 인명손실은 눈덩이처럼 커졌고, 이로 인한 치안 불안 현상이 전국으로 번져나갔다. 전쟁이 소강 상태에 들어가자 정부에서는 일차적으로 빨치산 총사령부가 위치한 회문산 지구에 정규 병력을 투입키로 결정했다.

경찰의 추적을 따돌린 유심이 회문산에 도착한 시점은 그로부터 일주일 후였다. 회문산은 처음 찾아가는 길이지만 세밀하게 작성된 작전지도 덕분에 쉽게 찾을 수 있었다. 등산객으로 변장하고 산속으로 들어가면 빨치산 대원을 만날 것이라는 막연한 기대를 하면서 정상으로 올라가는 계곡을 따라 무작정 걸었다. 들어갈수록 계곡은 깊었고 숲은 어두웠다. 입구에서 본 회문산은 여느 산과 다를게 없었으나 남한지역 빨치산의 총본산이라는 생각 때문인지 분위기조차 으스스하게 느껴졌다. 금방 어디선가 총을 든 빨치산이 불쑥 나타날 것처럼 긴장되었다. 발걸음을 옮겨놓으며 사전에 공부해놓은 빨치산의 3대 원칙을 되뇌었다. 움직일 때 소리 안내기, 이동할때 능선 안타기, 비상시에 불 안 피우기. 이 세 가지 원칙이 빨치산이 지켜야 할 행동수칙이다. 이런 금기사항은 언제나 은밀하게 움직이는 것이 생명인 빨치산대원들이 몸으로 익혀야 하는 수칙이다.

대원들은 피아가 구별 안 되는 야간이나 적의 숨소리가 들리는 코앞에서도 눈썹 하나 까딱하지 않는 대담성을 길러야 한다. 은밀히 움직이는 야간 작전에서 소리를 내거나 불빛을 보이는 행동은 곧 죽음이요, 작전의 실패로 이어지기 때문이다. 산 능선 안 타기는 신속 정확히 움직여야 하는 대원들이 절대적으로 지켜야 하는 안전수칙이다. 깊은 밤 칠흑 같은 어둠 속이라도 하늘빛은 늘 희끄무레 살아 있기 때문에, 능선으로 움직일 경우 나뭇가지 사이로 스쳐가는 대원들의 행동거지 하나하나가 적에게 포착될 우려가 있다. 때문에 어떤 어려움이 따르더라도 흔적을 남기지 않고 자신의 그림자를 감출 수 있는 칠팔부 능선을 택하는 것이 야간 산행을 하는 빨치산의 수칙이다. 마지막 금기사항은 야간 불빛이다. 야간에 비밀스럽게 행동하는 대원들에게 최대의 금기사항은 불빛이다. 작은 담뱃불이라도 캄캄한 밤중에는 2킬로 이상 멀리 가기 때문에 절대로 불을 쓰면 안 된다.

그런 빨치산의 행동 준칙을 오늘 유심은 고의적으로 어겼다. 산행에서 금지된 담배를 연달아 피워 물었고 목청껏 노래도 불렀다. 한시라도 빨리 대원들에게 발각되기를 기대하는 마음에서 비롯된 행동이다. 얼마를 걸었을까? 널찍한 바위에 걸터앉아 지도를 꺼내놓고 지금의 위치를 파악했다. 아직은 반시간 이상 걸어야 한다. 계곡을 들어서면서부터 수월찮게 걸었으나 장군봉 정상은 멀기만 했다. 휘파람을 불고 김일성 장군 노래까지 불렀으나 어떤 반응도, 어떤 낌새도 느끼지 못했다.

다시 일어나 걸었다. 늙은 소나무가 듬성듬성 서있고 해묵은 산죽이 어른 키를 훌쩍 넘기는 소로 길로 들어섰다. 계곡 바닥에서 시작된 산길은 정상을 향하여 비스듬히 올라붙었다. 산죽을 스쳐가는 바람소리가 한여름 수수밭을 지나는 소나기처럼 들렸다. 산죽 길을 들어서자 얼굴에 거미줄이 달라붙고 썩은 나무 그루터기가 발길에 채였다. 거미줄 걷으랴 발길에 걸리는 나무뿌리 피하랴 부산하게 움직이는 그때 등 뒤에서 섬뜩한 느낌이 왔다. 머리끝이 하늘로 당기고 온몸에 소름이 와르르 끼쳤다. 눈에는 보이지 않아도 피부와 오감이 위험을 먼저 느꼈다. 뒤 돌아보기조차 무섭고 두려워서 그 자리에 걸음을 멈추고 담배를 붙여 물었다. 담배 연기를 길게 내뿜으니 조금은 진정됐다. 마음이 진정되자 다시 발걸음을 떼어놓는 순간 누군가 등허리에 총구를 들이댔다. 드디어 올 것이 왔다!

"암호를 말하라."

낮고 묵직한 목소리다. 암호는 전장의 생명이다. 그러나 유심은 저들의 암호를 알 리 없으니 자신의 신분을 먼저 밝힐 수밖에 없다.

"동무들, 수고하시오, 나는 유심이란 사람이오. 이현상 사령관을 찾아가는 길이오. 안내를 부탁하오."

"……"

응답이 없다. 어쩐지 불안하다. 다시 한 번 자신을 강조했다.

"나는 완도군 선전선동 책임자 유심이란 사람이오. 회문산 유격대로 합류하라는 당의 지령을 받고 왔소."

"몸수색을 하겠소. 손을 들고 뒤로 돌아서시오."

빨치산 초병은 두 명이다. 형체는 사람이지만 거지보다 못한 차림새다. 유심이 다리 밑 거지생활을 할 때도 이 정도는 아니었다. 수세미처럼 헝클어진 머리칼을 칡으로 동여매고 새카만 땟국이 꼬질꼬질 흐르는데 이빨만 하얗다. 그 중 한 명이 총을 겨누고 다가서자 생선 찌든 비린내가 코를 찔렀다. 입은 채 잠을 자고 빗물로 목욕하며 산짐승처럼 살았으니 그럴 수밖에 없다. 말로만 듣던 빨치산의 비참한 몰골을 대하면서 코를 막고 고개를 돌렸다. 초병들이 유심의 몸을 더듬으며 수색했다. 작전도면 한 장과 종군기자증, 그리고 사진 한 장이 소지품의 전부였다.

"이건 남조선 기자증 아니오?"

"아, 그건 신분위장용 가짜요."

"사진 속 여인은 누구요?"

"우리 어머니요. 그리고 어린 아이는 나 어릴 때 사진이오."

"더 이상 숨기는 것은 없소?"

"없소. 앞으로 동무들과 같은 일을 할 사람이니 잘 봐주시오."

"사령관실로 안내하겠소. 따라오시오."

한 명이 앞장을 서고 또 한 명이 총을 겨누고 따라왔다. 말이 좋아서 사령관실이지 토굴을 파고 거적으로 지붕을 얽어놓은 움막이다. 한때는 4만여 명에 달하는 대부대를 거느렸으나 포격과 공습 때문에 철저하게 파괴된 나머지다. 사령관의 첫 인상은 시골 초등학교 선생님 같고 털털한 이웃집 아저씨 같았다. 유심이 사령관 앞으로 불려나가 입산을 신고했다.

"완도군 선전선동 책임자 유심이 입산을 신고합니다."

"동무가 유심이란 동무요?"

"네, 그렇습니다."

"이현상이오. 동무의 입산을 축하하오. 비서 동지는 어디 가고 혼자요?"

"평양 복귀 도중에 양키 놈들의 기총소사로 전사했습니다."

"군당 책임비서 동무와 함께 유격대에 합류한다는 사실은 알고 있었소. 예정 기한이 지나도 동무들이 입산하지 않아 사고자로 처리되었소. 뒤늦게 동무 혼자라도 입산하였으니 많은 활동을 기대하오."

다행으로 유심의 그간 행적을 묻지 않았다. 안도의 가슴을 쓸어내렸다.

"동무는 산악전투를 해본 경험이 있소?"

"실전 경험은 없지만 북조선 초대소에서 충분히 경험했다고 자부합니다."

"공화국에서 어떤 훈련을 받았소?"

"모래주머니를 차고 하룻밤에 백 리를 달리는 야간 산악 훈련이 특별히 기억에 남습니다."

"훌륭하오. 그 훈련 경험을 되살려 실전에 힘써주기 바라오."

"조국과 인민을 위하여 복무하겠습니다."

"입산하느라 수고하셨소. 안내원 동무를 따라가 쉬도록 하시오."

유심이 안내원을 따라간 들어간 곳은 대원들이 은신처 겸 숙소로 쓰고 있는 지하 벙커였다. 한 사람이 겨우 빠져나갈 수 있는 바위 틈을 비집고 들어가자 굴피로 얽어놓은 출입문이 나타났다. 문을 열자 축축한 공기가 훅 얼굴에 끼쳤다. 방 안은 서너 사람이 앉으면 어깨가 닿을 정도로 비좁았고 너덜너덜한 가마니 쪽이 바닥에 깔렸다. 대낮인데도 방 안이 컴컴하여 사물 분간이 어려웠다.

"편히 쉬십시오."

유심이 용무를 마치고 돌아서는 안내원을 붙잡았다.

"바쁘지 않으면 이야기 좀 합시다."

"무슨 이야기를 듣고 싶습니까?"

"앞으로 잘 부탁합니다."

"동무와 나는 격이 다르기 때문에 만날 날이 별로 없을 거요!"

"격이 다르다니 그게 무슨 말이오?"

"차차 알게 될 겁니다."

돌아서는 안내원을 붙잡아 자리에 앉히고 담배에 불을 붙여 내밀었다. 안내원 표정이 금세 밝아졌다. 산중에서는 좀체 볼 수 없는 담배 한 개비에 마음이 돌아선 것이다. 담배연기를 길게 내뿜는 안내원 얼굴이 그렇게 행복해 보일 수가 없었다.

"정말로 궁금해서 그러는데, 격이 다르다니 그게 무슨 말이오?"

"동무는 여기도 계급이 있다는 사실을 모르시오?"

"계급이 있다고?"

"여기는 분대장급 이상 간부들이 기거하는 숙소요."

"그러면 내가 분대장급이라는 말씀이오?"

"사령관 동지가 그렇게 결정했으니 이 숙소로 배치한 게 아니겠소."

"그러면 다른 동무들은 어디서……."

"대원들이 은신하는 비트는 따로 있고 비밀통로가 연결되어 있소. 긴급 상황이 발생하면 즉시 대피할 수 있도록 요새화되어 있다 그 말이오."

"그런데 격이 다르다는 말은……."

"동무는 어째 말귀가 그렇게 어둡소? 지휘관급 이상 동무들은 하급대원들과 숙식을 함께 하지 않는다 그 말이오."

"생사를 함께하는 대원들인데 틈을 갈라서 뭘 하겠다는 거요?"

"그걸 왜 나한테 묻소?"

모든 조직에는 조직을 통솔하는 지휘자가 있다. 그것이 군사 조직이라면 엄한 명령과 절대적인 복종만이 승리를 쟁취할 수 있다. 그래서 빨치산 조직은 규율과 책임의 한계를 엄격히 구분하는 것이다. 그즈음 전선에는 패전의 그림자가 어른거리면서 중앙당 지원이 끊어지고, 국군의 토벌작전 등으로 빨치산 대원들의 사기가 말이 아니었다.

유심에게 배속된 대원은 부상병이거나 불구자였고, 그중 한 명은 정신이 온전치 못한 여자 대원이었다. 대원들의 면면을 살펴보자면, 총상으로 다리 하나를 쓰지 못하는 27살 총각 김덕삼, 동상 때문에 손가락 발가락이 떨어져나간 31살 곽수돌, 좋을 때는 모범대원이지만 성질이 나면 멧돼지처럼 물불을 가리지 않는 25살 김팔수, 전라남도 화순군 이서면에서 마름을 죽이고 입산한 소작농 출신 40살 정동기, 먼저 입산한 애인을 찾아왔다가 주저앉은 19살 처녀 우경희. 도합 다섯 명이 유심의 직속 대원이다.

비트에서 아득하게 내려다보이는 들판이 누렇게 익어가는 가을이다. 곡식이 가득한 들판을 바라보고 있으면 저절로 배가 불러오는 느낌이 든다. 그러나 빨치산들의 뱃속은 언제나 허전하다. 보급 투쟁이 성공적인 운 좋은 날이면 주먹밥이라도 구경하지만 그렇지 않으면 맹물에 간장을 타서 마시거나 며칠씩 굶는 일은 몸에 익었다. 언젠가 보급 투쟁에 나간 대원이 밥을 얻어먹고 잠이 들었다가 체포된 사고가 있었다. 굶주린 뱃속에 밥이 들어가니 식곤증을 이기지 못하고 곯아떨어졌다가 변을 당한 것이다. 그 이후 식량 보급 투쟁에 나선 대원들은 밥을 먹으면 안 되는 규칙이 정해졌다.

동이 트는 새벽녘에 초병근무를 마친 김덕삼 대원이 불편한 다리를 이끌며 비트로 돌아왔다. 생선 삭는 비린내가 코를 찔렀다. 한 번 입은 옷을 벗지 못하고 여름 한철 개울물을 만나야 몸을 씻으니 설익은 젓국 냄새가 날 수밖에 없다. 즐풍목우(櫛風沐雨), 빗물로 목욕하고 바람결에 머리 빗는 낭만(?)이 아니라 죽음의 그림자를 상시로 짊어지고 다니는 빨치산의 일상이다. 측은한 마음이 발동하여 김덕삼의 손을 더듬어 잡았다. 깜짝 놀란 김덕삼이 몸을 일으켰다.

"아비 같은 사람이오. 그냥 누우시오."

김덕삼이 일으켰던 몸을 다시 눕혔다.

"덕삼 동무는 고향이 어디요?"

묻는 말이 떨어지기 전에 코 고는 소리가 났다. 피로와 배고픔이 한꺼번에 몰려와 잠에 떨어진 것이다. 김덕삼은 경상남도 거창 출신이다. 전쟁 이전에 입산해서 지리산으로, 덕유산으로 소속을 옮겨가며 산중 생활을 하고 있다. 입산 경력으로 본다면 분대 지휘관급이지만 총상을 입어 한쪽 다리를 못 쓰는 불편한 몸으로 초병근무에 만족해야 했다. 빨치산의 진중 생활은 여유가 없다. 인간이 누리고 살아야 하는 최소한의 여유도 없다. 밥이 없고 잠이 없다. 시간이 없고 생각이 없으며 약이 없고 건강이 없다. 건드리면 터질 것 같은 일촉즉발의 위험에 노출되어 일신의 안위를 돌아볼 겨를이 없다.

구석 자리에서 죽은 듯이 널브러져 잠이 든 우경희 대원에 눈길이 갔다. 그녀는 남도 명산 월출산이 있는 전라남도 영암군 구림마을 출신이다. 일찍이 백제의 개화된 문물을 일본에 전수한 왕인박사의 유적지가 위치한 유서 깊은 고장이다. 지난겨울 식량보급 투쟁에 나섰던 애인을 잃고 정신줄을 놓아버린 처녀 대원이다. 세상의 모든 남녀처럼 평범하게 살아갈 인생인데 잘못된 발걸음 때문에 인생 행로가 바뀌었다. 북에 두고 온 딸아이 영옥이와 성희가 생각났다. 딸아이들이 살아 있다면 또래일 텐데 가슴이 아려왔다.

맞아죽고 굶어죽고 얼어죽는 것이 빨치산의 운명이라지만, 그 가운데 가장 어렵기로는 배고픔이다. 먹거리가 부족한 산속에서 칡뿌리는 좋은 식량이다. 살이 통통하게 오른 칡뿌리를 캐서 전분을 만든다. 곱게 빻은 칡가루를 베주머니로 눌러 짜면 전분이 추출된다. 그 전분 가루를 햇빛에 말렸다가 식품으로 쓰면 당장 급한 허기는 면한다. 소나무에 물이 오르는 3~4월에 송기를 벗기면 무두질하지 않은 쇠가죽처럼 질긴 송기를 얻는다. 그 송기를 말렸다가 부드럽게 찧어서 쌀을 넣고 죽을 쑤면 송기죽이다. 독성이 없고 속살이 부드러워 먹기는 좋지만 많이 먹으면 탈이 난다. 소화가 잘 안 되는 송기 때문에 변비가 따라오고 증세가 심하면 꼬챙이로 꺼내야 하는 고통을 감수해야 한다. 똥꾸가 찢어지게 가난하다는 말이 여기서 비롯됐다.

또 한 가지! 산에서 구할 수 있는 복령이라는 약제가 있다. 회문산은 천마봉, 깃대봉으로 이어지는 고만고만한 산봉우리들이 어깨를 기대고 있다. 장군봉과 마주보는 깃대봉에는 전쟁이 나기 훨씬 이전에 소나무를 벌채한 그루들이 널려 있다. 소나무 그루터기에서 흘러내린 송진이 땅속에서 엉켜 만들어진 것이 복령이다. 약이 없는 산중에서 웬만한 배탈에는 효과를 볼 수 있는 좋은 비상약품이다.

빨치산의 첫 번째 생활수칙은 은밀하게 행동하고 자신의 존재를 드러내지 않는 것이다. 싸리나무와 자작나무 껍질은 연기가 나지 않아서 밥을 짓거나 난방 할 때 긴요하게 쓰인다. 비가 내리는 우중에도 불을 피울 수 있는 천혜의 땔감이다.

"빨치산 대원의 행동수칙을 어긴 김팔수 동무에게 근신 일주일을 명한다."

이현상 사령관이 징계위원회에서 내린 판결이다. 김팔수는 모범 대원이다. 보급 투쟁에서는 언제나 앞장을 섰고 남이 싫어하는 일도 도맡아 해치웠다. 오늘 판결은 김팔수 대원이 동료를 구타하여 이빨을 부러뜨린 사건에 대한 벌칙이다. 빨치산 대원의 근신은 비트에 들어앉아 자아비판 하는 일이다. 햇빛 한 점 없는 지하 벙커에 들어앉아 일주일을 견디기란 엄청난 고역이다.

징계가 풀리는 날 유심이 김팔수와 마주 앉았다.

"팔수 동무, 왜 그랬소?"

"동무에게는 할 말이 없습니다."

"모범 대원이 사고를 치다니 말이 되오?"

"의용군 주제에 건방지게 군다고 욕하는 바람에 몇 대 쥐어박았지요."

"동무가 의용군 출신이오?"

"의용군에 끌려갔다가 엉겁결에 입산했소."

"동무 고향이 어디요?"

"고향이오? 가지도 못할 고향인데 그따위 건 왜 묻습니까?"

"동무가 왠지 동생 같은 느낌이 들어서……."

"전라남도 완도군 청산도란 곳입니다."

"청산도라고?"

유심이 깜짝 놀랐다. 무릎을 바짝 세우며 다가앉았다.

"나도 청산도가 고향이오."

"동무는 이북 사람이라고 들었는데?"

"거기는 사정이 있어 잠시 살았던 곳이고, 진짜 고향은 청산도요."

"내가 청산도에서 나고 자랐지만 동무를 본 적이 없는데……."

"동무가 살던 동네 이름이 뭣이오?"

"사기막골이오."

"몇 집이 살았소?"

"세 집이오. 마을에서 제일 안쪽에 있는 집이 우리 집이고, 가운데 집에는 팔십이 넘은 사복수 할아버지 내외가 살았소. 그리고 바닷가 끝집에는 분이라는 아주머니가 옹기장이 최 씨 아저씨와 살았는데, 그 집 아들 최정승이가 나의 꾀복쟁이 불알친구요. 청산도에서 같은 초등학교를 다녔는데, 소문으로는 국군에 들어가서 장교가 됐다고 하더구만."

유심이 김팔수를 와락 껴안았다.

"동무가 말하는 그 아주머니가 우리 어머니요!"

"……그러면 동무가 최유심이오?"

"아니, 그냥 유심이라고만 하오."

"내 친구 정승이는 최 씨인데……."

"그 이야기는 나중에 하기로 하고, 고향에는 누가 있소?"

"울 어메가 혼자 있소. 자나깨나 아들 돌아오기를 빌고 계실 거구만이라. 그래서 나는 빨리 돌아가야 허요. 나는 반드시 살아 돌아가서 나를 이렇게 만든 구장을 반드시 처단하고 말 것이오."

"몸 성히 있다가 엄니에게 돌아가도록 하시오. 나도 동무가 무사히 돌아가기를 돕겠소."

김팔수 동무를 위로하고 돌아서니 마음 한 구석이 뻥 뚫린 것 같다. 인민군이 권토중래(捲土重來)하여 전승하기를 기대해보지만 이쪽도 저쪽도 감당하기 어려운 유심으로서는 한낱 꿈에 지나지 않았다.

토벌군의 공격이 임박했다는 정보를 입수하고 대비에 여념이 없는 어느 날, 사령관이 유심을 찾았다. 사령관이 사사로이 대원을 찾는 일은 드물다. 무너진 아지트를 보수하느라 흙 만지던 손을 대충 씻고 사령관 집무실로 들어갔다. 이현상 사령관이 반갑게 맞이했다.

"유심이 동지, 어서 오시오. 그래 산중 생활이 어떻소?"

"좋습니다."

"동지의 모범적인 생활을 눈여겨보았소. 우리의 투쟁도 끝이 보이는데 끝까지 최선을 다해주기 바라오."

"물론입니다."

"김팔수 동무 때문에 보자고 했소. 김팔수 동무와 동향이라고 했소?"

"예, 저도 그렇다고 알고 있습니다."

"김팔수 동무가 또 실수를 했소. 김팔수 동무는 빨치산 전사로 복무하기에는 문제가 있는 대원이오. 걸핏하면 대원들과 싸우고 기물을 함부로 부수고 행동에 규율이 없소. 이번 폭행사건도 엄벌해야 하지만 상황이 엄중할 뿐 아니라 동지의 부탁이 있고 해서 가벼운 징계로 그쳤소. 동무가 좋은 방향으로 선도해주기 바라오."

"여부가 있겠습니까. 재발하지 않도록 선도하겠습니다."

"그리고 동지의 산중 생활은 어떻소?"

빨치산 투쟁 생활을 몰라서 묻는 말이 아니다. 속마음을 떠보려고 그러는가? 그렇다면 무슨 대답을 해야 할까? 이내 마음을 정한 유심이 단호하게 대답했다.

"성스러운 빨치산 투쟁에서 고달픔은 감수해야 한다고 생각합니다."

"그렇다면 다행이오. 동무만 믿겠소."

"당과 인민을 위하여 복무하겠습니다."

속마음과 다른 충성을 부르짖고 나니 정신이 얼얼하다. 구름 한 점 없는 가을 날씨다. 유심의 산중 생활을 물어보는 사령관의 마음에는 다른 뜻이 있을 법한데 자신의 속마음을 끝까지 털어놓지 않았다. 유심의 마음도 혼자만 알고, 사령관의 속마음도 혼자만 아는 영원한 비밀로 남겨두었다.

19. 작전

회문산 지구에 파견된 빨치산 토벌대는 육군 제1사단 소속 연대 병력이다. 지휘관은 최전방 보병사단에서 연대장을 역임한 최정승 중령이 보임됐다. 임지로 부임하는 최 중령이 말미를 내서 어머니가 계시는 청산도를 방문했다. 전쟁이 모든 것을 변화시켰지만, 그에게는 모든 것에 우선하는 것이 어머니다. 어릴 적에 떠난 청산도지만 낯이 익었다. 눈에 보이는 산과 바다가 그림처럼 아름다운 청산도. 바다 안개가 수묵화처럼 펼쳐지는 그리운 섬 청산도. 생각만 해도 그립고 보고 싶은 고향이다. 갈매기가 끼룩끼룩 물길을 따라왔다.

여객선이 부두에 닫자마자 한걸음에 내달려 어머니 집이 내려다보이는 고갯마루에 올라섰다. 고만고만한 초가집 세 채가 이마를 맞대고 엎드려 있다. 걸음을 재촉하여 마당에 들어선 최 중령은 깜짝 놀랐다. 세간 살림이 마당에 흩어져 있고 부서진 문짝이 바람에 덜컹거리는 폐가였다. 눈물이 핑 돌았다.

'내가 없는 동안에 어머니가 화를 입은 거다. 달포 전에 보낸 편지에 답장이 없더니 화를 당하셨단 말인가.'

찢어진 창호지가 바람에 너덜거리는 안방 문을 열었다. 모든 것이 엉망진창이 되어 있었다. 바람벽 여기저기에 총알 자국이 박혀 있고 제자리에 놓인 물건이 하나도 없었다.

'국방군 가족이라고 인민군 손에 화를 당하셨는가? 노무자로 징집됐다는 아버지는 아직도 돌아오시지 않았고?'

그런데도 까맣게 탄 누룽지가 솥바닥에 붙어 있는 것을 봐서는 얼마 전까지 밥을 끓인 흔적이 분명했다. 낙심천만, 마루에 걸터앉았다. 망연자실 그 자체였다. 먼 산을 바라보고 앉아 있는 최 중령 앞으로 하얗게 머리가 센 할머니가 다가왔다. 어디서 본 듯한 얼굴인데 얼른 생각이 나지 않았다. 피난 온 사람이거나 이웃 사람일 수도 있겠으나 어찌 됐건 눈에 설다. 피우던 담배를 비벼 끈 최 중령이 엉거주춤 일어섰다.

"할머니, 이 마을에 계십니까?"

"댁은 누구시오? 아무도 없는 빈집에서 뭣 하고 있당가?"

"이 집에 살던 사람인데요."

"이 집에 살던 누구란 말이오?"

"어릴 적 살았던 정승이라고요."

"……정승이라고! 군대에 나간 최 씨 아들 정승이라고?"

"할머니는 누구세요?"

"김팔수 엄니랑께, 김팔수 몰라?"

"아, 팔수 모친, 오랜만입니다."

"어디 보자, 참말로 정승인가 좀 만져보드라고."

김팔수 어머니가 달려들어 최 중령 얼굴을 쓰다듬었다.

"아이고 정승아, 너는 살아왔는데 우리 팔수는 어디 갔단 말이냐. 아이고, 이 일을 어쩌면 좋을 것이여."

"팔수가 어찌 됐다고요?"

눈물바람을 하던 팔수 어머니가 치맛자락을 뒤집어 팽하니 코를 풀고 말을 이어갔다.

"정승아, 내말 좀 들어보더라고. 인민군 시절에 젊은 놈은 의용군으로 잡아간다 해서 우리 팔수를 다락방에 숨기지 않았겠냐. 그란디 그 썩을 놈 때문에 우리 팔수가 잡혀갔다 그 말이제."

"누구 때문에 잡혀갔다고요?"

"동네 구장이란 놈이 군청에 일러바쳐서 의용군에 끌려갔지 뭣이여."

"그래서요?"

"우리 팔수가 의용군에 끌려간 뒤로 소식 한 자 없응께 고것이 죽은 목심 아니랑가."

"팔수 모친, 아직은 더 기다려봐야 합니다. 팔수는 똑똑한 사람이니 반드시 살아올 것이구만요. 걱정 마시고 기다려보세요."

"말대로 된다면야 오죽이나 좋을까 잉."

최 중령의 위로 말을 들은 팔수 어머니가 울음을 그치고 눈물을 닦았다.

"그런데 팔수 모친, 우리 어머니는 어디 가셨어요?"

"아이구야! 나가 시방 내 걱정 하느라고 잊어부렀구만. 이야그를 하자면 길제. 그래도 너한테는 해야 쓰것다."

팔수 어머니가 이야기를 시작했다. 유심이가 찾아와 토굴을 파고 숨었던 일이며, 군인들이 몰려와 집을 뒤지고 어머니를 끌고 간 이야기를 했다. 그리고 또 며칠 전에는 전쟁 노무자로 나갔던 아버지가 돌아왔다는 사실까지 보는 듯이 되새겼다. 최 중령 얼굴이 일그러졌다. 자리를 털고 일어서는 최 중령에게 팔수 어머니가 한 마디 보탰다.

"말하기는 뭣하지만…… 경찰서에 끌려간 너그 엄니가 많이 다쳤다더라."

"어머니가요? 왜요? 어떤 놈이 우리 엄니를……."

최 중령이 말을 잇지 못한다. 경찰서에 잡혀갔다면 짐작할 일이다.

"나가 직접 본 게 아니라서 뭣하지만, 소문을 들응께 너거 엄니 다리가 부러졌다더라. 정승이 니가 군에서 높이 있당께 좀 알아보는 것이 좋을 것이구먼."

최 중령이 경찰서가 있는 완도로 돌아온 시각은 야간 당직자만 근무 중인 늦은 시각이다. 정문을 지켜 선 초병이 최 중령 일행을 막고 나섰다.

"빨치산 토벌대장 최 중령이오. 유치인 면회를 왔으니 안내하시오."

"유치장 면회 시간이 끝났습니다."

"전시인데 시간이 어디 있나!"

"안 됩니다."

"말이 많구만."

부관이 초병을 제압하는 사이 유치장을 찾아 들어갔다. 꾸벅꾸벅 졸던 유치장 간수가 갑자기 나타난 국군 장교를 보고 부쩍 긴장했다.

"빨치산 토벌대장 최 중령이오. 유치인 면회 왔소."

"면회 시간이 끝났습니다."

"작전 중인데 시간이 어디 있나? 문을 여시오!"

"안 됩니다."

유치장 간수와 승강이가 벌어졌다. 아무래도 정상적인 절차로는 면회가 어려울 것 같다. 더구나 분이의 면회는 일절 금하라는 엄명을 받고 있는 유치장 간수로서도 어쩔 수 없는 노릇이다. 어머니의 면회를 거절당하는 순간, 최 중령은 어머니가 많이 다쳤다는 팔수 어머니의 귀띔이 문득 생각났다. 최 중령이 극도로 흥분해서 권총을 뽑아 들었다.

"유치장 문을 여시오!"

"과장님 허락이 없으면 안 됩니다."

"당신 죽고 싶지 않으면 빨리 열어!"

최 중령이 권총으로 간수의 이마를 조준했다. 세상만사 법이 막히면 주먹이 통하는 법이다. 깜짝 놀란 간수가 엉겁결에 유치장 문을 열었다. 비좁은 유치장 바닥에 낡은 모포를 덮어쓴 사람들이 빼곡하게 누워 있다. 유치장 간수가 이름을 불렀다.

"분이 씨 면회요, 나오시오."

"……."

대답이 없다. 다시 한 번 이름을 불렀으나 역시 대답이 없다. 기다리다 못한 간수가 안으로 들어가더니 한 여인을 부축하고 나왔다. 간수가 부축하고 나오는 여인은 머리카락이 흐트러져 사람을 분간할 수가 없었고 다리를 쓰지 못했다. 간수가 겨드랑이를 끼고 섰는데도 부러진 다리가 마룻바닥에 끌렸다.

최 중령이 간수에게 물었다.

"이 여인이 누구라고 했소?"

"분이라고 합니다만."

최 중령 눈에서 불꽃이 번쩍 일었다.

"어떤 놈이야? 우리 엄니를 이렇게 만든 놈이 어떤 놈이냐고!"

최 중령이 비명을 지르며 간수의 멱살을 움켜잡는 순간, 공교롭게도 사찰과장이 유치장에 들어섰다. 눈앞에서 벌어지는 상황이 심각함을 알아차린 사찰과장이 엉거주춤하게 최 중령에게 다가섰다.

"무슨 일이십니까? 제가 사찰과장입니다만."

"당신이야? 당신이 우리 엄니를 저렇게 만들었어?"

사찰과장이 머뭇거리자 간수를 겨냥하던 권총을 천장으로 돌리고 방아쇠를 당겼다. 탕! 탕! 두 발의 총성이 귀청을 때리고 매캐한 화약 냄새가 방 안에 퍼졌다. 사찰과장 얼굴이 사색이 되었고, 잠자던 유치장 사람들이 깜짝 놀라 일어났다. 최 중령의 호통 소리가 유치장을 쩌렁쩌렁 울렸다.

"빨리 말해! 어떤 놈이야? 어떤 놈이냐고!"

흥분한 최 중령이 고함을 질러댔다. 사찰과장이 손바닥을 비비며 최 중령 앞으로 나섰다.

"대장님, 진정하십시오. 사실은, 사실은 말입니다……."

사찰과장이 최 중령 앞에서 쩔쩔매고 있는 어색한 그 시각에 상황을 보고받은 경찰서장이 달려왔다. 상황이 긴박함을 알아챈 서장이 몸을 바짝 낮췄다.

"경찰서장입니다. 모든 것이 저의 책임입니다. 노여움을 푸시고 진정하십시오."

"이 사건 책임자가 누구요?"

"그야 사찰과장 소관입니다만……."

최 중령이 사찰과장 이마에 권총을 들이대고 안전장치를 풀었다. 건드리면 터질 것처럼 긴장된 순간 권총의 안전장치를 푸는 소리는 천둥보다 크게 울렸다. 사찰과장이 부들부들 떨었다. 여차즉하면 사람의 목숨이 결딴나는 상황이다. 중령 계급이면 전시 계엄령 하에서는 즉결처분권을 행사하는 고급 지휘관이다. 비록 계엄은 아닐지라도 병력을 지휘하는 고급 장교가 극한 감정에 휩싸여 있는 상황이 더욱 위험할 수 있었다. 숨 막히는 상황을 지켜보던 경찰서장이 나섰다.

"제 잘못입니다. 용서하십시오."

경찰서장 말을 무시한 최 중령이 사찰과장을 쏘아보며 일갈했다.

"지금부터 열을 센다. 그때까지 잘못을 빌지 않으면 당신은 죽는다!"

자칫 잘못되면 사찰과장은 죽은 목숨이다. 하나, 둘, 셋…… 시간은 흘러갔고 숫자는 이어졌다. 최 중령이 열을 세는 동안 잘못을 빌지 않으면 어떤 상황이 벌어질지 모른다. 사찰과장을 조여드는 숫자 세기가 일곱을 넘었다. 초긴장 상황이 숨 막히도록 이어지고 있는 그때 갑자기 고함을 지르며 달려드는 사람이 있었다.

"그건 안 된다!"

아내를 면회하지 못하고 경찰서 언저리를 맴돌던 최상호가, 면회 온 군인이 소란을 피우고 있다는 소식을 듣고 달려오는 길이다. 물론 그 군인이 자신의 아들 정승이라고는 꿈에도 생각지 못했다. 유치장 문을 들어서면서 권총을 든 군인이 아들인 것을 확인한 상호가 비명을 질렀다.

"정승아, 그건 안 된다!"

최상호가 달려들어 최 중령을 막아섰다.

"아무리 억울해도 그건 안 된다. 얼른 총을 내려라!"

갑자기 뛰어든 사람이 아버지임을 알아본 최 중령이 멈칫 하는 사이 사찰과장이 마룻바닥에 털썩 무릎을 꿇었다.

"잘못했습니다. 용서해주십시오."

아버지의 만류로 호흡을 가다듬은 최 중령이 부들부들 떨면서 총을 거두었다. 아들을 진정시킨 상호가 분이에게 다가갔다.

"여보! 내가 왔소. 눈을 좀 뜨시오. 내가 왔단 말이오!"

유치장이 상호의 울부짖음으로 가득 찼다. 상호가 아내를 들쳐업고 병원으로 달렸다. 응급실에 업혀간 분이의 상태는 위중했다. 제때 치료받지 못한 상처는 심각하게 훼손됐고, 부러진 다리뼈가 피부를 뚫고 나와 있었다. 의사가 달려들어 부러진 다리뼈를 잘라내고 장시간에 걸친 봉합 수술을 마쳤다. 더 이상 상처가 진행되지 않도록 응급조치를 취했다. 다리를 잃은 분이의 상실감은 말할 수 없이 컸다. 고을 원님에게 치도곤을 당한 후유증으로 일생을 고생하며 살았는데 불편한 다리마저 잃었으니 삶의 의욕을 잃었다. 다리를 잃은 분이는 평생을 불구자로 살아야 하지만, 꿈에 그리던 아들과 남편을 한꺼번에 만난 밝은 마음으로 청산도로 들어왔다.

흩어진 살림살이를 정리하고 한자리에 모였다. 깊은 잠에 빠졌던 분이가 눈을 떴다. 오매불망 가슴에 품고 살았던 아들과 남편이 돌아왔으니 여한이 없다. 분이가 아들 손을 잡았다. 얼마 만에 잡아보는 아들인가. 얼마나 그립던 내 새끼인가. 번쩍번쩍하는 장교 계급장을 달고 돌아온 아들이 한없이 자랑스러웠다. 분이 눈가에 눈물이 비쳤다. 그러나 입속이 말라붙어 말이 되지 않았다. 정승이 건네주는 자리끼로 목을 축였다. 머리맡에 앉은 남편을 쳐다보니 사람 꼴이 말이 아니다. 눈두덩이 십 리만큼이나 들어갔고 몸에 걸친 입성은 거지꼴과 한가지다. 그래도 반갑고 고마웠다. 그 험한 전쟁터에 끌려가서 죽지 않고 살아왔으니 하나님께 감사하고 부처님께 고마울 따름이다. 서로가 풀어놓은 만단정화가 오고간 끝에야 정신 차린 인사말이 오갔다.

"아버님, 고생하셨습니다. 언제 돌아오셨습니까?"

"한 열흘쯤 되는 모양이다. 정신이 없다 보니 날짜 가는 줄도 모르겠다. 그런데 너는 언제 토벌대로 전임되었느냐?"

"일주일 전에 명령을 받았습니다."

"어디로 가는 길이냐?"

"작전 지역이 회문산입니다. 임지로 가는 길에 어머님을 뵈러 왔다가 이런 봉변을 당했습니다."

"나도 네 어미를 면회 갔더니 안 시켜주더구나."

"이번 기회에 버릇을 고쳐놔야겠어요. 인민군에 부역한 사람을 잡아야지 엉뚱한 사람을 잡아 족치니 성한 사람이 남아나겠습니까."

"그래도 조심해라. 너는 국군 장교인데 이런 일로 문제가 생기면 안 된다. 네 어미가 당한 일은 당한 일이고, 욱하는 기분으로 일을 그르친다면 너의 앞길에 흠집을 남길 수도 있다. 네 어미 생각도 같을 게다. 특별히 명심해야 한다."

"작전이 끝나면 책임자 문책을 요구할 겁니다."

"네 어머니 잠 좀 자게 옆방으로 가자. 못다 한 이야기도 좀 하고."

부자간의 이야기를 듣고 있던 분이가 잠이 들었다. 아들과 남편을 만난 안도감과 큰 수술 뒤끝이라 잠이 쏟아졌다. 상호와 정승이 잠든 분이를 남겨두고 일어섰다. 비워둔 방에 군불을 지피고 이부자리를 깔아두었던 방이다. 방구들이 따끈따끈했다.

"오는 길에 부둣가 술집에서 들었는데 유심이가 왔었다는구나. 짐작은 했겠지만 너에게는 아비가 다른 형이 있다. 그 아이 이야기는 밤을 새워도 끝이 없다. 나이 아홉 살 때 남의 집 못자리를 망쳐놓고 집을 나간 이후로 소식이 없었는데 난리 때 인민군을 따라 온 모양이더라. 못된 친구들 틈에 끼어 살인을 저지르고 일본으로 밀항했다가 월북을 했고, 거기서 특수교육을 받고 내려와 몹쓸 짓을 한 모양인데, 그 아이가 저지른 일을 가족이라고 어찌 다 알겠느냐. 들리는 소문이 그렇고 피해 입은 사람들이 그렇다니 짐작만 할 뿐이지. 그렇다고 이제 와서 뭘 어쩌겠느냐. 그리고 또 인민군을 따라 후퇴하는 도중에 동행하던 상관을 죽이고 어미에게 돌아와 토굴을 파고 은신했던 모양이다. 토굴이 발각되고 네 형은 도주했지만 너희 어미가 경찰서에 잡혀가 고초를 당했으니 장차 이 일을 어찌하면 좋으냐. 너는 대한민국을 지키는 국군이고, 네 형은 적군 편에 가담했으니 세상에 이런 기막힌 일이 또 어디 있겠느냐."

"저도 이 정도일 줄은 몰랐습니다."

"그 아이가 회문산으로 간다고 했다는데, 회문산은 너의 작전지역이 아니냐?"

"예, 그렇습니다."

"형제가 총대를 맞대고 싸우다니, 소설 같은 이야기가 우리 집안에서 벌어졌구나."

"너무 상심 마십시오. 전쟁을 겪다 보면 흔한 일입니다. 우리처럼 형제간에 맞서는 일은 흔하고요, 아들과 아버지, 아들과 어머니가 편을 갈라 싸우는 일도 허다합니다. 지금 우리가 겪고 있는 이 비극은 한두 사람의 힘으로는 해결이 안 되는 민족적 불행입니다."

"네가 그렇게 말하니 한결 마음이 놓이는구나."

"그런데 어머님이 다쳐서 어쩌지요? 아버님이 병간호를 하셔야 하는데요."

"걱정 말거라. 너희 어미는 내가 책임진다. 다리는 잃었지만 아비가 대신할 터이니 그런 걱정은 안 해도 된다. 네가 할 일은 나라를 위해 큰일을 하는 것이다. 집안일은 아비에게 맡기고 임무 수행에만 신경을 쓰거라."

"아버님, 고맙습니다. 어머니를 잘 부탁드립니다."

"늦었다. 이만 자거라. 내일 떠나려면 일찍 자야지."

"아버님이 계셔서 든든합니다."

"나도 그렇다."

20. 자폭

빨치산 토벌작전이 막바지에 이르렀다. 자의건 타의건 산으로 들어간 빨치산들의 삶도 끝나가고 있었다. 맞아 죽고, 얼어 죽고, 굶어 죽는다는 빨치산들의 비참한 삶이 끝을 보이기 시작했다. 국군이 빨치산 토벌작전에 나선 지 3개월여. 대대적인 막바지 토벌작전이 전개됐다. 최정승 중령이 이끄는 토벌대는 남부군 총사령부가 들어 있는 회문산 장군봉을 목표로 총공세에 들어갔다. 들판에는 오곡이 풍성하게 무르익고 갖가지 단풍이 온 산을 물들이던 가을날 아침, 최 중령이 이끄는 토벌대가 최후 공격을 개시했다. 출동에 앞서 토벌 대장 최 중령이 장병들 앞에 섰다.

"오늘로서 공비 토벌작전을 수행한 지 꼬박 석 달이 되는 날이다. 그간 우리 군이 사살한 빨치산은 천여 명에 이른다. 이처럼 혁혁한 전과 덕분에 적의 주력부대는 대부분 궤멸되어 전의를 상실했다. 오늘의 작전 목표는 오직 하나! 적의 은거지를 파괴하고 사령관을 체포함으로써 회문산 토벌작전의 대미를 장식하는 것이다. 어떤 경우에도 아군의 피해가 최소화되도록 작전을 수행한다. 제군들의 무운을 빈다. 이상."

그 시각, 회문산 남부군 사령부 비트에서는 작전회의가 열렸다. 마을에 풀어놓은 척후로부터 토벌군이 대규모 공격을 준비한다는 정보를 보고받고 긴급 작전회의에 들어갔다. 모든 대원들이 연일 계속되는 전투로 피곤에 찌들었지만 최후의 일전도 불사한다는 각오만큼은 비장했다. 이현상 사령관이 결의에 찬 얼굴로 말문을 열었다.

"동무들, 수고가 많소. 슬프게도 우리에게 최후의 순간이 다가오고 있소. 정보에 의하면 적들이 대대적인 공격을 준비하고 있다 하니 오늘 이 전투가 최후의 결전이 될지도 모르겠소. 모두 마음을 단단히 하고 각자 임무 수행에 최선을 다하기 바라오. 작전 명령을 하달하겠소. 우선 유심 동무가 지휘하는 본대는 사령부를 사수하시오. 그리고 박춘삼 동무는 사령부 외곽지역을 방어하고, 현달식 동무는 부상병과 여성 동지들을 인솔하여 지리산 아지트로 퇴각토록 하시오. 거기 가면 동지들이 잘 보살펴줄 것이오. 기타 세부 작전은 각 분임 지휘관의 지시에 따르도록 하고, 동지들의 행운을 빌겠소. 이상!"

훈시를 마친 이현상이 담배를 꺼냈다. 단풍잎을 뜯어 말린 '마불'이라는 담배다. 일제가 만들었던 '메이플' 담배를 빗대 만든 가짜 담배 이름이다. 시장에서 판매하는 관제 담배는 구경한 지 오래다. 보급 투쟁에 나선 동지들이 권련이나 개비 담배를 구해오기도 하지만 떨어진 지 오래됐다. 저마다 주머니를 뒤져 담배를 꺼냈다. 풀잎 담배를 태우는 기회도 마지막이라는 생각을 하며 일제히 불을 달아 물었다. 담배 연기를 길게 내뿜는 대원들이 하늘을 쳐다보며 생각에 잠겼다. 그 순간 각자의 생각들은 달랐다. 고향에 두고 온 부모 형제가 생각나고 어머니가 지어주는 따듯한 밥 한 그릇이 그리웠다. 그때가 언제일지 모르지만 모든 인민이 평등하게 잘산다는 인민공화국으로 통일되는 그날을 그려보며 미소를 짓기도 했다.

대원들 모두는 마지막으로 기억하고 싶은 일들을 떠올렸다. 아스라이 펼쳐진 순천만 개펄에서 망둥이 잡던 때가 생각나고, 지리산 청학동 골짜기에서 가재를 잡고 놀던 소꿉친구가 생각났다. 빨치산을 좇아 산으로 들어오면서 헤어진 아랫마을 순이가 죽도록 보고 싶고, 달포 전 식량 조달 나갔을 때 따뜻한 이밥 한 그릇을 먹여주시던 아주머니가 새삼스럽게 고마웠다.

또 한편으로 생각해보면 한때는 4만 명이라는 대부대를 자랑하던 남부군이 패잔병 집단으로 전락된 현실이 너무나 서글펐다. 막강한 화력을 자랑하는 토벌대의 대규모 공세를 맞아 최후 결전을 준비하고 있는 남부군의 운명이 너무나 서글펐다. 그러나 현실은 더욱 냉혹했다. 먹지도 입지도 못하고 언제라도 죽음을 눈앞에 둘 수밖에 없는 빨치산 투쟁. 이제 그 시련의 끝이 보이고 있다. 연거푸 빨아댄 담배 연기 때문에 모래알을 씹은 것처럼 혓바닥이 깔깔했다.

이현상 사령관이 비트를 나와 하늘을 쳐다봤다. 실로 오랜만에 쳐다보는 하늘이다. 끝간 데 없이 푸르고 맑은 하늘이다. 저 푸른 하늘 끝자락 어딘가에는 사랑하는 나의 가족이 있다. 산이 막히고 물이 깊어서가 아니라 빨치산 투쟁의 끝을 보지 못해서 못 가는 것이다. 이 한 몸 바쳐 적화통일을 이룰 수만 있다면 기꺼이 이 길을 걷겠다는 초심은 허무하게 무너졌다. 어떤 수단 방법이라도 이 난관을 헤쳐나갈 수는 없다. 남은 것은 오로지 하나! 용감하게 싸우다가 장렬하게 죽음을 맞이하는 길뿐이다. 만감이 교차했다. 담배 연기에 눈이 따가웠다. 조국을 위하여 맹렬히 싸우자, 그러나 끝까지 비굴함을 보이지 말자. 건곤일척의 주사위는 던져졌다. 승리의 고지가 보이지 않거든 장렬한 최후를 택하자. 어지러운 마음을 진정시키며 새롭게 각오를 다졌다.

한편 토벌대를 이끌고 있는 최 중령은 투항하는 빨치산은 사살하지 못하도록 지시를 내렸다. 아버지가 다른 형제 유심을 마음에 둔 것이다. 할 수만 있다면 그를 생포하고 싶었고, 말로만 들었던 형을 직접 만나보고도 싶었다. 그러나 인간의 마음을 알 리 없는 총탄은 서로를 비켜가지 않는다. 이른 시각부터 시작된 토벌군의 공격이 정오를 넘기면서 절정에 달했다. 그러나 그악하게 저항하는 빨치산들의 저항 때문에 고지 점령이 쉽지 않았다. 난관에 부닥친 최 중령이 항공 지원을 요청했다. 인근 비행장에서 발진한 전폭기가 저공을 스치며 폭탄을 퍼부었다. 뒤를 이은 포사격이 바위 밑에 숨겨놓은 사령부 비트를 때렸다. 항공기와 포병의 지원 사격이 끝나자 적 진은 쥐죽은 듯 조용한데 토벌군의 그림자가 엄폐물 사이로 얼핏얼 핏 보였다. 대나무 밭을 밀고 올라가는 선발대가 정상 부근까지 접 근했다. 앞장선 척후병이 바위틈에 은신한 빨치산을 발견하고 단발 로 제압했다. 토벌대가 사격 범위에 들어서자 빨치산의 맹렬한 반격 이 시작됐다. 경쾌한 단발 총소리에 크고 둔탁한 자동소총이 뒤섞 였다. 서로를 겨냥한 총탄이 어지럽게 날고 화약 연기가 자부룩하게 깔렸다. 피아간이 구별 안 되는 총격전이 계속됐다. 얼마 후 불꽃 튀 는 총소리가 멎고 피를 말리는 정적이 찾아왔다. 하늘이 긴장을 내 려놓고 살아 있는 생명이 숨을 죽이는 고요가 이어졌다. 작은 풀벌 레 소리도 확성기처럼 크게 들리는 적막감이 고지를 에워쌌다. 이 순간에도 먼저 보고 먼저 쏘는 자가 살아남는다. 공격하고 방어하 는 쌍방 모두가 지쳤다. 그러나 전세는 토벌군에게 유리했다. 토벌군 에 맞선 빨치산이 살아남을 틈이라고는 쥐구멍만큼도 없어 보였다. 그들에게 남은 길이 있다면 용감하게 싸우다가 장렬하게 옥쇄하는 길뿐이다.

작전을 마무리할 때가 왔다. 최 중령이 부관이 건네준 마이크를 잡았다.

"너희들은 완전 포위됐다. 자수하면 살려준다. 다시 한 번 알린다. 너희들은 포위됐다. 자수하면 살려준다."

투항을 권유하고 말미를 줬으나 반응이 없다. 투항을 기대했던 토벌대가 공격 대열을 가다듬는 순간 정상 부근에서 노랫소리가 들렸다. 이 살벌한 전쟁터에서 웬 노랫소리? 모두가 의아해 서로의 얼굴을 쳐다봤다. 한 사람이 부르던 노래가 합창이 되어 메아리쳤다. 토벌대는 귀를 의심했다. 이 엄중한 순간에 노래라니! "장백산 줄기줄기 피어린 자국……." 그들은 죽음을 코앞에 둔 전쟁터에서도 김일성 찬가를 합창하고 있었다.

"이 빨갱이 개새끼들!"

부관이 욕지거리를 내뱉으며 벌떡 일어섰다. 최 중령이 부관을 꿇어앉혔다. 김일성 찬가가 끝나고 "김일성 장군 만세. 조선민주주의인민공화국 만세!" 구호가 뒤를 따랐다. 퇴로가 막힌 빨치산이 최후의 결의를 다지는 의식을 치른 것이다. 승산 없는 전투에서 구차한 목숨을 부지하느니 장렬한 최후를 택하자고 마지막 결의를 다진 것이다. 토벌군으로서는 더 이상 망설일 시간이 없다. 공격 명령과 함께 모든 화기가 일제히 불을 뿜었다. 그때 꽝! 고막을 찢는 폭발음이 고지를 뒤흔들었고, 시커먼 화약 연기가 하늘로 치솟았다. 자폭용 수류탄을 터트리는 순간 유심은 정신을 잃었다. 모든 것이 한순간에 정지되었다. 얼마 후 실낱 같은 의식이 돌아왔다.

'이렇게 죽는구나. 이것이 내 운명이라면…….'

갈가리 찢어진 육신이지만 정신은 깜빡깜빡 명줄을 붙들고 있었다. 터진 뱃가죽 사이로 창자가 쏟아졌다. 팔을 뻗었으나 몸이 말을 듣지 않았다. 포기하고 하늘을 쳐다보았다. 한 인간이 마지막 숨을 몰아쉬고 있는 이 순간에도 하늘은 푸르고 나무들은 싱싱했다. 까마득한 옛날 일들이 빛바랜 필름처럼 스쳐갔다. 권 좌수네 못자리를 망치고 도망치던 일 하며 주린 배만 채워도 행복했던 그 시절이 그리웠다. 건달들 패싸움에 휩쓸려 살인을 저질렀던 끔찍한 순간이 떠오르고, 형장으로 끌려가던 사형수의 애절한 눈빛이 섬뜩하게 다가왔다. 그리고 광주 국밥집 여인과의 짧은 인연이 애잔하게 다가왔다. 그 여인에게는 미안하다는 말 한 마디 전하지 못했다. 가슴속에 악마가 들어 있는 자신에게 인간의 사랑을 알게 해준 여인인데, 부담없이 받은 진솔한 사랑을 원수로 되갚는 악업을 지니고 간다. 그리고 생각나는 아내와 아이들. 남편 몫도 아버지 몫도 다하지 못했다.

'그래, 몹쓸 아버지다. 이 몹쓸 아비를 용서하지 마라.'

행여나 살아 있으면 어른이 되었을 영옥이와 성희, 그리고 막둥이 천수, 미안하고 또 미안하다. 한평생 못난 남편을 믿고 함께 살아준 아내 김선희. 죽어 저승에서 다시 만난다면 이승에서 못다 한 빚을 갚겠노라고 다짐한다. 그리고 마지막으로 청산도에 계시는 나의 어머니 분이 여사. 꿈에도 그리운 내 어머니. 어머니가 보고 싶다. 정신이 가물가물하다.

'나는 가야 해. 내 어머니가 계시는 청산도로 나는 가야 한다.'

까만 잠이 몰려온다. 사람들이 모여서서 어서 오라고 손짓한다. 그곳으로 비틀비틀 걸었다. 어머니, 어머니……. 바다보다 깊은 어둠이 눈꺼풀을 내리덮었다.

정상에 도착한 토벌대는 눈앞에 펼쳐진 놀라운 광경에 경악했다. 빨치산들이 자폭한 현장에는 사지가 찢어진 시체들이 산지사방으로 흩어져 있었다. 피비린내가 진동하고 쇠파리들이 들끓었다. 찢어진 육신과 쏟아진 내장이 도살장처럼 널려 있다. 토벌대가 코를 막고 얼굴을 돌렸다. 빨치산의 주검을 확인하던 최 중령 귓전에 작은 신음소리가 들렸다. 참혹한 자폭 현장에서 유일하게 들려오는 인기척이다. 소리 나는 쪽으로 다가섰다. 최 중령이 다가서자 온몸이 찢어진 빨치산이 가쁜 숨을 몰아쉬며 손짓을 했다. 입술을 달싹였지만 목소리가 나오지 않았고, 초점 잃은 눈동자는 누군가를 찾는 것처럼 보였다. 그러나 그것도 잠시, 허공을 내젓던 손이 풀썩 떨어지고 이내 모든 것이 끝났다. 죽은 자는 말이 없다. 회문산 빨치산들의 마지막이 그렇게 끝나고 있었다. 상황이 종료된 회문산 장군봉은 이따금 외로운 산새 소리만 들릴 뿐 다시 고요에 싸였다.

토벌대가 빨치산 사령부를 수색하고 죽은 자들의 시신을 검색했다. 마지막으로 숨을 거둔 빨치산 시체에서 빛바랜 사진 한 장을 수거했다. 사진을 들여다보던 최 중령이 깜짝 놀랐다. 아기를 안고 있는 여인의 얼굴이 눈에 익었다. 아니, 이럴 수가! 사진 속 여인은 최 중령의 어머니다. 그렇다면 어린아이는? 그랬다. 아버지가 다른 형 유심이다. 같은 어머니에게서 태어난 형제가 총구를 마주 대고 싸웠다니! 허공으로 내젓던 손짓은 무슨 의미였을까?

'정승아, 내가 형이다. 너와 같은 어머니한테 태어난 형 유심이다.'

'어머니, 불효자는 회문산에서 이렇게 갑니다. 부디 오래오래 사십시오.'

마지막 인사를 전하고 싶었을까. '인민공화국 만세, 김일성 원수 만세'라고 외치고 싶었을까. 사진을 들여다보던 최 중령이 생각을 가다듬었다. 지금 그의 눈앞에는 아버지가 다른 형제인 유심의 주검이 놓여 있다. 전쟁은 전쟁이고 핏줄은 핏줄이다. 이 사람이 정말 나의 형제인가 의심도 들었지만 이 한 장의 사진으로 사실을 인정하고 싶었다. 그리고 언젠가 어머니가 일러준 유심이 형의 신체적 특징이 생각났다. 불구덩이에 던져지는 태몽을 꾸고 낳았다는 형의 몸에는 붉은 반점이 있다고 들었다. 시신의 등허리를 들췄다. 붉은 반점이라 했는데 검은색으로 변해 있다. 형이었다!

마음을 다잡아먹고 형의 시신을 수습했다. 병사들이 나섰지만 도움을 물리쳤다. 햇빛 좋은 양지를 골라 시신을 묻어주고 두꺼비처럼 생긴 돌 하나를 주워 표석으로 세웠다. 땀인지 눈물인지 물방울이 떨어졌다. 이름도 주인도 없는 외로운 무덤 하나가 회문산 장군봉에 만들어졌다. 최 중령이 허리에 찬 수통을 열어놓고 머리를 숙였다.

'처음이자 마지막 불러보는 형님. 이 세상 모든 일은 잊어버리고 편안히 쉬십시오.'

최 중령 얼굴에 처연함이 묻어났다. 회문산 공비 토벌작전은 그렇게 끝이 났다. 그러나 사람들 가슴속에 새겨진 앙금은 영원히 남아 있다. 사상과 이념이라는 괴물에 속아 수많은 사람들의 가슴에 씻지 못할 생채기만 남긴 전쟁은 그렇게 막을 내렸다.

21. 옹기

분이는 혼자 힘으로는 한 걸음도 움직일 수가 없었다. 바깥 나들이는 언감생심이고 잠결에 돌아눕는 일조차 남편이 도와줘야 한다. 몸을 맘대로 쓰지 못하게 되면서 생각이 구차해지고 모든 일에 욕망이 꺾였다. 끼니마다 마주하는 밥상머리에 앉기도 여의치 않자 성질이 났다.

'이토록 구차하게 살아서 뭘 하겠다고…….'

밥 먹던 숟가락을 팽개치고 화를 냈다. 이유 없는 신경질이 늘어나고, 사리에 맞지 않는 억지놀음이 일상이 되었다. 눈에 보이고 귀에 들리는 문제를 자신의 처지와 비유하는 버릇이 늘어갔다.

상호는 그런 아내를 볼 때마다 가슴이 아팠다. 아내가 세상 여느 사람들처럼 평범하게 살 수 있었으면 좋겠다. 돈과 권력에는 애당초 인연이 없었지만, 오직 하나 소망이 있다면 두 사람이 하나같이 무병 무탈하게 살기를 바랐다. 부모에게 물려받은 육신이 멀쩡하다면 무엇을 더 바라겠는가. 새삼스럽게 사대육신이 멀쩡한 사람들이 부러웠다. 그럴수록 상호는 분이의 마음을 어루만지는 일에 맘을 다

277

했다. 하늘의 별을 따는 일만 아니라면 세상 모든 것을 해주고 싶었다.

아지랑이가 발끝에 아물거리던 따사로운 봄날이다. 햇볕 좋은 양지에 앉아 병아리 둥지를 만들고 있는 상호 앞으로 세숫대야가 와장창 날아들고, 방 안에 있어야 할 물건들이 줄줄이 마당으로 던져졌다. 그 바람에 병아리를 품고 앉았던 암탉이 후다닥 날아오르고, 졸지에 어미를 잃은 병아리들이 꽁무니를 하늘로 쳐들고 숨기에 바빴다. 병아리를 몰고 다니는 암탉을 보고 앉았던 분이가 자신의 처지를 비유해서 발작을 일으킨 것이다. 분이는 자신이 불구라는 사실을 인정하고 싶지 않았다. 남의 도움이 없으면 아무것도 할 수 없다는 사실이 삶에 대한 굴욕이고 저주였다. 상호가 하던 일손을 놓고 방으로 들어갔다. 상호 품에 안긴 분이가 서럽게 울었다. 전생에 무슨 죄를 지어 이렇게 사느냐고 흐느끼며 울었다.

상호는 어린아이처럼 투정하는 아내를 보듬어 다독였다. 무엇보다 급한 일이 돈을 만들어야 한다. 돈이 있어야 아내가 좋아하는 물건도 사고, 돈이 있어야 비틀어진 아내 마음을 조금이라도 돌리게 할 수 있다. 상호에게 돈 버는 일이라면 옹기를 굽는 일이 유일하다. 평생 배운 기술이 옹기 만드는 재주이고 먹고사는 생업도 옹기를 굽는 일이다. 손에 든 병아리 둥지를 서둘러 마무리하고 한동안 묵혀둔 옹기 가마를 둘러보았다. 모처럼 둘러본 가마는 몇 군데 땜질을 하고 나면 크게 손볼 자리도 없다.

가마를 돌아보고 마당에 들어서니 낯선 손님이 기다리고 있었다. 학생처럼 보이는 청년인데 초면이다. 아내가 청년을 인사시켰다.

"처음 뵙습니다. 박정훈이라고 합니다."

"그래요. 학생으로 보이는데……."

"한국대학교 민속학과 졸업반입니다."

"그런데 무슨 일로?"

"옹기 만드는 일을 좀 배우고 싶습니다."

"옹기 일을 배운다고? 그러면 강진이나 이천으로 가는 것이 좋을 텐데."

"거기도 알아봤지만 남도 지방 옹기와는 다르다 했습니다. 마침 제가 아는 분이 여기를 소개해줘 왔습니다. 선생님의 일을 도우면서 졸업논문도 쓰고 싶습니다."

"누군지 모르지만 괜한 말을 했구먼. 나는 학생을 가르칠 능력도 없고, 더구나 먹이고 재워줄 형편이 못 되는 사람이오. 다른 데 가서 알아보시오."

"잠은 옹기 가마에서 자고 품삯은 안 받겠습니다. 어려우시겠지만 부탁드립니다. 심부름꾼으로 써주신다면 열심히 하겠습니다. 부탁드립니다."

"허허 참. 딱한 일이구만."

"이야기를 들어보니 학생 사정이 딱하네요. 웬만하면 당신이 좀 도와주지 그래요."

아내가 거들었다.

"무슨 논문을 쓰려고 그러는가?"

"남도 지방 초분(草墳)에 관한 논문을 써볼 생각입니다."

"초분과 옹기 굽는 일이 무슨 관련이 있다고?"

"유적지를 발굴하다 보면 옹관묘가 종종 발견되고 있습니다. 그와 관련해서 남도 지방 초분이 궁금하고, 또 옹관을 제작하여 초분에 활용하는 방안을 연구하고 싶고요."

뜻밖이다. 상호 역시 초분에 대한 관심이 있으나 섬 지방에서 내려오는 전통 장례의식쯤으로 생각했는데 젊은 대학생이 초분을 연구하겠다고 한다. 상호가 초분을 만난 것은 어린아이 적에 할아버지 손에 이끌려 초분 장례를 구경했던 일이 처음이다. 꽃상여를 타고 가신 이웃집 할아버지는 바닷가 언덕에 초분으로 장사지냈다. 산허리에 질펀하게 자라는 억새풀을 베어 이엉을 만들고 그 이엉으로 지붕을 덮었다. 할아버지의 초분을 처음 본 상호는 어린 나이에도 슬픈 느낌을 받았다. 그후 친할아버지 무덤도 초분으로 만들었고 이웃 사람들도 초분으로 장례를 치렀다. 청산도 사람들에게 초분은 인생의 마지막을 장식하는 장례 절차였고, 죽은 사람에 대한 최소한의 예의였다.

옹기를 만들고 가마에 불을 지피고 질그릇을 다루는 일은 혼자 손으로는 벅찬 일이다. 더구나 김장독 같은 큰 물건은 혼자 손으로는 안 되는 일이다. 그렇다고 옹기 만드는 데 경력이 없는 사람을 조수로 쓰기도 뭣했지만, 당장 이력이 있는 기술자를 구하기는 더욱 어려운 일이다. 생각 끝에 학생의 도움을 받기로 마음을 정했다.

"나도 초분에 관심이 많은 사람이오. 그런 이야기는 차차 하기로 하고, 내가 학생의 도움을 받더라도 일당은 물론 없고 숙식만 제공할 터인데 그래도 괜찮을지 몰라."

"저야 감사하지요. 앞으로 열심히 하겠습니다, 선생님."

"선생님은 무슨, 쑥스럽게."

정훈이 학생을 데리고 토취장으로 갔다. 오래전부터 찰흙을 채취하던 토취장이다. 옹기 만들기에 가장 중요한 자재는 점성이 좋은 찰흙이다. 남도 지방 여러 곳에서 옹기를 굽고 있지만 이곳처럼 차지고 부드러운 찰흙은 드물다. 질 좋은 찰흙 하나만으로도 옹기 제작의 반은 성공한 것이나 다름없다.

오랜만에 둘러본 토취장은 전쟁이다, 노무자 징용이다 하며 돌아보지 못한 사이 장맛비에 쓸리거나 무너지기도 했다. 눈비를 맞아 산화가 일어난 겉흙을 걷어내고 점성이 좋은 속흙을 채취했다. 옹기 가마 한 귀퉁이에 멍석을 깔고 채취해온 찰흙을 얼개미로 쳐서 물을 붓고 이겼다. 바지를 걷어붙인 두 사람이 어깨동무를 하고 힘껏 밟았다. 흙속에 들어 있는 공기를 빼내고 찰흙의 점성을 뽑아내는 작업이다. 찰흙 반죽이 인절미처럼 차지고 부드럽게 이겨졌다. 떡가래처럼 만든 찰흙 고리를 틀에 앉히고 물레를 돌렸다. 정훈은 눈썰미가 있는 학생이라 금방 물레질을 익혔다. 남의 속에 든 글도 배우는데 이까짓 일은 일도 아니라며 흰소리를 쳤다.

"이까짓 일이라고?"

상호가 진지한 얼굴로 되물었다. 움찔 놀란 학생이 장난스러운 표정을 거두며 사과했다.

"죄송합니다. 무심코 한 말씀인데 다른 뜻은 없습니다. 정말 죄송합니다."

"학생을 나무라는 게 아니라, 세상 모든 일을 너무 쉽게 봐서는 안 되는 법이야. 모든 일에는 사람의 혼이 들어야 하는데 학생이 너무 쉽게 보는 것 같아서."

"잘 알겠습니다. 앞으로는 조심하겠습니다."

학생이 머리를 주억거리며 사과했다. 물레 작업이 이어졌다. 큰 독을 지을 때는 몸체를 잘 두드려줘야 한다. 한 손은 안에서 받치고 또 한 손은 바깥에서 두들겨줌으로써 그릇의 몸체를 이루는 찰흙이 잘 엉겨붙도록 해야 한다. 안팎의 손놀림이 틀어지거나 두드리는 강도가 일정하지 않으면 찰흙 고리의 연결 부위에 틈이 생기고 그릇 두께가 들쭉날쭉해진다. 큰 독을 만들 때는 이 점에 특히 주의해야 한다. 어렵게 만든 독이라도 가마에 넣기 전에 습기를 완벽하게 제거하지 않으면 안 된다. 외형을 아무리 잘 만든 옹기라도 건조 상태가 불량하면 가마 속에서 불을 만나 형태가 틀어지거나 약한 부분에 구멍이 뚫려 못 쓰게 된다.

그렇다면 옹기 건조에 가장 좋은 날씨 조건은 어떨까? 상호가 오랫동안 경험한 바에 의하면, 미세한 바람이 코끝을 간질이고 은근한 햇빛이 구름 속에 숨어 있을 때가 가장 좋다. 이러한 날씨에 옹기를 말리면 몸체의 수분이 서서히 날아가기 때문에 그릇이 터지거나 뒤틀리지 않는다.

옹기 제작에서 마지막 순서는 불 때기다. 불은 옹기 제작의 성공 여부를 판가름하는 결정적인 요인이다. 건조가 잘 된 옹기를 가마에 넣고 불을 때기 시작하면 불을 먹은 옹기가 처음에는 꺼멓게 변했다가 온도가 점점 높아지면 말갛게 변한다. 몸체를 구성하는 흙 알갱이들이 불 속에서 녹아드는 과정이다. 이처럼 강한 불로 며칠 밤을 새우고 또 불의 강도를 적절히 조절하기를 정성껏 하면 드디어 옹기가 완성된다. 여러 단계를 거쳐 옹기가 제작되는 과정을 지켜본 정훈이 물었다.

"아저씨, 가마 속 옹기가 말갛게 보이는데요?"

"흙이 변신하는 과정이다. 흙속에 들어 있던 불순물을 태우고 흙 알갱이 하나하나가 융합되는 과정이라고나 할까. 용광로에서 쇳물이 만들어지는 원리와 같다고 보면 된다."

"흙이 융합되는 과정이 참 신기하네요."

"몸체를 이루고 있는 찰흙이 융합되는 과정을 거쳐야 온전한 그릇이 된다. 이렇게 만들어진 옹기라야 생명이 들었다고 할 수 있지."

"옹기에 생명이 들어요?"

"잘 만들어진 옹기는 숨을 쉰다는 말이다. 옹기 몸체에는 우리 눈

283

에 보이지 않는 작은 숨구멍이 수없이 많다. 이렇게 만들어진 옹기에 음식물을 보관하면 부패되지 않고 오래 간직할 수 있다. 예로부터 우리나라는 이렇게 만들어진 옹기에 김치를 담기 때문에 한겨울에도 잘 익은 김치를 먹을 수 있는 거지."

"정말 놀랍고 신기합니다."

"옹기 만드는 과정을 가만히 생각해보면 인생살이에서 큰 교훈을 얻을 수도 있다. 심성이 나쁜 사람이라도 치열한 자기수련을 거치면 새 사람으로 태어날 수 있다는 이치와 같다고 나는 생각한다."

"인간이든 옹기든 단련 여하에 따라서 바뀔 수도 있다, 그런 말씀이네요."

"그렇다고 볼 수 있지."

두 사람이 이야기를 하는 중에 가마 속에서 이상한 소리가 났다. 얼핏 들으면 피아노 건반을 치는 소리 같기도 하고, 밥투정하는 아이들이 그릇을 두들기는 소리 같기도 했다. 상호가 벌떡 일어나 가마 속을 들여다보았다.

"아저씨, 가마에서 이상한 소리가 났어요!"

"그러게 말이다."

불구멍으로 가마 속을 들여다보는 상호의 표정이 어둡다.

"걱정하던 일이 벌어졌구나."

"아저씨, 왜 그러세요?"

"죽은 옹기가 보인다."

"옹기가 죽어요?"

"그래, 깨지고 터지면 죽은 게지."

"옹기가 왜 죽어요?"

"잘못 만들어서 그렇지."

"잘못 만들었다고요?"

"보기 좋다고 다 좋은 게 아니다. 몸집이 큰 독은 말이다, 안팎을 고르게 두들겨 만들어야 하는데, 우리가 처음 만든 독은 두께가 들쭉날쭉했을 거다."

"……."

"무슨 말인지 알아듣겠는가?"

"잘 모르겠는데요."

"뚜아앙 하는 소리는 큰 독이 터지는 소리다. 한동안 손을 놓았다가 물레에 앉았더니 손발이 둔해졌더라. 옹기를 만들 때 안팎 장단이 잘 맞아야 하는데 그렇게 못했으니 좋은 물건이 나올 리가 없지. 두께가 들쭉날쭉하다 보니 약한 부분이 강한 불에 터진 거다."

"그럼 어떻게 해요?"

"터진 옹기를 어디에 쓰겠느냐, 깨버려야지."

"아까워서 어떻게 해요? 그런데 아저씨, 조금 전 가마 속에서 틱틱 하는 소리가 났는데 무슨 소리예요?"

"작은 그릇이 터지는 소리다. 나중에 만들었던 김치 항아리다. 마지막이라고 대충 밟은 흙을 썼더니 공기가 들었던 모양이다."

"그러면 그것도 못 쓰나요?"

"꺼내보면 알겠지만 반타작이나 했으면 다행이고."

"제가 너무 서툴러서 그렇지요? 아저씨, 죄송해요."

"너 때문이 아니다."

가마를 열었다. 작은 항아리와 김장독을 합해서 백여 점이 만들어졌다. 짐작한 대로 부실하게 만들어진 큰 독 몇 개는 구멍이 뚫려 실패했지만, 작은 그릇은 끝물로 만든 몇 점을 제외하고는 평년작이다. 전쟁 후 처음 빚은 그릇이라 나름대로는 의미가 있었다. 흙장만에서부터 불 때기까지 몇날 며칠을 가마에 붙어 살았던 노력이 결실을 봤다. 옹기 가마를 열었다는 소문이 나자 도매상인들이 몰려왔다. 상호가 운영하는 옹기 가마는 남도 지방에서는 이름 있는 가마였던 관계로 좋은 가격에 물건을 넘길 수 있었다.

모처럼 목돈을 마련한 상호가 외출 채비를 차렸다. 돈을 만들면 아내에게 줄 선물부터 사겠다고 다짐한 날이 오늘이다. 한 달에 여섯 번, 닷새 만에 하루씩 열리는 완도 장날이다. 아침 일찍부터 시장 갈 채비를 서두른 상호가 집을 나서며 물었다.

"임자, 필요한 거 있으면 말하시오."

"아무것도 필요 없소. 당신이나 얼른 다녀오시오."

"후회하지 말고 말하시오. 오늘 아니면 기회는 없소."

"정말로 없다니까요."

따끈따끈한 단팥빵이 먹고 싶다는 말을 하고 싶었지만 입 안에서 맴돌았다.

"기다리시오. 당신에게 줄 멋진 선물을 사올 것이니."

"쓸데없는 데 돈 쓰지 말고 얼른 다녀오시오. 일없이 기웃거리다가 야바위꾼에게 홀리지 말고."

"야바위꾼은 무슨. 내가 세 살 먹은 어린애인가. 좌우간 점심 잘 챙겨 먹고 기다리시오. 휑하니 다녀오리다."

전쟁 뒤끝이라 해도 먹고사는 데 골몰한 완도 시장은 사람들로 북적였다. 사람들이 띄엄띄엄 흩어져 사는 청산도에 비하면 사람도 많고 물산도 풍성했다. 특히 어물전이 모여 있는 저잣거리에는 싱싱한 해산물이 사람들을 끌어들였다.

22. 투전

상호는 적잖은 돈을 주고 리어카를 구입하고 목재소에 들러 판재를 샀다. 리어카에 송판을 깔아 의자를 만들고 비바람을 막아줄 지붕도 씌울 생각이다. 아내가 외출할 때 자가용으로 쓰기 위함이다. 장배기를 다하고 나서도 청산도로 들어가는 배 뜰 시간은 여유가 있었다. 구경거리를 찾아 시장통을 기웃거리는데 사람들이 많이 모인 곳이 눈에 띄었다. 가까이 가보니 돈 놓고 돈 따먹는 야바위판이다. 야바위꾼이 손님 끌기에 정신이 없다. 상호는 빼곡하게 모여선 사람들 틈을 비집고 앞자리를 차지하고 앉았다. 사람들이 호기심 어린 눈으로 야바위판을 들여다보고 앉았다. 납작한 사기그릇 세 개를 엎어놓고 이리저리 돌리다가 패가 든 그릇을 잡으면 돈을 따먹는 눈속임이다. 처음 보는 사람도 눈썰미만 있으면 돈을 딸 것처럼 보인다. 상호도 야바위꾼의 손놀림을 열심히 따라갔다. 야바위꾼이 사설을 늘어놓으며 손님을 끌었다.

"자, 돈 놓고 돈 먹기요! 세 개 중에 한 곳에 패가 들었소이다. 패가 든 곳에 돈을 거시오. 이기면 두 배를 드리고 짱이면 내가 먹습니다. 자자, 돈 놓고 돈 먹기요! 누구라도 오시오. 땅 짚고 헤엄치기요, 땅 짚고 헤엄치기. 자자, 누구라도 좋소, 얼른얼른 오시오."

"그 돈 정말로 주는 거요?"

어떤 사람이 물었다.

"손님은 속아만 살았소? 보는 눈이 얼만데 누구를 속이겠소. 자자, 자신 있으면 앞으로 나서고 없으면 뒤로 물러서시오. 자, 돈 놓고 돈 먹기요! 얼른얼른 돈들 거시오."

구경꾼들이 군침을 삼키고 앉았다. 야바위꾼이 연습 패를 돌리며 구경꾼들을 자극했다. 연습게임 몇 판으로 사람들의 호기심을 잔뜩 발동시킨 야바위꾼이 더욱 열을 올렸다. 눈썰미만 있으면 이길 것 같은 자신감이 생기도록 구경꾼들을 부추겼다. 상호 역시 패가 든 그릇을 확실하게 보고 있어서 자신이 있었다.

"돈은 얼마를 걸어야 하오?"

누군가 물었다.

"그야 엿장수 맘대로지요. 손님 걸고 싶은 대로 거시오. 말리는 사람 없으니께. 많으면 많을수록 좋지만 그래도 손님 주머니 생각해서 적당히 거시오."

분위기가 무르익고 구경꾼들이 군침을 흘렸다. 돈만 걸면 이길 것 같은 마음에 저마다 엉덩이가 들썩거렸다. 어깻죽지에 힘이 들어간 상호가 주머닛돈을 계산해봤다. 야바위 몇 판은 돌릴 수 있는 돈이 있다. 천 환을 걸면 이천 환이고 만 환을 걸면 이만 환을 따는데, 패가 돌아가는 것을 보니 틀림없이 딸 것 같다. 걸기만 하면 땅 짚고 헤엄치기다.

'그래 한번 해보자. 설사 잃는다 해도 옹기 몇 개 더 팔면 되지 뭐.'

마음을 굳힌 상호가 주머니에 손을 넣는 순간 옆자리에 앉은 사람이 한 발 빨랐다. 누가 봐도 확실했다. 야바위꾼이 짐짓 낭패스러운 표정을 지으며 슬쩍 약을 올렸다.

"손님, 자신 있습니까? 자신 없으면 다른 패를 골라도 좋습니다. 자, 어쩌실 겁니까?"

"무슨 소리요. 그냥 할 거요."

손님 반응이 확실하자 야바위꾼이 다시 한 번 채근했다.

"손님이 이기면 두 배를 드리지만, 지면 판돈은 내가 먹습니다."

"두말하면 잔소리요."

"손님, 얼마를 거시겠습니까?"

"오천 환을 걸겠소."

패를 잡은 남자가 천 환짜리 다섯 장을 기세 좋게 꺼냈다. 오천 환이면 입쌀 두 가마니가 넘는 돈이다. 간덩이가 어지간한 사람이 아니면 꿈도 못 꿀 돈이다. 구경꾼들이 무릎을 바짝 세우고 생침을 삼켰다. 다시 한 번 야바위꾼이 다짐을 둔다.

"손님, 정말 후회 없으시지요?"

"아따, 잔소리 그만하고 얼른 까기나 하시오."

"그러면 깝니다. 자, 오천 환이 누구 돈이냐, 누구 돈이냐, 으랏차차차!"

야바위꾼이 사설을 늘어놓으며 패를 깠다. 그런데 이게 웬일! 손님이 지목한 패 속에는 아무것도 들어 있지 않았다. 돈을 건 손님은 얼굴이 노랗게 되어 주저앉았고, 야바위꾼은 손님이 걸어놓은 판돈 오천 환을 얼른 집어 안주머니에 쑤셔넣었다. 정말 귀신이 곡할 노릇이다. 절대로 그럴 리가 없는데 기가 막힐 노릇이다. 그릇 밑바닥이 구멍 난 것도 아니고 야바위꾼이 바꿔치기한 것도 아닌데. 수많은 구경꾼들이 한눈처럼 지켜봤는데 꽝이라니! 좌우간 귀신이 울고 갈 일이다. 돈 잃은 남자가 그릇을 주워들고 두들겨보고 햇빛에 비춰봤지만 멀쩡하다. 구멍도 없고 바뀌지도 않은 멀쩡한 그릇이다.

안도의 한숨을 내쉬는 상호 역시 이해할 수가 없었다. 분명히 패가 든 그릇을 확인하고 또 확인했는데 상식이 안 통하는 눈속임이다. 돈을 딴 야바위꾼은 얄미울 정도로 태연하다. 언제 그런 일이 있었냐는 듯 시침을 뚝 떼고 연신 사설을 늘여놓으며 손님 끌기에 열을 올린다. 돈을 잃은 손님은 낭패한 마음을 주체하지 못하고 슬그머니 자리를 떴다. 쓰린 속을 달래려면 컬컬한 막걸리라도 마셔야할 것이다. 그래도 미련이 남은 구경꾼들은 자리를 뜰 줄 모르고 제각각 떠들고 앉은 그때였다.

"어이, 나하고 한판 합시다."

우락부락하게 생긴 청년 두 명이 사람들 틈을 비집고 들어왔다. 양

복을 차려입었으나 어딘지 모르게 불량기가 느껴지는 청년들이다.

"손님께서는 얼마를 거시겠소?"

야바위꾼이 청년들의 수작을 넉살 좋게 받아넘겼다.

"얼마를 걸면 좋겠소?"

"그야 손님 마음이지요."

"나야 많이 걸고 싶지만 그대가 돈이 없을까봐 조금만 걸겠소. 이만 환이면 되겠소?"

사람들이 깜짝 놀라는 큰돈이다. 반지르르하게 머릿기름을 찍어 바른 청년이 시퍼런 지폐 다발을 꺼내 흔들었다. 청년의 행동을 지켜보던 야바위꾼이 돈을 보니 힘이 나는 모양이다.

"좋습니다. 한판 붙어봅시다. 그까짓 돈 놓고 돈 먹는 세상 아닙니까."

구경꾼들이 군침을 삼켰다. 패를 묻은 그릇을 어지럽게 돌리던 야바위꾼이 동작을 멈추고 말했다.

"자, 손님, 골라보세요. 돈 놓고 돈 먹기요. 이기면 사만 환이고 지면 없습니다."

상호도 야바위꾼의 손놀림을 열심히 따라갔다. 상호 눈대중으로는 세 개의 그릇 가운데 오른쪽 첫 번째 그릇에 패가 들어 있음이 확실했다. 구경꾼들의 침 넘기는 소리가 꼴깍꼴깍 들렸다. 돈을 건 청년이 상호가 점찍은 패를 잡았다. 야바위꾼이 당황하는 표정으로 말을 걸었다.

"손님, 후회 없으시지요? 한 번 더 기회를 드립니다. 생각해보시고 자신 없으면 지금 바꿔도 좋습니다."

야바위꾼이 선심 쓰듯 말했지만 패를 잡은 청년은 확신했다.

"허튼소리 그만하고 패를 까시오."

"손님, 정말 다른 곳으로 가실 생각은 없으십니까?"

"어허 참, 빨리 까라는데 뭔 말이 그리 많아."

쓸데없이 뜸을 들이던 야바위꾼이 패를 까는 순간, 그렇지! 그릇 속에서 패가 나왔다. 사람들이 탄성을 질렀다. 패를 찍은 청년은 의기양양했고 야바위꾼은 울상이 되었다. 사만 환이면 웬만한 월급쟁이 서너 달 봉급보다 더 큰 돈이다. 청년이 야바위꾼에게 손을 내밀었다.

"얼른 돈 주시오."

안주머니에서 지폐를 꺼내는 야바위꾼의 얼굴은 그야말로 죽을 맛이다.

"오늘 장사는 손님 때문에 망했습니다. 사만 환 여기 있습니다."

거금을 챙긴 청년들이 약을 올렸다.

"한판 더 붙어봅시다! 이왕지사 버린 몸, 망할 때면 왕창 망하라는 말이 있잖소."

"손님하고는 안 합니다. 돈 땄으면 얼른 가시오, 남의 영업 방해하지 말고. 돈 잃고 맘 좋은 놈 없소이다."

"사장님 덕분에 대포 값 벌었소이다. 장사 잘 하시오. 우리는 이만 물러갑니다."

청년들이 키득거리며 자리를 뜨자 돈을 잃은 야바위꾼이 소금을 뿌리면서 욕지거리를 퍼부었다. 그것도 잠시, 이내 평정심을 되찾은 야바위꾼이 눈웃음을 치면서 손님 끌기에 나섰다.

"자자, 돈 놓고 돈 먹기, 돈 놓고 돈 먹기. 어서 오세요. 어서 오세요. 눈만 밝으면 돈 땁니다. 자, 돈 놓고 돈 먹기."

야바위꾼은 계속해서 손님 끌기에 열을 올렸고, 마음이 동한 구경꾼들은 괜스레 어깨를 움찔움찔하며 주머니에 손을 넣었다 뺐다 한다. 모두들 말은 안 하지만 주머니에 든 밑천을 가늠해보는 중이다. 그후 자잘한 푼돈내기는 계속됐고, 어찌된 노릇인지 야바위꾼이 더 많이 잃었다. 손님을 끌기 위해 계획된 행동이지만 사람들은 알 턱이 없었다. 그때 오십 줄에 든 중늙은이가 거나하게 술이 취해 야바위판을 기웃거렸다. 외양으로만 봐서는 밥술이나 먹고 사는 차림이다. 청람색 마고자에 어린아이 주먹만 한 호박칠보 단추가 돈 푼깨나 있어 보였다.

"어이 선생, 나하고 한판 합시다."

야바위꾼 눈이 반짝했다. 그러면서도 야릇한 웃음을 흘리며 손님의 자존심을 긁었다.

"보아하니 술도 취하고 돈도 없는 것 같은데 그만두시지요. 내가 이기면 돈 없다고 나자빠질 게 아니오. 나는 밑지는 장사는 안 합니다."

"이 양반이 속고만 살았나. 사람을 뭘로 보고 시방!"

손님이 화난 표정으로 대거리했다.

"그래요? 그렇게 하고 싶다면 어디 밑천 한번 봅시다."

"그래. 송아지 판 돈 여기 있다, 어쩔래!"

야바위꾼의 빈정거림에 자존심이 상한 손님이 안주머니에서 천 환짜리 지폐 한 다발을 꺼내 흔들어 보였다. 일금 십만 환은 너끈해 보였다. 돈을 본 야바위꾼 얼굴에 웃음이 일었다.

"자, 그러면 지금부터 돌아갑니다. 아 참, 손님, 얼마를 거시겠소?"

"첨부터 크게 할 수는 없고. 마수걸로 오천을 걸겠소."

"손님, 보기보다 쩨쩨합니다. 적어도 만 환 한 장은 걸어야지. 그렇 게 배짱이 작아서 어디 큰돈 먹겠습니까?"

"이 양반이 사람을 뭘로 보고! 우선 한판 돌리고 보자는데 뭔 말 이 그리 많소."

손님의 대꾸도 만만찮다. 물때 맞은 야바위꾼이 패를 돌렸다. 눈 썰미 없는 사람이라도 바로 맞힐 수 있도록 천천히 돌렸다.

"좋습니다, 좋아요. 자 손님, 골라보시오. 이 안에 손님 돈 만 환이 들었소."

"어째서 만 환이오. 나는 오천 걸었는데."

"아 참, 그 양반. 보나마나 손님이 이길 게 뻔한데 뭘 그러시오."

야바위꾼이 손님의 간덩이를 한껏 부풀리며 너스레를 떨었다. 술 취한 손님이 호기롭게 오천 환을 걸고 패가 든 그릇을 손으로 잡고 앉았다. 야바위꾼이 알 듯 모를 듯한 미소를 머금고 말했다.

"손님, 아주 잘 골랐습니다. 틀림없이 이겼습니다. 일금 만 환은 따놓은 당상입니다요. 자자, 그러면 지금부터 갑니다. 아참, 그런데 손님. 저는 본시 맘이 약해서 남이 돈 잃는 꼴을 못 봅니다. 그래서 말인데, 지금이라도 물리고 싶으면 물려도 좋습니다."

"이 양반이 이제 와서 무슨 헛소리요. 잔소리 말고 얼른 까기나 하시오."

"그러면 후회도 없고 불만도 없다 그 말씀이지요. 그러면 갑니다. 짠!"

야바위꾼이 까놓은 그릇 속에는 아무것도 들어 있지 않았다. 뻔히 눈뜨고 당했다. 철석같이 믿었던 손님은 자기 눈을 의심했고, 판을 구경하던 사람들은 한숨을 쉬었다. 내기를 건 장본인은 말할 것도 없고 구경꾼들도 확실하게 보고 또 봤는데 어찌 된 노릇인가. 분명하게 보고 또 봤는데 아무것도 없다니 환장할 일이다. 돈 잃은 손님의 오기가 발동했다. 그렇다면 한 번만 더 해보자. 주머니에 손을 넣어보니 천 환짜리 지폐가 두툼하게 잡혔다. 그런데 조금 전에 벌어진 일은 아무리 생각해도 인정하고 싶지 않았다. 침을 꼴깍 삼키고 다시 나섰다.

"이봐요, 선생. 한판 더 합시다."

"손님, 그만하시지요. 보나마나 손님이 집니다. 솔직히 말하는데 손님 재주로는 나를 못 이깁니다. 그러니 좋은 경험 했다 셈치고 그만두시지요."

야바위꾼이 은근슬쩍 자존심을 건드리자 부아가 치민 손님이 정색을 하면서 말했다.

"돈 앞에 공자(孔子) 없소. 어서 패나 돌리시오. 이번에는 삼만 환을 걸겠소."

"손님, 이러다가 마나님한테 쫓겨나십니다."

야바위꾼은 손님의 부아를 있는 대로 돋웠다. 돈 잃은 손님은 묵묵부답으로 야바위꾼의 손놀림만 눈알이 빠져라 지켜보고 앉았다. 결과는 뻔했다. 이번에도 야바위꾼이 이겼다. 술 취한 손님은 연거푸 돈을 잃자 길길이 날뛰었다. 백 번 천 번 해봐야 사기꾼을 당할 재주가 없을 터인데 선불 맞은 멧돼지처럼 콧김을 불며 또 달려들었다. 다시 패가 펼쳐졌다. 잃은 돈을 벌충할 요량으로 달려들었지만 그때마다 손님이 완패했다. 송아지 판 돈을 몽땅 털린 손님이 야바위꾼의 멱살을 잡고 늘어졌다.

"야, 이 사기꾼 놈아. 내 돈 내봐라, 이놈!"

"아니 이 양반이 미쳤나. 내가 언제 당신 돈을 빼앗았어. 이런 미친놈을 봤나."

멱살 잡힌 야바위꾼이 붉으락푸르락 핏대를 올렸다.

"경찰서 가자, 이놈. 이 못된 사기꾼 놈아, 내 돈 내놔라 내 돈!"

상황이 불리하게 되자 야바위꾼이 주섬주섬 판을 걷었다. 돈 잃은 손님이 야바위꾼의 바지를 잡고 늘어졌다.

"못 간다 이놈, 경찰서 가자! 내 돈 먹고는 못 간다, 이 사기꾼 놈아!"

사람들이 한마디씩 거들었다.

"그 패가 맞는데 이상하네."

"돈 잃은 놈만 불쌍하지 뭐."

"이 사람아, 그런 소리 마라. 송아지 판 돈이라잖아."

"송아지를 팔았으면 막걸리나 한 사발 하고 돌아갈 일이지 야바위판이 다 뭣이여."

"남의 말이라고 함부로 하지 마라. 돈 잃고 속 좋은 놈 없다."

"그러게 왜 덤벼. 호박씨 까서 한입에 털어넣은 게지 뭐."

"그도 그려. 구경 잘했으니 우리는 막걸리나 한잔 하세."

자기 일 아니라고 부질없는 말들을 쏟아냈다. 구경꾼들이 자리를 털고 일어설 즈음, 조금 전에 돈을 따간 청년들이 나타나 손님의 멱살을 잡았다. 목이 졸린 손님이 돼지 멱따는 소리를 질렀다.

"아이고, 이놈들이 사람 잡네. 이놈들아, 내 돈 내놔라 내 돈!"

"촌놈이 어디서 행패야! 이런 놈은 인생살이 쓴맛을 좀 봐야 해."

청년들이 달려들어 돈 잃은 손님을 주먹으로 때리고 짓밟았다. 코피가 터지고 얼굴에 생채기가 생겼다. 괴청년들은 저항도 못하는 손님을 두들겨패서 땅바닥에 팽개치고 나서야 손을 털고 물러났다.

"일진이 더럽구먼. 똥개 한 마리 잡은 셈 치자."

조금 전 청년들이 돈을 딸 때 야바위꾼과 주고받은 야릇한 눈빛을 아무도 눈치 챈 사람이 없었지만, 이들은 야바위꾼과 사전에 모의한 패거리였다. 그때 신고를 받은 경찰관이 멀리서 호각을 불면서 달려왔다. 경찰은 언제나 뒷북을 치는 모양이다. 사기꾼들은 줄행랑을 쳤고, 돈 잃고 매맞은 손님만 혼자 남았다. 술 취한 손님 아니었다면 상호가 당할 뻔했다. 쓸데없이 야바위꾼에게 속지 말고 얼른 들어오라던 아내 말이 뒤늦게 생각났다.

야바위판을 벗어나 선착장으로 걸었다. 길거리 전파상에서 틀어놓은 축음기에서 '목포의 눈물'이 구성지게 들렸다. 언제 들어도 콧잔등이 시큰한 남도의 소리다. 주머니에 돈도 들었겠다 내친김에 전파상에 들어가 목침처럼 생긴 라디오를 한 대 샀다. 하루 종일 방 안에 앉아 있는 아내를 위한 선물이다. 집에 가는 대로 거미집처럼 얽어 만든 안테나를 지붕 꼭대기에 달기만 하면 끝이다. 환하게 웃을 아내 얼굴이 그려졌다. 큰길가 난전에서 염색한 작업복을 싼값으로 한 벌 샀다. 옹기 가마 작업할 때 막 입어도 좋고 빨래 걱정도 덜어서 좋다. 선착장 가는 길에 아내가 좋아하는 단팥빵을 사서 안주머니에 넣었다. 가슴이 따뜻했다. 집까지 가자면 식을 거지만 그래도 마음은 푸근하다. 한 시간 남짓한 뱃길인데 더디기만 했다. 아내가 좋아할지 돈 많이 썼다고 구박할지 지레 걱정이다.

방 문을 열어놓고 기다리는 아내가 저만치 보였다.

"웬 리어카요?"

"임자가 타고 다닐 자가용이오."

"무슨 수로 이걸 탄단 말이오."

"의자도 만들고 지붕도 씌울 작정이오."

"오래 살다 보니 별일을 다보겠소. 세상에 리어카를 타고 다니는 사람도 있답디까?"

"자가용이 따로 있소? 아무거나 타면 자가용이지."

"이 양반이 돈이 어디 있다고……."

말끝을 흐린다. 아내를 바라보는 상호의 마음도 아릿하다. 단팥빵을 내밀었다.

"당신 좋아하는 단팥빵이오."

"이 양반이 왜 쓸데없는 데 돈을 쓰고 그러요."

말은 그렇게 하지만 아이처럼 좋아했다. 빵 하나를 상호에게 내밀었다. 분이는 상호와 몇 번 단팥빵을 사먹은 일이 있다. 사람이 그립고 인정에 목이 말랐던 옛적 일이다. 그때 먹었던 단팥빵은 분이를 보듬어준 상호 마음씨만큼이나 맛나고 따뜻했었다. 분이가 빵을 한 입 베어 물었다. 달짝지근한 팥고물은 그때 그 맛이지만 세월이 많이 흘렀다. 상호는 종이 상자에 든 라디오는 뒤에 감추고 내놓지 않았다. 아내의 궁금증을 유발할 계략이다. 궁금증을 참지 못한 분이가 물었다.

"당신 뒤에 있는 것은 뭣이오?"

"당신에게 줄 선물이오. 뭔지 알아맞춰보시오!"

"무슨 물건인데 감추고 그럴까?"

한참 뜸을 들인 상호가 입을 열었다.

"이게 라디오라는 물건이오."

상호가 종이 상자를 열고 라디오를 꺼냈다. 호기심에 들뜬 분이가 목침처럼 생긴 라디오를 어루만졌다. 싫지 않는 표정이다.

"이건 비쌀 텐데……."

"얼마 주지 않았소. 하루 종일 집에만 있는 당신이 친구하라고 샀소."

"고맙기는 하지만 돈이 어디 있다고……."

"거미줄 안테나만 지붕에 걸면 소리가 빵빵 터질 거요."

하루 종일 방 안에만 들어앉아 있는 분이를 생각해서 라디오를 사온 상호의 마음씨가 고맙고 애틋했다.

"이것은 내 작업복이오. 군복 물들인 것을 샀소. 빨래 때문에."

난전에서 구입한 염색한 군복을 내밀었다.

"내가 마누라 구실을 못하니 당신이 고생이오."

상호는 전쟁 이후 처음으로 구워낸 옹기를 팔아서 분이가 좋아하는 물건을 구입했다. 아내가 좋아하는 모습을 바라보니 기분이 좋았다.

23. 누명

빨치산 토벌작전 임무를 완수하고 부대로 복귀한 어느 날, 최 중령을 찾는 전화가 걸려왔다. 부관이 잔뜩 부어터진 얼굴로 수화기를 건넸다.

"특무대면 다야? 딱딱거리기는. 대장님, 전화 바꾸랍니다."

늘 데리고 다닌 부관이라 대장이라는 말이 입에 익었다.

"특무대라고? 특무대에서 왜?"

최 중령이 떨떠름한 표정으로 수화기를 건네받았다.

"전화 바꿨습니다. 최정승 중령입니다."

"특무대 조사과장 변기철 소령입니다. 몇 가지 물어볼 게 있는데 저희 사무실로 좀 와주십시오."

"무슨 일인데 그러시오?"

"전화로 말씀드리기는 곤란하고 웬만하면 잠깐 다녀가십시오. 윗분은 임의동행하라시는데 사정을 봐서 전화로 알려드리는 겁니다. 언제쯤 시간 되시겠습니까?"

"임의동행이라니! 그게 무슨 말이오?"

"출석해보시면 알게 될 겁니다."

"무슨 일인지 모르지만 빠른 시간 내로 가겠소."

특무대에서 왜? 회문산 토벌작전을 성공적으로 수행하고 복귀했는데 특무대라니? 특무대는 일반인들의 경찰서와 같은 곳이다. 시골 속담에 경찰서와 군청산림계는 떡을 줘도 안 간다는데, 군대 역시 특무대는 기피 대상이다. 특히 군에서 진급을 앞두고 있는 민감한 시기에 특무대 호출은 여간 신경 쓰이는 일이 아니다. 얼마 전 빨치산 토벌작전 결과를 보고하는 자리에서 참모총장 표창을 받았던 터라 특무대 호출은 의외였다. 언짢은 마음을 누르고 특무대로 출두했다.

신분을 밝히고 조사실로 들어가는 최 중령에게 당번병이 다가와 무장해제를 요구했다. 무장은 군인의 자존심이고 생명이다. 더구나 뚜렷한 이유도 없이 소환되는 마당에 무장해제까지 당하고 보니 더욱 기분이 언짢았다. 수행 부관이 항의했지만 관례라며 무시당했다. 더구나 윗선의 지시를 이행할 뿐이라고 발뺌하는 걸 봐서는 심상찮은 일이 진행되고 있음이 분명했다.

별실로 안내된 최 중령이 조사과장과 마주 앉았다. 당번병이 날라온 커피를 마시는 동안 두 사람은 침묵했다. 티타임이 끝나고 조사가 시작됐다. 조사과장이 묻고 담당 수사관이 조서를 작성했다. 궁금증을 이기지 못한 최 중령이 먼저 물었다.

"소환 용건이 무엇입니까?"

"기밀사항이라 알려드릴 수 없습니다."

"기밀사항이라 했습니까?"

"언짢게 생각지 마시고 묻는 말에 대답하십시오."

조사과장의 말씨는 엄중했으나 상급자에 대한 예의는 갖췄다.

"몇 가지만 묻겠습니다. 귀관의 본적을 말하시오."

"전라남도 완도군이오."

"완도에는 누가 있습니까?"

"어머니가 계십니다."

"어머니 이름이 분이 씨가 맞습니까?"

"그렇소."

"최상호 씨와는 어떤 관계입니까?"

"우리 아버지입니다."

"귀관의 소속부대는?"

"토벌작전 이후 아직까지 독립부대로 있소."

"그 전 소속과 직책을 말씀하세요."

"육군 제1사단 1연대장이었소."

"회문산 토벌작전에 출동한 사실이 있습니까?"

"임무 완수 후 지난주에 복귀했소."

"토벌작전에서 사살한 공비는 몇 명입니까?"

최 중령의 표정이 상기됐다. 시답잖은 질문을 하고 있는 데 대한 불만이다.

"그런 것은 국방부에 물어보시오. 바쁜 사람 불러놓고 왜 이럽니까. 도대체 나를 불러온 이유가 뭡니까?"

"묻는 말에 대답이나 하십시오. 귀관의 불순한 행적에 대한 첩보가 있어 조사를 하고 있는 겁니다. 조사 결과는 장담할 수 없으니 대답이나 잘 하시죠. 질문을 계속하겠습니다. 빨치산 작전에서 남부군 사령관 이현상을 사살했다는데 사실입니까?"

"그 역시 전과보고로 올라갔는데 왜 새삼스럽게 묻는 게요?"

"그런 사실이 있습니까, 없습니까?"

조사과장이 신경질적인 반응을 보였다.

"이현상은 실체를 확인하지 못했소. 그리고 사살이 아니고 폭사한 것으로 추정하고 있소."

"그 작전에서 유심이란 빨치산을 사살한 사실이 있습니까?"

이거였구나! 최 중령은 그제야 자신을 소환한 이유를 짐작했다.

"교전 중에 수류탄을 터트려 자폭한 것이오."

"유심이란 빨치산과는 어떤 관계입니까?"

"어머님 말씀으로는 아버지가 다른 나의 형이라고 들었소."

"유심이란 빨치산을 만난 적이 있습니까?"

"없습니다."

"만나지도 못한 사람을 어떻게 알았습니까. 더구나 폭사한 사람을 말입니다."

"어머님께 들은 형의 신체적인 특징을 확인했습니다."

"유심이란 자가 6·25 전쟁 때 양민을 학살했는데 그 사실을 알고 있습니까?"

"알지 못합니다."

"회문산 작전에 출동하면서 부대를 무단이탈한 사실이 있다는데 사실입니까?"

"무단이탈이 아니라 상부의 허락을 받고 어머님을 뵈러 간 것입니다."

"귀관은 작전 지구를 이탈할 때는 승인을 받도록 한 규정을 어겼소. 이 문제에 대하여 할 말 있습니까?"

"거듭 말하지만 무단이탈이 아니오. 부대를 이동 배치하고 상부의 구두허가를 받아 어머님이 계시는 청산도에 잠시 다녀왔을 뿐입니다."

"완도경찰서 유치장에서 권총을 쏘며 난동을 부렸다는데 사실입니까?"

"무고한 어머니를 불법 감금하고 폭행을 가한 경찰관을 응징한 것이었소."

"국가기관에서 무단으로 총기를 난사한 것은 사실 아닙니까?"

"그때는 흥분해서 그렇게 됐지만, 지금이 그때라도 같은 행동을 했을 겁니다."

"끝까지 잘못한 게 없다 그 말입니까?"

"잘못이 아니라 경찰의 불법행위에 항의한 것입니다."

"회문산에서 죽은 빨치산의 묘지를 만들어주었다는데 사실입니까?"

이유가 더욱 확실해졌다. 수류탄을 터트려 자폭한, 말로만 들은 형 유심을 묻어준 사실이 빌미가 된 모양이다. 그러나 그것은 죽은 빨치산을 위해서가 아니라 같은 어머니에서 태어난 형에 대한 최소한의 예의를 갖춘 지극히 개인적인 행동이었다. 마음에 거리낄 것이 전혀 없었다.

"그것은 빨치산이 아니라 나의 형을 묻어준 것이오."

"경위를 자세히 설명해보시오."

"회문산 작전에서 자폭한 빨치산 가운데 유심이라는 사람이 있었소. 살아서는 얼굴도 못 봤지만 유류품을 조사하면서 신원을 확인하였소. 그 사람이 소지했던 사진 속에서 아이를 안고 있는 어머니를 보았소. 그 사진 때문에 형이란 사실을 알게 되었고, 폭사한 시신을 수습하여 무덤을 만들어주었소. 그것이 전부요."

"빨치산 토벌작전을 수행하는 국군 장교가 작전에서 죽은 빨치산을 묻어주면 이적행위가 아닙니까?"

"그 사람은 적군이기 이전에 나의 형이오. 교전 중이지만 형은 형이고 동생은 동생이오. 나는 빨치산을 묻어준 게 아니고, 최정승의 형 유심이란 사람을 묻어준 것이란 말입니다."

최 중령 얼굴이 벌겋게 상기되었다. 애써 흥분을 자제하는 모습이다.

"그러면 귀관의 행동에 잘못이 없다 그 말입니까?"

"그렇소. 나는 어디까지나 대한민국 육군중령 최정승이오. 나에게 부여된 임무에 따라 빨치산 토벌작전을 완수했고, 그 작전에서 죽은 나의 형 유심을 묻어준 것일 뿐 다른 감정은 없었소."

"귀관의 정체성은 무엇입니까?"

"그 질문은 국군 장교를 모욕하는 질문이라 답하지 않겠소."

최 중령에 대한 신문은 처음부터 음모가 깔려 있었다. 첩보가 있었다 하나 군 내부 경쟁자들의 모함에서 비롯된 무고사건이다. 유치장 총기 사건이나 어머니 면회 같은 일은 사실이다. 총기 사건은 경찰의 고문으로 불구가 된 어머니를 보고 지극히 흥분한 상태에서 발생한 우발적 사고이고, 고향집 어머니 면회는 사전에 승인을 받고 움직인 정당한 행적이기에 꿀릴 것이 없었다. 그리고 유심의 양민학살이나 빨치산으로 활동한 사건은 최 중령과 아무 관련이 없다.

하지만 사건은 쉽게 수그러들 기미가 보이지 않았다. 전쟁의 뒤끝이라 적 치하 부역이나 사상과 관련된 사건은 민감하고 엄중하게 처리되고 있어 간단치 않았다. 사건의 장본인인 유심은 이미 고인이 되었지만 그로 인해 수많은 사람들이 반동으로 몰려 죽었거나 핍박받은 증거는 명백하게 남아 있었다. 최 중령의 고민이 거기에 있었고 연좌제라는 올가미가 더욱 그를 옥죄고 들었다. 죄를 지은 사람은 고사하고 죄가 없는 부모형제와 사돈에 팔촌까지 연루시키는 무서운 연대책임이 그것이다. 최 중령의 경우에도 빨치산인 유심이 형과는 같은 어머니를 둔 형제간이지만 얼굴조차 마주친 적이 없다. 더구나 동생은 공비 토벌작전을 수행하는 국군 지휘관이고 형은 사회주의를 신봉하는 공산주의자다. 형제의 운명이 엇갈리는 전쟁터에서 서로가 총부리를 겨눈 사실만으로도 참혹한데, 형의 죗값을 동생에게 씌운다는 것은 너무나 가혹한 처사가 아닐 수 없었다.

최정승 중령은 조사가 끝나고 지휘부의 결정이 내려질 때까지 특무대 유치장에 수감됐다. 공비 토벌의 주인공이 이적행위를 했다는 혐의를 받아 수감된 것이다. 어불성설이고 누가 봐도 부당한 처사가 아닐 수 없다. 다른 방도를 찾아야 했다. 일방적으로 진행되는 조사와 분위기 때문에 그대로 뒀다가는 무슨 봉변을 당할지 모른다. 고심 끝에 상관으로 모셨던 백충성 장군에게 탄원서를 썼다. 조금은 구차하고 떳떳하지 못하다는 생각이 들었지만 다른 방법으로는 헤쳐나갈 길이 보이지 않았다. 최 중령이 수감된 지 일주일 되던 날 오후. 조사과장 변기철 소령이 달려왔다.

"최 중령님, 나오십시오. 오해가 있었던 모양입니다."

"……."

감방 문을 직접 열어준 조사과장이 앞장서서 부지런히 걸었다. 집 총한 초병이 지켜선 건물 앞에 멈춰선 조사과장이 작은 목소리로 귀띔을 했다.

"특무대장님 별실입니다. 지금 기다리고 계십니다."

문을 열고 들어서자 특무대장 육군소장 김성룡이라는 명패가 위압감을 주었다. 응접의자에 몸을 묻고 있던 거구의 사나이가 함박웃음으로 다가와 악수를 청했다. 하늘을 나는 새도 떨어뜨린다는 김성룡 특무대장이다. 먼발치에서 보기는 했지만 직접 대면하기는 처음이다.

"나 김성룡이오."

"육군 중령 최정승입니다."

"이리 앉으시오. 오해가 있었소. 귀관이 공비 토벌작전에서 공을 세운 것을 모르는 바가 아니오. 다만 첩보가 있어 잠시 귀관의 행적을 들여다본 것뿐이오. 불편했다면 이해하시오. 그렇잖아도 오늘내일쯤 석방하려던 참인데 갑자기 총장 각하께서 전화를 주셨소."

"오해였다니 다행입니다."

"우리 아이들이 좀 과했소. 내가 대신 양해를 구하리다. 아참, 그리고 총장 각하께서 전화를 부탁하셨소. 조금 기다려보시오. 어이 부관, 총장 각하께 전화 연결해라."

잠시 후 전화가 연결됐다. 수화기를 건네받은 특무대장이 부동자세를 취했다. 넷! 넷! 소리를 연발하던 특무대장이 최 중령에게 수화기를 건넸다. 수화기를 받아 든 최 중령은 서러운 마음이 북받쳐 끝내 울음이 터졌다. 6 25가 일어나던 당일 새벽, 전선으로 출동하던 최 중령에게 함께 싸우고 함께 죽자며 어깨를 다독이던 장군의 모습이 떠올랐다. 무슨 말을 어떻게 해야 할지 입이 떨어지지 않았다. 수화기 너머에서 최 중령을 부르는 총장 목소리가 연거푸 들렸다. 울음을 삼키며 입을 열었다.

"총장 각하, 최정승입니다."

"나 총장이다. 나는 귀관을 믿는다. 용기 잃지 말고 부대로 돌아가 임무에 충실하도록! 이상이다."

"네, 각하! 감사합니다."

지켜보던 특무대장의 얼굴에 당황스럽고 미안한 표정이 동시에 나타났다. 그는 수화기를 내려놓은 최 중령을 한층 더 곰살맞게 대했다.

"자, 이리로 앉으시오. 어이 부관, 차 좀 내와라."

자리에 앉은 최 중령을 그윽하게 바라보던 특무대장이 물었다.

"귀관은 총장 각하와는 어떤 사이시오?"

하늘 아래 거리낄 것이 없다는 특무대장이 까마득한 중령에게 말을 높였다.

"전쟁이 터지는 날 아침에 다짐한 일이 있어 그렇습니다."

"어떤 일인데, 내가 알면 안 되겠소?"

"특별히 말씀드릴 사항이 아닌 것 같아서……."

"알겠소. 이번 일은 정말 미안하게 됐소. 그런데 앞으로 나와 함께 일해볼 생각은 없소?"

"저는 현장이 좋습니다."

"알겠소. 그럼 이만 물러가도 좋소. 어이 부관, 최 중령님 안내해 드려라."

이래서 권력이 좋은 것인가보다. 그래서 모든 사람들이 권력 밑으로 부나비처럼 모여드는 모양이다. 하마터면 그물에 걸린 물고기 신세가 될 뻔했는데 사람의 인연이 사람을 살렸다. 아니, 계급이 사람을 살린 것이다.

24. 인연

분이의 여든 번째 생일날이다. 엉덩이가 질긴 손님들과 술잔을 나누고 있는 상호는 밤이 깊은 줄도 모르고 앉았다. 그 시각 안방에는 분이가 아들과 마주 앉았다. 분이에게 정승은 삶의 희망이요 집안의 기둥이다. 생일을 맞이하는 분이로서는 그동안 어미가 살아온 이야기며 큰아들 유심이 이야기까지, 하고 싶은 말도 많고 듣고 싶은 이야기도 많다.

"우리 아들, 이리 앉으시게."

분이가 느닷없이 말을 높였다. 정승이 당황해서 물었다.

"어머님, 왜 그러세요. 제가 뭘 잘못한 일이라도 있습니까?"

"잘못은 무슨. 장한 내 아들이 어찌 잘못한 게 있을라고."

"그러면 갑자기 왜 그러시는 겝니까?"

"예로부터 여자 팔자는 뒤웅박 팔자라 했지. 여자는 일생 동안 세 남자에게 의탁하고 산다 했네. 어릴 때는 아비에게 의지하고, 나이 들어 출가하면 남편 등에 기대 살다가, 남편 죽고 혼자 되면 자식에게 의지한다 그 말일세. 이치가 그런데 내가 어찌 육십갑자를 바라보는 아드님에게 말을 놓겠는가."

"어찌 됐든 듣기가 민망합니다."

"그리고 또 환갑을 넘긴 자식은 인생길의 친구가 된다고 했네. 거기에 또 수만 병력을 호령하던 귀하고도 장한 내 아들이 아닌가. 처음이라 그렇지 차차 귀에 익을 테니 그리 하세나."

"그래도 그건 좀 아닌 것 같습니다."

"그건 그렇고, 유심이 이야기를 좀 했으면 하는데……."

"형 이야기라면 저는 별로 아는 게 없는데요."

"그럴 테지. 한 번도 만난 일이 없으니까. 그 아이가 저지른 못된 짓이야 세상 사람들이 다 아는 일이지만, 내가 듣고 싶은 이야기는 그 뒷날 이야길세."

"뒷날 이야기라면 어떤 것을 말씀하시는지요?"

"그 아이가 토굴에서 나간 이후로 죽었는지 살았는지 알 길이 없네. 더러운 게 부모라고 요즈음은 그 아이 생각 때문에 도무지 잠을 잘 수가 없으니……."

토굴이 발각되던 날 밤 어머니 집을 빠져나온 유심은 사찰과장을 습격하고 회문산에 들어갔고, 토벌작전이 전개되자 자폭했으니 어머니로서는 유심의 소식을 알 수 없었다. 작전을 지휘한 정승은 현장에서 수습한 사진 속에서 어머니와 형을 보았고, 시신을 수습하면서 형의 죽음을 확인했다. 유심의 죽음은 토벌군의 압박을 견디지 못한 빨치산들이 수류탄을 터트려 자폭한 것이지만, 형이 죽었다는 사실을 어머니에게는 차마 말하지 못했다. 어머니는 지금 그간의 내력을 알고 싶은 것이다. 어머니 역시 빨치산이 된 유심이 회문산 어디에서 죽었을 것이라는 추측은 하고 있었지만, 그 아들의 최후 모습을 또 다른 아들을 통해서 확인하고 싶었다. 정승은 아무에게도 말하지 않았던 그때 이야기를 어머니에게 털어놔야겠다고 생각했다.

"어머님 말씀이 무슨 뜻인지 알겠습니다. 사실입니다. 형은 회문산 장군봉에서 죽었습니다. 국군의 최후 공격을 앞두고 투항하라고 권유했지만, 그 사람들이 수류탄을 터트려 자폭했습니다. 형체를 알아볼 수 없을 정도로 훼손된 형의 시신을 제가 직접 수습했습니다. 얼굴은 알아볼 수 없었지만 주머니에서 나온 사진을 보고 형인 줄 알았으니까요."

"사진이라니!"

"죽은 사람 주머니에서 찾아낸 사진 속에 어머니가 있었습니다."

"어미가 사진에 있었다고?"

"틀림없이 어머님이셨어요. 사진 속 아이가 형이라는 짐작은 했지만 얼굴을 본 일이 없는데다 워낙 어릴 때 사진이라 확신이 되지 않았습니다. 그런데 언젠가 어머님이 제게 들려주신 말씀이 생각나서 시신을 들춰봤더니 등허리에 커다란 반점이 있더군요. 유심이 형이 틀림없었어요."

이야기를 듣는 분이가 눈물을 닦았다.

"그 아이가 결국은 그렇게 갔구나."

"시신을 수습해서 양지 쪽에 묻어주고 돌을 주워 표시를 해두었습니다."

"살았을 때 만났으면 오죽이나 좋았을까."

"항복하라고 여러 번 방송을 했지만 자폭하는 바람에 어쩔 수 없었습니다."

"세월이 원수를 갚는다 했는데 전쟁 때 그 아이가 무고한 사람을 많이 죽였다. 억울하게 죽은 원귀들이 잡아간 모양이다."

"작전이 끝나고 어머님께 곧바로 말씀드릴까 하다가 마음 상하실까봐 그러질 못했습니다. 끝까지 혼자만 알고 있을까 했는데 어머님이 궁금해하시니 말씀드리는 겁니다. 너무 애석해하지 마세요. 어찌 보면 시대를 잘못 만난 탓이고 타고난 운명이라고도 볼 수 있으니까요. 부족하지만 제가 있지 않습니까. 전에는 군에 있느라고 못했지만 이제 전역을 했으니 어머님, 아버님을 잘 모시겠습니다."

"말만 들어도 고맙네. 꽃피고 새 울거든 그 아이 무덤에 한번 다녀오세. 나도 저승 갈 날이 멀지 않았는데 한평생 가슴에 담고 살았던 내 새끼가 어느 하늘 아래 묻혔는지 알아야지 않겠는가."

"말미를 봐서 제가 모시겠습니다."

"지난 이야기를 해서 무슨 소용이 있을까마는, 그 아이는 내가 낳고 싶어 낳은 아이가 아닐세."

"그게 어머님 혼자만의 책임은 아니잖아요."

"그렇다고 자랑할 일도 아니지."

"유심이 형의 아버지는 누굽니까?"

"족보도 모르는 씨도둑을 어디 가서 찾겠는가. 그때 그 자리에서 결판을 냈어야 했는데 독하지 못한 어미 탓일세. 유심이란 녀석도 그렇지, 그토록 어렵게 태어났거든 인간답게 살아야지, 사사건건 말썽만 피우다가 객사 죽음을 하다니 원통하고 애통한 일일세."

"어머님 잘못이 아닙니다. 너무 자책하지 마십시오."

"아비 없이 태어난 인생이 억울해서라도 바르게 살아야지, 눈감는 그날까지 왜 이렇게 어미 가슴에 못을 박고 가는가 그 말일세."

"유심이 형 아버지 되시는 분은 지금도 못 찾으신 겁니까?"

"지금까지 살면서 한 번도 찾아야겠다는 생각도 안 했고, 또 찾은들 내일모레 저승 갈 신세인데 무슨 영화를 보겠는가. 몰락한 양반 푸네기에게 인륜도덕이 있을까, 행신(行身)에 대한 책임감이 있을까. 양반 종자들이란 본시 그런 법이지. 한때 춘정을 못 이겨 일을 저지른 그 위인도 본인이 뿌린 씨앗이 어디에 어떻게 떨어져 사는지 꿈에도 생각지 못할 테지."

"공자 맹자 찾다가 조선이 망하지 않았습니까."

분이 얼굴에 회한의 그림자가 서린다. 세월을 되돌릴 수만 있다면 꽃다운 열여섯, 꿈에 부풀었던 그때 그 시절로 되돌아가고 싶었다. 생각만 해도 지옥 같은 삶이었다. 하늘이 무너지고 땅이 꺼지던 혼돈의 그림자가 눈앞에 어른거린다.

눈보라가 어지럽게 흩날리는 음력 세밑이다. 스님은 아랫마을 이바지에 나들이 가고 혼자 남은 분이가 암자를 나섰다. 절집에서 쓰는 겨울 장작은 아랫마을 사람들이 마련해주었지만 불쏘시개로 쓰는 갈비 끄는 일은 분이의 몫이었다. 나무를 묶을 새끼와 갈퀴를 챙겨들고 마당을 나서는데 온몸이 흠씬 두들겨맞은 것처럼 결리고 아팠다. 따끈한 아랫목에서 뜸질이라도 했으면 좋으련만 언감생심 꿈도 못 꿀 일이다.

시커먼 먹구름이 몰려드는 것을 보니 한바탕 눈이라도 퍼부을 모양이다. 산중 겨울 날씨는 변화가 무쌍하여 바깥일을 서둘러야 한다. 키가 짤막한 다박솔이 발끝에 거추장스러운 오솔길을 지나 아름드리 노송이 들어찬 솔밭에 들어갔다. 높은 가지 끝에 부는 바람소리가 당겨진 활시위처럼 팽팽하다. 그래도 바람이 막힌 숲속은 바깥 날씨와 달리 안온했다. 따뜻한 양지에 앉아 칼바람에 얼어터진 손발을 녹였다. 꾸물거리는 날씨가 심상치 않다. 서둘러 일어섰다. 소나무에서 떨어진 갈비를 끌어모으고 삭정이를 주워 새끼로 묶었다. 눈발이 굵어지고 요동치는 바람 소리가 예사롭지 않다. 한길에 눈이 쌓이기 전에 솔밭을 나가야 한다. 정신없이 갈비를 끌어모아 나뭇단을 만들었다. 손톱 밑이 갈라져 피가 나고 쓰렸다. 치맛단을 뜯어 손가락을 동여매고 나뭇단을 머리에 이고 나섰다.

갑자기 아랫배가 당기고 무릎이 꺾어졌다. 아랫배를 움켜쥐고 나뭇단 위에 엎드렸다. 한참을 버텼으나 점점 더 아파왔다. 갑자기 왜? 깜짝 놀라 손가락을 짚어보니 예정된 그날이다. 쿵하니 가슴이 내려앉고 몸서리가 쳐졌다. 여자 일생에서 처음 겪는 그날인데 이토록 허무하게 맞이하다니! 나뭇단을 버려두고 솔밭을 나섰다. 진통이 빨라지고 숨이 턱턱 막혔다. 집까지는 가야 하는데 가는 길이 너무 멀다. 시간이 갈수록 아랫배 진통이 빨라졌다. 그 사이 내린 눈에 발목이 빠졌다. 죽을힘을 다해서 큰길까지 나왔는데 발걸음이 떨어지지 않는다. 앞뒤 돌아볼 겨를도 없이 길바닥에 주저앉았다. 길가는 행인은 오래전에 끊어졌고, 눈 위에 앉아 있으면 죽은 목숨이다. 눈속에 가물거리는 장승백이만 돌아서면 칠복이네 집이다. 무슨 수를 써서라도 칠복이네 집까지는 가야 산다. 이빨을 앙다물고 어기적어기적 걸었다. 아랫배 진통이 생살 찢듯이 몰려왔다. 금방 아기가 쏟아질 것 같다. 아이고 어머니! 물컹하니 양수가 터져 허벅지를 적셨다. 하늘이 무너지고 땅이 꺼지도록 아팠다. 얼마나 더 아프면 죽을까? 눈동자가 똑바로 서고 벌린 입이 다물어지지 않는다.

그러나 이대로 죽을 수는 없다. 그래! 죽고 사는 것은 하늘에 맡기자. 모든 것을 내려놓기로 마음을 다잡았다. 뼈마디가 풀어지고 아랫배가 움찔움찔 요동쳤다. 묵직한 덩어리가 고쟁이 속으로 덜커덩 떨어졌다. 앉지도 서지도 못하는 몸짓으로 아기가 쏟아졌다. 울지도 못하는 아기가 탯줄에 매달렸다. 송곳 같은 칼바람이 치마 속을 파고들었다. 양수를 쏟아놓은 아랫도리에 살얼음이 붙었다. 치마를 여며 찬바람을 막았다. 그래도 아기는 울지 않았다. 죽었을까? 모진 목숨 차라리 죽기라도 했으면.

그러나 알 수 없는 오기가 발동했다. 내 아이는 내가 키운다. 갑자기 가슴이 쿵쿵 뛰었다. 잠자던 용기가 한순간에 치솟았다. 아기가 매달린 탯줄을 이빨로 끊어내고 보듬어 안았다. 이목구비가 또렷한 고추가 새파랗게 얼어서 그제야 울었다. 눈도 못 뜬 아기를 치마로 감싸안고 걸었다. 칠복아! 칠복아! 아랫배가 헛헛해서 말소리가 나오지 않았다. 칠복이네는 대답이 없고 무심한 진눈깨비만 쏟아졌다. 여기서 머물러 앉으면 죽는다. 아비 없는 아기를 위해서라도 살아야 한다. 칠복아! 칠복아! 죽을힘을 다해서 소리쳤다. 목소리는 들어가고 무릎이 꺾여졌다. 풀풀한 눈송이가 눈과 입으로 들어왔다. 엉금엉금 기어서 마당으로 들어섰다.

"밖에 누구요?" 칠복이 어미가 문을 열고 뛰어나왔다. 하늘이 새카맣게 눈 속으로 들어왔다.

"그렇게 낳은 아이가 유심이다."

"어떻게 그런 일이……."

"그때 죽었으면 이 고생은 안했을 것인데. 모진 것이 사람 목숨이다. 그토록 모질게 났거든 보란 듯이 살아야지. 그런 새끼를 어미가 어찌 잊겠느냐."

"칠복이 모친이 은인입니다."

"그렇지. 칠복이 모친이 아니었으면 어미는 죽은 목숨이었지."

"참 고마운 분들이네요. 그런데 그 사진은 언제 찍은 겁니까?"

"아이가 있었다는 사진 말이냐? 언젠가는 모르지만 산을 재는 측량기수들이 절에서 묵어간 일이 있었다. 그 사람들이 일을 마치고 돌아가면서 고맙다고 찍어준 사진이다. 유심이가 세 살인가 네 살 먹었고 내가 열여섯인가 일곱 살 때다. 일정 때니 호랑이 담배 먹던 시절이지."

"유심이 형은 왜 성격이 그렇게 삐뚤어졌을까요?"

"그 아이는 어릴 때부터 그랬다. 이유 없이 남의 집 병아리를 밟아 죽인 일도 있었다."

"병아리를 밟아 죽여요?"

"그 아이가 네 살 때 일이다. 금방 깨어난 병아리가 얼마나 예쁘냐. 처음에는 귀엽다며 가지고 놀더니 갑자기 발로 밟아 죽였다지 뭐냐. 그것도 한두 마리가 아니라 열 몇 마리를 그렇게 했으니 기절할 일이 아니냐. 병아리 주인이 펄펄 뛰는데도 그 아이는 오히려 태연하니 할 말이 없더구나. 결국은 병아리 값을 다 물어주고 손이 발이 되도록 빌고 나서야 끝이 났다. 그 일 이후 아이는 점점 더 비뚤어졌고 걸핏하면 동네 아이들을 두들겨 패는 바람에 가는 곳 마다 미움을 샀다. 아이 사주를 짚어보신 주지 스님이 혀를 끌끌 차면서 그러시더라. 장차 애먼 목숨을 많이 희롱할 팔자라고. 유심이라는 이름도 세상만사 마음먹기에 달렸다고 스님이 지어준 이름인데 몽땅 공염불이 되고 말았다."

"따지고 보면 세상 탓도 크지요. 그런데 형님의 시신을 수습하면서 손수건에 싼 종이쪽지를 봤는데 그게 뭔지 아세요?"

"참, 그 이야기를 해야겠구나. 그런데 네 아버지는 어디 계시냐?"

얼큰하게 술이 취한 상호가 아들을 보자 반색을 했다.

"아이고, 우리 아드님 오셨네. 그래 무슨 일로?"

"어머님이 찾으시는데요."

"그래, 알았다. 안 그래도 막 일어서는 참이다."

술자리에 앉았던 친구들이 따라 일어섰다.

"우리도 그만 일어나세. 이 사람 마나님한테 혼나게 하지 말고."

"새털같이 많은 세월에 뭘 그리 서두르나?"

"이 사람아, 밤이 지금 몇 신데 그러나."

"상호 자네는 참말로 자식 농사는 잘 지었네그려."

"그러게 말일세. 하늘보다 더 높다는 사단장 아들을 두었으니 말일세."

잠자코 듣고 있던 상호가 한 마디 거든다.

"쓸데없는 소리 그만하고 살펴들 가시게."

기분 좋게 취한 상호가 흐뭇한 미소를 머금고 들어섰다. 분이가 잔소리를 늘어놓았다.

"당신은 아들하고 이야기라도 좀 하지 않고 술타령이오?"

"오늘같이 좋은 날 안 마시면 언제 마시겠소. 그래, 영감님을 호출

한 이유가 뭣이오?"

상호가 잔뜩 호기를 부린다.

"친구도 좋지만 부자간에 이야기도 좀 하고 그러면 오죽 좋소."

"그래, 아비에게 할 이야기가 뭣인고?"

"내가 영감을 보자고 한 것은 우리 아들이 궁금해하는 쪽지에 관해서 할 이야기가 있어서 오시라고 했소."

"쪽지라고? 무슨 쪽지?"

상호가 의아하다는 표정으로 되묻는다. 분이가 진지한 표정으로 정승에게 말했다.

"유심이 유품에서 나온 쪽지는 어미의 친정 할아버지께서 남기신 유서다. 우리 집안 여자들에게 내려오는 비첩이라고 할까. 나도 어머니에게서 받은 물건인데 유심이가 어미 집에 왔을 때 처음 열어봤다. 쪽지에는 기축옥사와 관련된 할아버지의 당부 말씀이 쓰여 있다."

"기축옥사는 조선조 선조 임금 때 정여립의 모반사건으로 알고 있는데, 더 자세한 내막은 저도 잘 모릅니다."

"그 일이라면 내가 좀 아는 게 있다."

모자간의 이야기를 듣고 있던 상호가 헛기침을 하면서 목청을 가다듬었다.

25. 옥사

"선조대왕 시절에 정여립이 모반을 도모했다는 장계가 조정에 올라왔다. 정여립은 전라도 진안 사람이고 파당으로 보면 동인 출신이다. 정여립은 율곡이 천거해서 벼슬길에 나왔는데, 율곡이 사망하자 정치에 환멸을 느끼고 고향으로 낙향한다. 본시 성격이 호방한 정여립은 낙향 이후 대동계라는 조직을 만들어 신분을 뛰어넘는 벗을 사귀기를 좋아했다. 그러면서 '천하 만물은 만백성의 공유물인데 어찌하여 임금이 주인인가. 누구라도 백성의 추앙을 받으면 그가 곧 임금이다'는 등의 망언을 하고 다녔다. 모든 권력이 임금에게 집중되는 왕조 시대에 대역을 꾸미는 듯한 말실수를 한 것이다. 이와 같은 소문이 반대파인 서인들 귀에 들어갔고, 급기야는 서인 출신 정철이 사건의 추관(推官)을 맡으면서 정여립과 왕래가 있는 전라도 선비를 도륙하는 옥사를 일으켰다."

"정철이라면 〈관동별곡〉과 〈사미인곡〉을 지은 그 정철 말입니까?"

"그렇지. 송강 정철은 조선의 가사문학을 대표하는 문장가이기도 하지."

"저도 〈관동별곡〉은 전문을 외울 정도로 좋아했는데, 문학을 한다는 사람이 어째서 이런 끔찍한 옥사를 주관했을까요?"

"모든 권력이 임금에게 집중되는 왕조 정치에 문제가 있었고, 더욱 심각한 것은 당파의 이념에 따라 나라 정치를 좌지우지하는 붕당정치의 폐해가 주원인이라고 볼 수 있다."

"정여립이 실제로 모반을 꾀했을까요? 그리고 모반은 곧 죽음이라는 사실을 몰랐을까요?"

"까마득한 옛날이야기를 지금에 와서 이렇다 저렇다 하기는 뭣하지만, 상식 수준에서 보더라도 이치에 안 맞는 부분이 엿보인다. 예를 들자면 이렇다. 정여립은 전라도 진안 사람인데 어째서 황해도 관찰사가 역모의 장계를 올렸는가? 혐의를 쓰고 잡혀온 전라도 사람은 역모를 부인하는데 황해도에서 잡혀온 사람들은 왜 시인했는가? 역모가 발각되어 자살했다는 정여립이 반대당 사람들에게 암살당했다는 세간의 소문이 파다했는데 그 점이 끝내 밝혀지지 않았다는 사실과, 정여립은 당시의 집권당인 동인 출신이었는데 군이 역모를 꾀할 이유가 없다는 점 등등의 의문점들이 있단다."

"역사는 어떻게 기록하고 있을까요?"

"〈조선왕조실록〉 '선조대왕' 편에는, '정철은 만고의 간웅이다. 불평불만을 일삼고 있던 정철이 모사꾼 송익필을 사주하여 음모를 꾸미고 호남 인재를 몰살시킨 사건이다'라고만 간략하게 기록되어 있다."

"왕조실록은 조선의 역사책인데 진실이 아닐까요?"

"글쎄다. 실록 역시 기득권자의 기록이 아니겠느냐."

"증거도 없이 사람을 역모로 몰다니 참 한심한 조정이네요."

"그 시대는 죄 없는 사람이라도 형틀에 묶어놓고 곤장을 치면 없는 죄도 자복하던 때였으니까."

"전라도 선비 천여 명을 죽인 역모 사건이라면 유학을 숭상하는 나라의 기틀이 휘청했겠네요."

"정여립과 안부 편지라도 주고받은 모든 사람을 역모로 몰아 죽였다니 그 원성이 하늘에 닿지 않았겠느냐. 예로부터 임금의 하늘은 백성이라 했는데, 무고한 백성을 천여 명이나 도륙했으니 그 정권이 온전하겠느냐. 그 여파인지는 몰라도 기축옥사가 일어나고 사년 후에 임진왜란이 터졌다. 조선왕조 최대의 혼군(昏君)이라는 선조 임금 치세였으니 그럴 수밖에 없었을 것이라는 생각도 들고."

"그런데 그 사건과 우리 집안과는 어떤 연관이 있는 건가요?"

정승이 조심스럽게 입을 열었다. 담배를 피워 문 상호가 말미를 두고 대답했다.

"당시 관직에 계시던 너의 외할아버지가 옥사에 연루되어 돌아가시고 집안이 풍비박산되었다. 집안은 씨를 말리는 멸문지화를 당했고, 살아남은 여자들은 관노로 떨어지는 변고를 당했다는구나."

"기축옥사가 그토록 엄청난 사건인 줄은 몰랐습니다."

"모두 지난 이야기다. 그러나 원인 없는 결과가 없다는 것을 생각하면 귀 넘어 들을 일도 아니다. 중요한 것은, 조상님들의 이력이 후손들의 삶에 영향을 미친다는 것이다. 뒷날 우리도 후손들의 조상이 될 터인데 함부로 살아서는 안 되겠다는 생각이 든다. 당장 네 어머니를 보아라. 정작 본인은 아무 잘못도 없는데 보지도 듣지도 못한 옛날 일로 평생을 고통스럽게 살지 않았느냐. 천만다행으로 시대가 개화되어 지금은 옛말 하고 살지만 숙명처럼 짊어진 업보는 어쩔 수가 없는 것이다. 그 아이 유심이는 어릴 때부터 성질이 괴팍하고 난폭했다. 왜 그렇게 되었겠느냐. 아이를 바르게 훈도하지 못한 잘못도 있겠지만, 그렇다고 해서 모든 아이들이 다 그렇게 되는 것은 아니지 않느냐. 그 아이가 난폭한 성정을 타고난 연유도 속을 들여다보면 그 뿌리는 먼 옛날과 관련되어 있단 생각을 하게 된다."

부자간의 대화를 듣고 있던 분이 거들었다.

"네 아버지 말씀이 옳다. 내가 유심이를 키우면서 절실히 느낀 일이다. 그 아이는 어르고 달래고 벌을 줘도 그때뿐이고 돌아서면 또 못된 일을 저지르더라. 못된 일을 저지르고 도망간 아이가 수십 년 만에 돌아와서 죄 없는 사람들을 잡아다 죽이지 않았느냐. 남조선 해방이니 뭐니 설치고 다닐 때도 내가 말렸지만 들은 척도 안하더니 끝판에 가서야 후회하더구나. 북쪽 정치를 따르다 보니 그럴 수밖에 없다 해도 그것은 핑계일 뿐이고, 내 생각으로는 본시 마음을 그렇게 타고나서 그런 것 같다."

"형님이 왜 사람을 죽였다고 생각하세요?"

"그놈 속을 내가 어찌 알까마는 타고난 천성이 아니겠느냐. 할아버지가 물려준 비첩에는 경인년 간에 큰 환란이 닥친다고 했다. 경인년이라면 6·25사변이 나던 해가 아니냐. 그 전쟁으로 나라가 망할 뻔했던 것도 사실이고. 앞일을 내다본 할아버지가 경고를 했는데도 인민군과 한패가 돼서 죄 없는 사람들을 죽였으니, 할아버지는 그때 이미 유심이 같은 자손이 나올 것을 내다보고 있었던 게지."

"형의 소행이 옥사와 연관이 있을까요?"

"역모 사건으로 멸문지화를 당했던 원한이 또 다른 복수로 나타나서 죄 없는 목숨을 앗아갔다고 생각한다."

"그런다고 달라질 것도 없는데 말입니다."

정승도 마음이 착잡했다. 믿을 수도 안 믿을 수도 없는 수수께끼 같은 일이 현실적으로 일어나는 것 또한 부인할 수 없는 사실이었다. 상호 등허리에 끈적한 땀이 배었다. 그렇다면 그때 멸문지화를 당했던 집안이 분이네란 말인가? 그럴 리가! 상호는 강하게 부정하며 도리질을 쳤다. 그러나 답답한 마음을 풀어내자면 무슨 말이라도 해야 할 것 같았다.

"이렇게도 보고 저렇게도 보는 게 세상일이다. 세상일에 백 점짜리 정답은 없다. 더구나 수백 년이 지난 지금에 와서 지난 역사를 이렇다 저렇다 단정할 수는 없는 노릇이다. 그리고 인연의 가능성이란 누구에게나 일어날 수 있는 일이라고 생각한다."

"너희 아버지가 절집을 드나들더니 불자가 다 되셨구나. 그런데 오늘에야 말한다만, 아비는 너희 집안 내력이 궁금하지 않으냐?"

"집안 내력이 궁금하다니요?"

"내가 지금까지 살면서 너희 아버지처럼 행신이 올바른 사람을 보지 못했다. 세상 사람들이 하찮게 여기는 옹기장이로 살지만 모든 행동 하나하나가 양반 아니냐?"

"이 사람이 망발이 났나. 나이 든 자식 앞에서 영감을 욕보이고 그래."

"일일이 말은 안 했지만 당신이 옹기장이로 먹고사는 데는 꼭 무슨 사연이 있을 것 같아서 해보는 소리요."

"쓸데없는 소리 그만하고 잠이나 잡시다."

"어머님 이야기를 듣고 보니 저도 궁금한데요."

"섬 구석에 처박혀 사는 옹기장이에게 무슨……."

"그렇지 않으면 수백 년 된 옥사를 그토록 소상히 아실 리가 없잖습니까?"

"사실대로 말해보시오. 아비도 이제는 알아야 하지 않겠소?"

"어허, 이 사람이 참."

분이가 주저하는 남편을 부추겼다.

"언젠가 당신이 그랬잖소. 본시 양반집 자제인데 할아버지가 귀양 가는 바람에 집이 망했다 뭐 그런 말을 했잖소. 그때는 이 사람이 나를 꾀이려고 거짓말을 하는구나 생각했단 말이오. 그런데 살아보니 당신 말이 사실이었구나 하는 생각이 듭디다."

상호는 아내 성화에 못 이겨 이야기를 꺼내지만 속내는 편치 않았다. 오래전에 몰락한 집안 내력을 들춘다는 것도 부담스러웠고, 더구나 아내 친정을 몰락시킨 사람들이 자신의 선조였을 것이라는 추측이 강하게 들면서 더욱 편치 않았다. 추측이 사실이라면 역모로 몰아 멸문시킨 집안 여자를 아내로 맞았다는 말이 된다. 잠시 생각에 잠겨 있던 상호가 건넌방에서 손때 묻은 고서 한 권을 들고 왔다. 표지에 '海東鄭氏世譜'라고 쓰인 책이다. 상호가 무겁게 입을 열었다.

"이 말은 죽을 때 관 속에 넣어가려고 했는데 이제는 해야겠다. 너의 어미와 나는 보통 인연이 아니다. 이 말을 하고 있는 나 자신이 부끄럽기도 하고 조상님에 대한 자괴감도 느낀다. 그렇지만 끝까지 모른다고 할 수가 없어서 내가 아는 진실을 말해야겠다. 이 책은 해동정씨 판서공파 족보다. 나는 해동정씨 판서공파 25세손이고 이름은 성규다."

"……?"

방 안은 한순간 무거운 침묵에 빠져들었다. 집안 내력을 털어놓는 상호도 말이 없고 이야기를 듣고 있는 분이와 정승 역시 입을 다물었다. 말미를 두고 정승이 입을 열었다.

"그러면 아버님 성씨가 정씨라고요?"

"그렇다."

"어찌 그런 일이 있답니까?"

"아주 옛날에 그럴 일이 있었다. 말하자면 길다."

분이가 정색을 하며 되물었다.

"긴가민가했는데 사실일 줄은 몰랐소."

"나도 할아버지한테 들은 이야기다. 영의정으로 계셨던 할아버지 께서 역모 사건을 추국하면서 많은 사람들을 역적으로 몰아 죽였 다더라. 그후 얼마 못 가서 임금을 바꿔치우는 반정이 일어났고, 이 번에는 우리 집안이 역모에 몰리게 되었다. 그 사건에 연루된 할아 버지는 청산도에 귀양 오셔서 사약을 받아 돌아가셨고, 그후 우리 집안은 청산도에서 지금까지 옹기장이로 살아왔다."

"역모에 몰렸으면 멸문지화를 당했을 터인데 당신은 어떻게 살아 남았소?"

"사건의 진상이 밝혀지고 관노로 떨어졌던 후손들은 천민 신분을 벗고 양민이 되었지만, 무식하고 재산이 없으니 호구지책으로 옹기 를 구워 먹고 살았다."

"그 사실을 어떻게 증명한단 말입니까?"

"상호라는 이름은 남들이 부르는 이름이고 족보에는 해동정씨 판 서공파 25세손 성규라고 올라 있다."

상호가 족보를 펼쳐놓고 자신의 이름과 윤성이라는 정승의 이름 까지 확인했다. 기축옥사에서 추관을 맡았다는 영의정 할아버지 휘 (諱)자는 철(喆)자이고 관직은 대광보국숭록대부의정부영의정(大匡 輔國崇祿大夫議政府領議政)이라고 적혀 있었다.

"……."

"……."

방안은 침묵이 이어졌다. 담배를 붙여 문 상호가 입을 열었다.

"그러니 내가 뭐랬나, 옛날 일 상고해서 좋을 것 없다 하지 않았소."

"앞으로는 무슨 성씨로 어떻게 살지요?"

정승이 딱한 표정으로 물었다.

"어떻게 살기는? 지금처럼 살면 되지. 본시 양반들은 부르는 이름 다르고 족보 이름이 다른 법이다. 너의 족보 이름은 윤성이다. 해동 정씨 판서공파 26세 정윤성, 이게 네 이름이다."

"윤성이라고요? 낯설지 않은 이름인데요."

"성이나 이름을 바꾸자면 재판을 해야 한다는데 번거롭게 됐구나."

"재판을 해요?"

"성씨와 이름을 바꾸는 합당한 이유가 있어야 한다 그 말이지."

"재판을 해야 한다면 해야지요. 가짜 성씨로 살 수는 없잖습니까."

"그 문제는 차차 생각하기로 하자."

분이가 말을 거들었다.

"그러니까 당신 집안과 우리 집안은 당파 싸움에서 가해자이자 피해자가 됐다 그런 말이네요."

"결국은 원수 집안끼리 혼인했다는 말이 되는구먼."

분이는 가슴이 먹먹해졌다. 목숨의 은인으로 알고 살았던 남편이 원수 집안 사람이란 말인가. 부부는 돌아누우면 남이라 했지만, 그런 줄도 모르고 평생을 살았단 말인가. 방 안 분위기가 어색해졌다. 기분 좋게 취했던 술기운이 일시에 달아났다. 가슴 한가운데 커다란 구멍이 뚫린 느낌이다. 서로간의 집안 내력은 밝혀졌지만, 대체 인연이란 무엇인가. 좋게 만나면 인연이고 나쁘게 만나면 원수가 된다는 그 인연! 사방 둘레가 십 리나 되는 바윗돌을 선녀가 입은 날개옷으로 쓰다듬어 가루가 되는 세월을 일겁(一劫)이라 했다. 부부의 인연은 억겁의 공덕을 쌓아야 이뤄진다 했는데, 그렇다면 상호와 분이의 부부 인연은 억겁의 공덕인가, 악업의 무덤인가.

억울한 일을 당해도 보복하지 말라 하신 할아버지 당부도 지켜내지 못한 자손들이다. 피는 또 다른 피를 부른다는 할아버지의 경고를 귀넘어들은 자손들이다. 나라의 위기 앞에 부화뇌동을 금하라는 할아버지의 당부는 물거품이 되었고, 억울하게 죽어간 혼령들만 구천에 떠돌게 만드는 또 다른 악업을 지었다. 도대체 인간 세상에서 맺어지는 인연의 시작과 끝은 어디인가.

3년 전쟁이 끝났다. 남북이 서로 간에 돌이킬 수 없는 생채기를 안고 나서야 전쟁이 끝났다. 적화통일을 기도했던 전쟁광은 목숨만 부지한 전쟁이고, 사상과 이념으로 갈라진 국토를 하나로 통일할 기회를 살리지 못한 아군에서도 실패한 전쟁이다. 종전이 아닌 잠시 쉬어가는 야릇한 전쟁. 치유되지 않은 상처가 곪아가는 휴전, 마그

마를 잔뜩 품은 휴화산처럼 내일을 기약할 수 없는 그런 전쟁으로 끝이 났다.

새벽 잠자리에서 남침하는 적군을 맞이했던 최정승 대령이 전역했다. 일선부대 소대장을 시작으로 대대장, 연대장을 거치고 군대의 꽃이라는 사단장을 역임하면서 대령으로 전역했다. 정승의 전역 날짜에 맞춰서 그동안 미뤄왔던 유심의 묘지 이장 문제를 해결하기로 했다.

회문산 가는 길은 만만찮은 길이다. 뭍으로 나가는 배편을 갈아타고 뭍에서도 먼 길을 가야 한다. 훌쩍 다녀온다 해도 하룻날 여정으로는 어림없는 길이다. 단단히 준비를 갖추고 집을 나섰다. 다리가 불편한 분이는 상호가 들쳐업고 늙은 아들이 길잡이로 나섰다. 빨치산 토벌작전이 끝나고 수십 년 만에 다시 회문산을 찾아가는 정승의 감회는 남달랐다. 회문산 장군봉은 골이 깊었고 숲이 우거졌다. 토벌작전이 한창일 때만 해도 대머리가 드러난 민둥산이었는데 나무가 들어서고 숲이 우거졌다.

계곡 입구에서 수월찮게 들어왔으나 정상은 보이지 않았다. 산천 경계가 시원하게 펼쳐진 너럭바위에 앉아 휴식을 취했다. 천마봉, 깃대봉, 투구봉이 고만고만한 키를 내세우며 어깨동무를 하고 있다. 태조 이성계가 무학대사를 대동하고 산세를 논했다는 무학바위가 저만치 앉아 있고, 싱그럽게 피어나는 온갖 초목이 푸르름을 자랑

한다. 코끝을 간질이는 미풍이 불어와 녹색 파도를 만들고 온갖 산새들이 모여들어 노래했다. 까투리 찾는 장끼의 날갯짓이 요란하고, 하얗게 머리가 센 할미꽃이 햇빛 좋은 양지에서 해바라기를 하고 있다. 정승이 그날의 기억을 더듬었다. 남향받이 양지 쪽에 유심의 무덤을 만들어준 기억을 일깨우려고 애를 썼다. 봉분을 만들고 표지돌로 세워놓은 두꺼비 돌을 찾아 나섰다.

"이 근처 어딘데 보이지 않네요."

"세월이 얼만데 산천인들 변하지 않았겠느냐."

"두꺼비처럼 생긴 돌을 무덤 앞에 세워놨는데 말입니다."

"잘 찾아봐라. 세월이 가면 돌도 움직인다더라."

정승이 기억력을 최대한 되살렸다. 정상에서 남향으로 자리를 넓혀 두꺼비 돌을 찾아다녔다. 그러나 어디에서도 두꺼비 돌은 보이지 않았다. 오전 중으로 봉분을 찾아야 하루 일정으로 끝나는데 걱정이다. 새벽부터 서둘러 나선 산행이라 배가 고팠다. 철쭉 떨기가 무성한 자리에 앉아 도시락을 풀었다. 생사를 넘나드는 전쟁터에서 메마른 건빵 한 봉으로 허기를 달랬던 그때를 생각하니 감회가 새로웠다.

일을 마치지 못하고 먹는 도시락이 모래알 씹는 기분이다. 시간은 속절없이 가고 찾는 무덤은 보이지 않고 돌아갈 길은 까마득하다. 그야말로 일모도원(日暮途遠), 날은 저물고 갈 길은 멀다. 서둘러야 한다.

서둘러 점심을 끝내고 봉분을 찾아 나섰다. 분명히 두꺼비 닮은 돌을 묘표 삼아 세웠는데 지형이 변한 모양이다. 봉분은 고사하고 흔해빠진 돌덩이 하나 보이지 않는다. 그래도 이대로 포기할 수는 없다. 수십 년을 별러온 사업인데 이번 기회에 끝내야 한다. 그러나 모두가 지쳤다. 해는 이미 서산으로 기울고 문제는 해결되지 않고 갈 길은 아직도 멀다. 더 이상 지체할 수가 없다. 이제는 마무리할 때다.

"안 되겠다. 아무래도 인연이 없는 모양이다. 해 지기 전에 그만 내려가자."

말은 그렇게 하면서도 상호는 아내의 눈치를 살핀다. 아무도 그러마고 대답하는 이가 없다. 날은 저물고, 마음은 초조하고 불안하고, 그럴수록 더 미안한 사람은 정승이다. 얼마나 허접하게 봉분을 지었으면⋯⋯. 그러나 그때는 최선을 다했다. 조각조각 흩어진 시신을 수습해서 매장했던 봉분인데 흔적조차 찾을 수가 없다니⋯⋯. 한 번더 기억을 가다듬었다. 그러나 소용없는 일이다. 이제는 정말 산을 내려가야 할 시각이다. 연장을 주섬주섬 챙기고 풀어놓았던 도시락 보자기를 쌌다. 바로 그 순간! 산개미가 바글바글 모인 곳이 눈에 띄었다. 도시락을 풀면서 고시레를 했던 그 자리. 철쭉이 무성하게 자랐고 그 철쭉 한가운데 삐죽이 내민 돌 하나가 눈에 번쩍 띄었다. 손에 들었던 도시락 보따리를 던져놓고 철쭉을 헤쳤다. 그토록 찾아 헤매던 두꺼비돌이 삐죽이 머리를 내밀었다. 틀림없이 그때 그 돌이

다. 철쭉이 무성하고 검푸른 돌이끼가 달라붙어 한눈에 알아보지
못했다.

"아버님, 찾았어요!"

정승이 외마디 소리를 질렀다. 분이를 들쳐업고 산길을 내려가던
상호가 되돌아섰다. 허겁지겁 달려온 상호가 분이를 내려놓았다. 분
이가 달려들어 두꺼비 돌을 끌어안았다. 부모 앞에 떠날 자식은 낳
지도 말고, 자식 앞세운 부모는 죽어서도 죄인이라 했는데, 어미 가
슴에 뭉친 한(恨)을 던져놓고 먼저 간 아들이다. 막걸리를 부어놓고
절을 마친 정승이 삽을 들었다. 두꺼비 돌을 들어내고 조심스레 땅
을 팠다. 첫 삽에 이어 두 번째 삽에서는 꺼멓게 변색된 흙이 나왔
다. 삽질을 계속하자 반만 남은 정강이뼈가 나왔고 누렇게 탈색된
두개골이 모습을 드러냈다. 준비해간 한지를 펼쳐놓고 유골을 수습
했다. 분이가 다가앉아 아들의 두개골을 가슴에 안았다. 굵은 눈물
이 방울방울 떨어졌다. 유골을 어루만지는 분이의 손길이 가늘게 떨
렸다. 유골을 수습하는 분이 얼굴에 지극한 슬픔과 잔잔한 평화가
동시에 깃들었다.

발굴 작업이 끝났다. 황혼의 저녁놀이 붉게 타고 있었다. 서둘러
앉은 자리를 수습하고 산을 내려왔다. 유심의 묘지는 범바위 언덕
으로 정했다. 사시사철 바닷바람이 불어오는 범바위 언덕에 유심의
유골을 안장하고 두꺼비 돌을 세웠다. 분이가 소복을 차려입고 술
잔을 올렸다.

"아들아! 어미다. 어미가 왔다! 낯선 땅 외로운 산속에서 얼마나 적적했더냐. 이제는 외로워하지도 말고 슬퍼하지도 말거라. 못난 어미도 멀지 않아 너를 따라갈 것이다. 내가 죽으면 너의 옆자리에 누워 천년만년 살자꾸나. 부디 좋은 곳으로 왕생해서 천 년 화복을 누리거라."

이름 없는 파락호의 아들로 태어나 파란만장한 인생을 살고 돌아간 유심이 죽어서야 어미 곁으로 돌아왔다. 비록 한 줌의 흙으로 돌아간 아들이지만 분이에게는 무엇보다 소중했다. 온갖 풍상을 겪게 만든 애물단지 아들이지만 여자로 태어나 처음 낳은 자식이기에 알뜰했다. 가슴에 묻고 살았던 아들을 범바위 언덕에 안장한 분이는 날아갈 것처럼 기분이 좋았다. 일생 동안 가슴에 달고 살았던 천 근짜리 무쇳덩어리를 내려놓은 기분이 되었다.

26. 초분

"스님, 오랜만에 뵙습니다."

"그동안 적적했소이다. 옥체 미령하다 들었는데 요즘은 어떠신지요."

"갈 때가 돼서 그런지 늘 그렇습니다."

"별말씀을요. 부처님 가피(加被)가 워낙 도타운 보살님이라 백수하실 겁니다. 마음을 늘 편히 가지고 기복(祈福)하십시오."

"감사합니다."

명철 스님은 해남에 있는 대흥사 주지 스님이다. 해남과 청산도는 바다를 가운데 두고 있는 천 리 길이다. 분이가 명철 스님을 특별히 초대하여 법문을 듣는 자리다. 분이와 대흥사의 인연은 상호와 부부 인연을 맺으면서 시작됐다. 명철 스님이 불자심방에 나서기는 여간 어려운 일이 아니다. 쉽지 않은 행보인데 분이와의 인연을 생각해서 만사를 제치고 나섰다. 죽기 전에 스님의 법문을 듣고 싶다는 분이의 깊은 속마음을 헤아리는 스님이 넌지시 물었다.

"빈도가 보기에는 보살님의 우환도 그만한 것 같은데 어인 일이

신지요?"

"맑은 정신이 남아 있을 때 스님의 법문을 청해 들으려고 모셨습니다. 지아비와 혼례를 올리고 법문을 듣던 때가 엊그제 같은데 벌써 세월이 그렇게 갔습니다."

"모두가 인연이지요."

명철 스님이 염주를 굴리며 합장했다.

"스님께 듣고 싶은 법문이 있습니다. 저는 전생의 업보를 감당치 못해 아비 없는 자식을 낳았습니다. 그렇게 태어난 자식놈은 천하에 둘도 없는 망나니가 돼서 무고한 사람을 많이 죽였습니다. 결국 그 아이는 스스로 저지른 죄업에 몸이 묶여 객사 죽음을 했습니다. 이런 자식을 놓은 어미가 무슨 낯으로 내세의 죄업을 피하겠습니까. 오늘 고명하신 스님을 모시고 악연을 끊는 법문을 듣고자 청합니다."

"악연이라……."

엄숙한 침묵이 방 안에 가득하다. 묵상에 들어간 스님도, 무릎을 꿇어앉은 상호도 일체 묵상에 든 가운데 화두를 던진 분이의 숨소리만 방 안에 가득하다. 명철 스님이 목탁을 두드려 말문을 열었다.

"모두가 인연입니다."

"우리 집안에는 대대로 내려오는 비첩이 있습니다."

"비첩이라면 무엇을 말씀하시는 겁니까?"

옆자리에 꿇어앉은 상호가 비첩의 내력을 소상하게 설명했다. 이야기를 듣고 있는 명철 스님의 표정이 묵언일체로 여일했다.

"세상의 모든 이치는 선과 악이 공존하고 있습니다. 뒤집으면 손바닥이 되고 뒤엎으면 손등이 되는 것처럼 한 몸으로 되어 있습니다. 선은 선을 부르고 악은 또 다른 악업을 짓게 합니다. 이 집안에 내려오는 악업을 현세에서 끊지 못했습니다. 기묘년에 일어난 악업 역시 예비된 업보이거늘 끊어내지 못했습니다. 악업의 뿌리는 무간지옥에 닿아 있어 범생의 공덕으로는 삼제소멸이 불가합니다. 까마득히 멀고 먼 세월에 뿌려졌던 악업의 씨앗이 지난 경인년 간에 또 다른 악업으로 이어졌습니다. 악업을 끊는 길은 계속해서 기도하고 선업을 베푸는 길입니다. 억울하고 원통하게 죽은 원귀들이 구천을 맴돌며 기회를 노리고 있습니다. 부디 기도하고 또 기도하십시오, 이 집안의 업보를 구원받는 길은 오로지 기도하는 길밖에 없습니다. 현생 악업은 내세로 내려갑니다. 부모가 쌓은 악업은 자손에게 내려가고 그 자손은 부모의 죄업으로 고통 속에 살아갑니다. 한 번 쌓은 악업은 삼천 겁을 씻어야 맑아집니다. 이 집안의 고통은 아직도 끝나지 않았습니다. 계속해서 기도하십시오. 부처님께 빌고 천지신명께 기도하십시오."

"스스로 저지른 악행도 아닌데 왜 고통을 받아야 합니까?"

"전생에서 이어받은 업보 때문입니다. 부처님께서는 천하 만물의 살생을 금하셨습니다. 중생이 저지르는 죄업 가운데 가장 큰 죄업은 생명을 살상하는 죄업입니다. 하찮은 미물이라도 목숨은 소중하기 때문에 살생을 금하는 것입니다. 살생으로 만드는 일체의 악업은 반드시 또 다른 살생으로 이어지는 까닭이지요."

"그런데 유심이란 아이는 왜 무고한 생명을 해쳤을까요?"

"그 또한 씻지 못한 업보 때문입니다. 눈앞에 보이지 않는 인연이라도 그 뿌리는 구천에 닿아 있습니다. 사람이 사람을 살상하는 악행의 책임은 자신에게 있지만 더 큰 원인은 전생에 뿌리가 있습니다."

"부처님 법도 공평치 못합니다."

"그럴 리가 있겠습니까. 무지한 중생이 깨닫지 못할 뿐인걸."

"그리고 유심이란 아이는 왜 이름도 모르는 아비의 씨를 받았을까요?"

"현세의 일은 전생에 뿌리가 있고, 눈앞에 보이는 현상 역시 또 다른 인연의 예비가 아닐는지요."

"인간사 모든 일이 정해진 길로 간다면 무엇을 위하여 기도하겠습니까?"

"세상 모든 인연이 부처님의 불법입니다."

"스님, 두렵습니다. 저는 한 많은 생을 살면서 숱한 죄업을 지었습니다. 모든 것이 두렵고 무섭습니다."

"모든 중생이 한가집니다. 쉬지 말고 기도하고 선업을 베풀며 복업을 빌어보십시오. 이 땅에 남아 있는 지아비를 위해 기도하고, 하나뿐인 혈육을 위해 기도하십시오. 전생에 지은 악업과 현생의 악업

소멸을 위해 기도하십시오. 백 번 천 번 계속해서 기도하십시오. 기도 가운데 복이 오고 악업이 소멸됩니다. 이 빈도가 보살님께 드릴 말씀은 오로지 기도하란 말밖엔 없습니다."

초분은 풀로 만든 무덤이다. 바람이 잘 드나드는 장소를 골라 시신을 안치하고 육탈이 끝난 후에 토장을 치르는 장례법이다. 작은 풀 무덤에 들어가 생을 마감하는 영혼의 안식처. 상처받고 흐트러진 육신을 자연으로 돌려보내는 엄숙한 장례의식. 볼수록 애잔하고 마음이 슬퍼지는 풀 무덤이 남도 지방 초분이다.

분이가 세상을 떠났다. 여든여덟 망구(望九)의 생애를 살면서 이 세상 모든 환난고초와 마주섰던 일생이다. 숙명적으로 이어받은 관노 퇴출과 험난했던 인생길, 이름도 성도 모르는 무뢰한의 씨를 받은 첫아이 유심이, 아비가 서로 다른 형제끼리 총부리를 마주했던 전쟁터의 형제 조우. 그리고 둘째아들 정승과의 꽃다운 모자 인연. 이 모든 인연을 짓고 살아온 흔적이 분이의 인생이고 삶이었다. 연두색 봄나물이 파릇파릇 돋아나는 범바위 언덕. 마음이 울적한 분이가 언제나 오르던 망향의 언덕. 먼저 간 유심이 잠들어 있는 범바위 언덕에 분이의 영혼이 쉬고 있다.

부음(訃音)을 받은 박정훈 교수가 한걸음에 달려왔다. 전쟁 후 처음으로 옹기 가마를 열었을 때 대학생 신분으로 상호 일을 도왔던 학생이 모교의 교수가 되었다.

"아주머니가 병환에 계실 때 찾아뵙지 못해 죄송합니다."

"바쁜 사람이 문병은 무슨. 이렇게 와주는 것만 해도 고맙지."

"어디가 많이 편찮으셨습니까?"

"전쟁 때 다친 상처 말고는 무탈했는데 갑자기……."

"아주머니께서는 불편한 몸으로 고생 많이 하셨습니다."

"그렇지. 집사람은 안 해도 좋을 고생을 너무 많이 했지."

"장례는 어떻게 하실 생각이세요?"

"졸지에 당한 일이라 두서도 없지만 풍습을 따라 초분으로 할 생각일세."

"장지는 정하셨습니까?"

"망자가 자주 다니던 범바위가 어떨까 하고. 범바위는 섬에서 바람이 제일 좋은 곳이지. 망인도 자주 올라가 시간을 보내던 곳이라 좋아할 걸세."

"제가 따로 준비할 일은 없습니까? 마침 방학이라 연구실에 있는 대학원생을 데리고 왔습니다. 시킬 일이 있으시면 뭐든 시키세요."

"말만 들어도 고맙네."

"그런데 옹관은 준비하셨습니까?"

"자네와 만든 옹관을 헛간에 넣어두고 잊고 있었네."

박정훈 교수가 말하는 옹관은 상호네 옹기 가마에서 시험 제작한 작품이다. 남도 지방 초분에서 사용할 요량으로 특별히 제작한 것이다. 처음 시도하는 작품이라 초벌 제작에도 여러 번 실패했고 참고 할 문헌도 없어 고생깨나 했던 물건이다. 상호 내외를 위해서 두 점을 만들었는데 옹관의 주인인 분이가 먼저 세상을 떠났다.

범바위는 멀지 않는 거리에 있다. 호랑이 담배 먹던 옛날에 길 잃은 남매를 잡아먹은 호랑이가 산신의 노여움을 사서 바위가 되었다는 범바위. 남해 바다가 한눈에 펼쳐지는 경관이 좋은 명당이다. 분이를 태운 꽃상여가 집을 나섰다. 여든 여덟 송이 조화로 꾸며진 꽃상여가 만장을 앞세우고 길을 나섰다. 상호가 상여를 밀고 사람들이 뒤를 따랐다. 상여꾼들의 발걸음은 무겁기도 했고 가볍기도 했다. 망자의 고달픈 삶을 생각하면 발끝이 무거웠고 천수를 다한 인생으로 보자면 새털처럼 가벼웠다. 인생 칠십이면 고래희라 했는데 그만하면 하늘이 내린 복을 누렸다. 그러나 죽음은 언제나 슬프다. 살아 있는 생명이라면 반드시 가야 하는 죽음이지만 이별은 언제나 슬픈 법이다. 왕후장상의 화려한 죽음이나 개똥밭에 굴러다닌 민초들의 죽음이 다르지 않다. 선소리꾼의 사설이 구성지게 들렸다. 특히 오늘 선소리꾼의 사설은 상호가 직접 만들었다.

어화세상 사람들아 내말씀을 들어보소 어~허 어허야 어화넘차 어허야
하고많은 인총중에 성도없이 태어나니 어~허 어허야 어화넘차 어허야
내팔자가 기구하여 서럽기도 한이없다 어~허 어허야 어화넘차 어허야
부모은공 어디두고 천애고아 신세로다 어~허 어허야 어화넘차 어허야

꽃잎같은 이팔청춘 하늘아래 제일이라 어~허 어허야 어화넘차 어허야
하늘땅이 노했는가 귀신들이 동했는가 어~허 어허야 어화넘차 어허야
성명삼자 없는놈이 와작지끈 꽃을꺾어 어~허 어허야 어화넘차 어허야
망나니를 잉태하니 악업중의 근원일세 어~허 어허야 어화넘차 어허야

저아들의 거동보소 완장차고 나설적에 어~허 어허야 어화넘차 어허야
없는원수 갚는다고 핏발세워 설쳐대니 어~허 어허야 어화넘차 어허야
온천지가 비명이라 가는곳이 지옥일세 어~허 어허야 어화넘차 어허야
어화세상 사람들아 이죄업을 어쩌할꼬 어~허 어허야 어화넘차 어허야

우리서방 어디갔소 얼굴한번 보고가세 어~허 어허야 어화넘차 어허야
모진인연 바로세워 불구덩이 구했으니 어~허 어허야 어화넘차 어허야
곤장끝에 죽은목숨 똥물먹여 살렸구나 어~허 어허야 어화넘차 어허야
어화세상 사람들아 세상열부 여기있소 어~허 어허야 어화넘차 어허야

다시못올 길을뜨니 삼시세끼 어쩌하며 어~허 어허야 어화넘차 어허야
춘하추동 사시절에 입성인들 제때할까 어~허 어허야 어화넘차 어허야
원통하고 애통하다 우리남편 불쌍하다 어~허 어허야 어화넘차 어허야
어화세상 사람들아 내사연을 들어보소 어~허 어허야 어화넘차 어허야

팔십평생 살았으니 어찌아니 행복인가 어~허 어허야 어화넘차 어허야

그중에서 으뜸이란 우리아들 번듯하니 어~허 어허야 어화넘차 어허야
정승이는 어디갔나 다시한번 만나보세 어~허 어허야 어화넘차 어허야
촛불같은 이나라를 번쩍들어 구했으니 어~허 어허야 어화넘차 어허야

항우장사 부럽잖고 효자충신 따로없다 어~허 어허야 어화넘차 어허야
간다간다 나는간다 북망산천 나는간다 어~허 어허야 어화넘차 어허야
남아있는 사람들아 이말씀을 들어보소 어~허 어허야 어화넘차 어허야
악업일랑 끊어내고 좋은인연 지었다가 어~허 어허야 어화넘차 어허야

세세천년 부귀영화 자손만대 누려보소 어~허 어허야 어화넘차 어허야
어화세상 사람들아 이말씀을 들어보소 어~허 어허야 어화넘차 어허야
인간행복 무엇인가 부귀영화 꿈이로다 어~허 어허야 어화넘차 어허야
천년만년 살자하나 죽을날이 코앞이고 어~허 어허야 어화넘차 어허야

부귀공명 탐했으나 허공에뜬 구름이라 어~허 어허야 어화넘차 어허야
아웅다웅 다툼해도 돌아서면 헛꿈일세 어~허 어허야 어화넘차 어허야
원수지고 맺힌원한 이승에서 풀고가소 어~허 어허야 어화넘차 어허야
간다간다 나는간다 북망산천 나는간다 어~허 어허야 어화넘차 어허야

부모동기 버려두고 너울너울 떠나간다 어~허 어허야 어화넘차 어허야
나를아는 모든이들 나와인연 끊어주소 어~허 어허야 어화넘차 어허야

이승저승 유별하니 없던일로 치부하소 어~허 어허야 어화넘차 어허야
범바위야 범바위야 손님맞이 준비하소 어~허 어허야 어화넘차 어허야

몽매에도 잊지못할 내아들이 여기있네 어~허 어허야 어화넘차 어허야
어서어서 달려가서 만단정화 나눠보세 어~허 어허야 어화넘차 어허야
저승길이 멀다하나 대문앞이 저승일세 어~허 어허야 어화넘차 어허야
어화세상 사람들아 내말씀을 잊지마소 어~허 어허야 어화넘차 어허야

　박정훈 교수를 따라온 대학원생이 상여 뒤를 따랐다. 상여가 나가는 행렬은 어느 현장에서도 보지 못한 사설이요 혼을 담은 몸짓이다. 범바위는 소리치면 대답하는 지근거리에 있었지만 상여꾼들의 발걸음은 황소처럼 느렸다. 상여를 인도하는 선소리꾼은 걸음마다 상주를 불러세웠고, 그때마다 상주들은 봉투를 전하며 성의를 보였다. 상여를 밀고 가는 상호의 눈시울이 젖었다. 모진 매를 맞고 관아에 버려진 분이를 들쳐업고 의원을 찾아가던 때가 생각나고, 다리 잃은 분이를 리어카에 태우고 나들이 가던 순간이 활동사진처럼 스쳐갔다. 모진 삶을 살다 간 사람이다. 기묘하게 맺어진 부부 인연으로 숙명처럼 살다 간 일생이다.

　"먼저 가 있으시오. 나도 곧 따라가리다."

　상호가 혼잣말로 중얼거렸다.

　상여가 범바위에 도착했다. 거칠 것 하나 없는 남해 바다가 눈앞

에 펼쳐졌다. 시원한 바닷바람이 불어왔다. 초분에서 바라본 경관은 더할 나위 없이 좋았다. 사방팔방으로 하늘이 트인 곳이다. 분이가 그리워했던 고향으로 맘껏 날 수 있어서 좋겠다. 오매불망 가슴에 품고 살았던 유심의 묘지가 소리치면 대답하는 이웃으로 나란히 자리했다. 새로운 이웃을 맞이하는 억새들이 어깨를 비벼대며 반겼다. 한 줄기 바닷바람이 기세 좋게 불어왔다. 흠뻑 젖은 물수건이라도 버쩍 말려버릴 것 같은 먼 바다 바람이다. 경험이 풍부한 김덕술 노인이 초분 조성을 이끌었다. 망구(望九)를 바라보는 팔십 노인이지만 일평생 젊은이도 묻었고 늙은 주검도 묻었다. 노인이 막걸리 사발을 받아놓고 담배를 붙여 물었다. 박정훈 교수가 노인 곁으로 다가앉았다.

"처음 뵙겠습니다. 저는 대학에서 민속학을 강의하는 박정훈이라고 합니다. 어르신이 하시는 초분을 좀 배우고 싶습니다."

"배울 게 그렇게도 없던가. 장사 치르는 법을 배우게. 그보다는 상주와는 어떤 사이신고?"

"개인적으로 아는 분입니다."

"대학교 선생님이 나 같은 노인에게 배우다니 말이 되는 소리를 해야지."

"그렇지 않습니다. 어르신은 남도 지방 초분에 오랜 경험이 있지 않습니까."

"허기야 뭐 배울 게 따로 있겠소, 내가 하는 것을 눈여겨보면 그만이지. 그보다는 장례에서 중요한 것은 망자에 대한 예의를 차리는 일이오."

"망자에 대한 예의라면 어떤 것을 말씀하시는지?"

"살아 있는 사람에게는 혼백(魂魄)이라는 게 있소. 그런데 사람이 죽으면 혼(魂)이라는 정신은 하늘로 올라가고 백(魄)이라는 정령은 땅으로 돌아간다 그 말이오. 하늘로 올라간 혼령이야 신주로 모셔 제사를 지내지만 땅으로 돌아간 백(魄)이라는 정령은 사람이 모실 수가 없잖소. 그러니 장례를 치르면서 땅속으로 들어가는 백이라는 정령을 잘 모셔야 한다 그 말이지요. 그 첫 번째 절차가 초분이다 보니 장례 치르는 데 정성을 다해야 한다 그 말 아니겠소."

"망자와 땅에 대한 예의라……."

박정훈 교수가 혼잣말로 주억거렸다. 노인이 초분을 앉힐 자리를 정했다. 바닷바람이 상시로 드나드는 바람 길목을 골랐다. 동서남북 특별하게 정해진 방향은 없지만 가능하다면 머리를 북쪽으로 두도록 해야 한다고 일렀다. 굵직한 돌을 주워 바닥에 깔고 잔 자갈을 채워 틈을 메웠다. 땅을 파는 여우나 들쥐 등이 침범하지 못하도록 예방하는 공사다. 막걸리 통을 껴안고 노닥거리는 상여꾼을 재촉해서 억새풀을 베어내고 이엉을 엮었다. 탄탄하게 다져진 바탕 위에 멍석을 깔고 목관을 앉혔다. 여기까지 진행되는 절차를 지켜보던 박 교수가 나섰다.

"어르신, 여기서 옹관을 쓸까 합니다만."

"옹관이라니, 그게 무신 말씀이오?"

"초분에 쓰려고 만들어놓은 옹관이 있습니다. 상주께서도 알고 계시는 일이고요."

"옹관이라면 옹기 그릇을 말하는 거요?"

"그렇습니다."

"상주에게 물어봅시다. 상주가 좋다면 그뿐이지만, 초분에 옹관을 쓴다는 말은 처음 듣소."

"어르신, 박 교수가 하자는 대로 하십시다. 망인에게도 생전에 알린 일이니 그렇게 하도록 도와주십시오."

내키지는 않지만 상주의 뜻이라니 김 노인도 동의했다.

"이제부터는 교수 선생님이 나서시오. 나는 굿이나 보고 떡이나 먹을라요."

노인이 떨떠름한 표정으로 물러났다. 박정훈 교수가 일꾼들을 독려했다. 뒷자리로 물러앉은 김 노인이 막걸리를 마시며 박 교수의 거동을 일일이 살피고 앉았다. 시신이 들어 있는 목관을 멍석 위에 옮겨놓고 관을 해체했다. 목관을 해체한 자리에 옹관을 옮겨놓고 시신을 모신 다음 뚜껑을 닫고 자물쇠를 채웠다. 김 노인은 물론이고 장례에 참여한 사람들도 처음 보는 장례법이었다. 옹기장이 상호가 만든 옹관이 아내의 마지막 가는 길을 함께하는 선물이 되었다. 박 교수가 김 노인에게 다가앉으며 설명을 덧붙였다.

"어르신께서 하시는 초분을 못 믿어서가 아니라 불편한 점을 개

선하려고 만든 옹관입니다. 옛날에는 여우 같은 산짐승들이 시신을 훼손하는 일이 잦았고, 또 어떤 경우에는 시신을 잃어버리는 일까지 있었기에 옹관으로 모신 겁니다. 그리고 나중에 토장(土葬)을 할 때도 옹관 그대로 모실 수 있어 좋습니다."

"대학교 선생님이라니 어련하시겠소만 왠지 내 눈에는 마땅찮습니다."

"그러시겠지요."

"이 다음에는 어찌 하시겠소?"

"이제부터는 어른신이 하시는 대로 따르겠습니다."

"나이 팔십에 좋은 경험 합니다. 자, 쉴 만큼 쉬었으니 계속합시다."

노인이 술잔을 비우고 일어섰다. 초분은 순서대로 이어졌다. 바닥에 깔아놓았던 멍석을 알맞게 잘라 옹관을 감싼 다음 억새 이엉으로 섶을 지어 꼼꼼히 옹관을 둘러쳤다. 웬만한 바람이 불어와도, 웬만한 산짐승, 들짐승이 침입해도 끄떡없을 정로도 단단하게 섶을 지었다. 볏짚으로 엮어 만든 용마루를 이엉 위에 앉히고 굵은 돌을 달아 늘어뜨렸다. 세찬 바닷바람에 이엉이 날리지 않고 험한 비바람이 옹관으로 들지 못하도록 단단하게 묶었다.

이로써 초분을 치르는 모든 절차가 끝났다. 파란만장한 인생을 살았던 분이가 억새풀을 뒤덮은 초분에 드러누워 인생을 마감했다. 노인이 소나무 가지를 한 아름 꺾어와 초분에 꽂았다. 새로 지어진 초분 앞에 조촐한 제물을 차려놓고 상호가 무릎을 꿇고 앉았다. 미리

적어온 제문을 꺼내들고 목청을 가다듬었다. 지난밤을 꼬박 새워 지은 망쳐제문이다.

모년 모월 모일. 못난 남편 상호는 망인의 영전에 삼가 이별을 고하노라. 대저 사람의 목숨이란 무엇인가. 그리고 어디로 와서 어디로 가는가? 길어야 백 년을 못 사는 초로 같은 인생인데, 그대 오늘 망구의 인연을 다하고 이승을 떠났도다. 길면 길고 짧다면 짧은 여든여덟, 그대는 하늘이 내려준 천수를 다하였노라. 슬프다. 이승에 홀로 떨어진 지아비는 어느 바람이 그대의 영혼이고 어느 구름이 그대의 근심인지 알 수 없도다. 아! 슬프고 애통하다. 그대를 따르지 못하는 홀로 된 남편이 서럽게 한탄하노니, 그대와 맺은 부부 인연이 오십여 년! 강산이 다섯 번이나 바뀌고 하늘과 땅의 역사가 몰라보게 변한 세월이었도다. 기쁨보다는 슬픔이 앞장을 서고, 환희보다는 절망의 그림자가 어른거린 삶이었노라. 헤아릴 수 없는 전생 업보에서 헤어나지 못했고 이생의 삶에서도 간고한 세월이었노라. 이제 그대는 이승에서 맺은 인연을 내려놓고 편히 잠들어라. 인생만사 모든 것이 허공에 뜬 구름이요, 왕후장상의 권세조차 바람 앞에 흐트러지는 티끌인 것을 그대는 알지어다. 오호라! 슬프고 애통하다. 그대는 부디 천만 가지 근심 걱정을 내려놓고 평안히 잠드시라. 그래도 못다 한 정이 남았거든 하늘에 뜬 구름이 되고 바람이 되어라. 산들바람이 불거든 그대 속삭임인 양 느낄 것이고, 노을이 붉게 비칠 때면 그대 영혼의 미소인 줄 알겠노라. 함박 눈이 천지간에 아득하거든 이불깃을 펼칠 것이고, 천둥번개가 몰아치는 날에는 모진 밤을 지새울 것이다. 나 이제 그대를 보내노라. 슬픈 지아비도 그대 뒤를 따를 것이니 화평천국에서 만날 날을 기약하라. 푸른 바다가 그대 꿈처럼 펼쳐지는 범바위 언덕에 유택을 마련하고 한 잔 술로 진혼하니 흠향하시라. 햇빛 좋고 바람 자는 길일을 택하여 초분을 모시고 홀로 된 지아비가 한 잔 술로 이별을 고하노라. 상향.

제문 읽기를 마친 상호는 자리에서 일어설 줄 몰랐다. 그때 상호의 머리 위로 하얀 나비 한 마리가 날아 앉았다. 나비는 얼굴에서 코끝으로, 다시 눈자위로, 그리고 입술로 옮겨가며 상호 얼굴 구석구석을 어루만지고 있었다. 참았던 눈물이 주르륵 흘렀다. 분이의 넋이 나비가 되어 지아비를 찾아온 것이다.

"이승의 미련을 떨쳐버리고 편안히 가시오. 멀지 않는 장래에 나도 곧 그대를 따라가리다."

상호는 목이 메어 뒷말을 잇지 못했다. 먼 데 하늘에서 호랑나비 한 마리가 날아왔다. 하얀 나비와 어울린 호랑나비는 앞서거니 뒤서거니 높은 하늘로 날아올랐다. 이승에서 다하지 못한 모자간의 사랑이 한 쌍의 나비가 되어 푸른 하늘을 아롱아롱 수놓았다.

분이의 초분 장례가 끝났다. 인간 백 세가 유한하다 했으나 분이의 인생 행로는 파란만장했다. 물려받은 악업으로 천출로 태어나 밑바닥 인생으로 살았다. 뿌리도 모르는 자식을 낳았으나 망나니로 자랐고, 얼굴도 모르는 형제간에 총부리를 앞세웠고, 원수의 집안 사내를 남편으로 맞이하여 평생을 살았다. 그러나 시작과 끝을 알 수 없는 인생길, 분이의 삶을 되돌아보면 켜켜이 쌓인 한의 연속이었다. 드넓은 남해 바다가 가슴을 시원하게 열어주는 범바위. 분이는 그 범바위에 자리 잡은 초분에서 모질고도 질긴 인연의 끈을 놓고 영원한 안식에 들었다.